KB262068

Dream Impact
드림 임팩트

장천 퓨전 판타지 소설
FUSION FANTASTIC STORY

드림 임팩트 4

장천 퓨전 판타지 소설

초판 1쇄 찍은 날 § 2008년 7월 11일
초판 1쇄 펴낸 날 § 2008년 7월 21일

지은이 § 장천
펴낸이 § 서경석

편집장 § 문혜영
편집책임 § 유경화
편집 § 이재권 · 서지현

펴낸곳 § 도서출판 청어람
등록번호 § 제1081-1-89호
등록일자 § 1999. 5. 31
어람번호 § 제1-0975호

주소 § 경기도 부천시 원미구 심곡1동 350-1 남성B/D 3F (우) 420-011
전화 § 032-656-4452 팩스 § 032-656-4453
http://www.chungeoram.com
E-mail § eoram99@chollian.net

ⓒ 장천, 2007

ISBN 978-89-251-1390-6 04810
ISBN 978-89-251-0981-7 (세트)

드림 임팩트

Dream Impact

4

완결

장천 퓨전 판타지 소설
FUSION FANTASTIC STORY

도서출판 청람

CONTENTS

Chapter 1
가족

"어서 들어가자구나."

재회의 기쁨도 잠시, 아버지와 어머니는 누가 볼세라 주위를 돌아보며 재촉하기 시작했다. 그 모습을 본 시현은 현실에 돌아왔다는 기쁨으로 까먹고 있던 문제를 떠올릴 수 있었다.

살인범.

현재 자신에게 씌워져 있는 가장 큰 문제였다.

"예. 아체야, 이리 와."

시현이 집 안으로 들어가기 위해 아체를 부르자 시현의 부모님들은 그제야 아체를 발견할 수 있었다.

"누구냐?"

"들어가서 말씀드릴게요."

시현은 아버지의 물음에 대답하길 미뤘다. 어서 집 안으로 들어가고 싶었기 때문이다.

3년 전의 그 일로 경찰들이 찾아왔을 것이고 부모님과 동네 사람들에게 이것저것 물어보았을 것이 분명했다. 당연히 자신이 저지른 짓을 알 테니 자신의 모습을 본 이웃 사람들이 신고할지도 몰랐기 때문이다.

그 일에 언젠가 맞닥뜨려야 했지만, 현실로 돌아오고 부모님과 재회한 이 기쁜 날 만큼은 사양이었다.

"그래, 어서 들어가자구나."

집 안의 풍경은 변한 게 없었다. 아주 어릴 때부터 보아온 그 모습 그대로였다.

따뜻한 온기가 감도는 거실 바닥에 모두 자리를 잡고 앉았다.

"경찰한테 이야기는 들었다."

아버지께서 이야기를 꺼내자 시현은 덜컥 가슴이 떨어져 내리는 줄 알았다. 부모님의 자신을 살인자로 볼까 겁이 나서였다. 하지만 이어지는 아버지의 대화에 시현은 좀 전의 그 걱정이 기우였음을 확인할 수 있었다.

"하지만, 넌 내 손으로 20년간을 직접 키웠다. 네가 어쩔 수 없이 그랬다는 것을 안다. 도대체 어찌 된 일이냐?"

아직까지 울고 있는 어머니와는 달리 아버지는 침착한 모습으로 시현을 향해 물었다.

‘아버지는 역시 나를 믿어주시는구나.’

언제나 그랬듯이 어김없이 자신을 믿어주는 아버지의 모습을 보며 시현은 한결 편해진 마음으로 그동안 있었던 일들을 하나하나 말하기 시작했다.

대학교 때 시작된 악몽. 그리고 그 꿈으로 인해 강해져 가는 자신.

그리고 군대, 그곳에서 벌어진 장종현과의 불화, 복수, 살인, 그리고 이계로의 도피.

이계에서의 생활들, 마지막으로 이곳으로 돌아온 일.

부모님을 다시 만나게 되면 어떻게 이야기할까 몇십 번이고 생각해 왔었기 때문에 시현의 말은 간략하고 막힘이 없었다. 그리고 이야기를 끝마쳤을 때 시현은 아버지의 모습을 볼 수 있었다. 화가 단단히 나 얼굴이 벌겋게 물든 모습을 말이다.

이미 20년간을 겪은 아버지다. 아버지의 저 모습이 시현은 무엇을 의미하는지 잘 알고 있었다. 그리고 그다음 이어질 행동도.

“아버지, 잠깐만요! 증거가 있어요.”

시현은 급히 거실 구석의 길쭉한 도자기 병에 꽂혀 있는 효자손으로 손이 가는 아버지를 말렸다.

사랑의 매로 통하는, 나무로 만들어진 효자손. 가려울 때 등을 긁는 용도 외에 시현이 잘못했을 때 회초리로도 쓰였다.

아버지에게 효자손으로 회초리를 맞는 것은 아무렇지도 않으나 옆에서 아체가 지켜보고 있는 상황에서는 사절이었다.

하지만 시현의 급한 외침에도 유현진은 잠시 멈칫했을 뿐, 기어코 효자손을 손에 잡았다.

이대로라면 꼼짝없이 맞을 상황이었기에 시현은 재빠르게 1서클의 마법 중 가장 시각 효과가 큰 마법을 사용했다.

"라이트!"

시현의 외침과 동시에 거실 안이 마치 태양이 내리쬐는 한낮과도 같게 밝아졌다.

툭!

유현진의 손에서 효자손이 떨어져 내렸다.

"이, 이게……."

시현의 아버지 유현진은 평소 무협 소설을 즐겨보는 터라, 그와 비슷한 장르의 책인 판타지 소설도 제법 많이 접했다.

그러했기에 마법에 관해서도 알고 있었다. 하지만 그 상상 속의 산물이라 여겼던 마법을 직접 두 눈으로 보니 너무 놀란 나머지 제대로 말을 잊지 못했다.

"라이트란 마법입니다."

시현이 거실 한가운데에 둥둥 떠 있는 채로 빛을 뿜어내는 광구의 정체에 대해 말하자, 유현진은 시현을 쳐다보며 입을 열었다.

"정말이었구나!"

“예.”

마법이라는 그 놀라운 광경에 어느새 울고 있던 시현의 어머니도 울음을 멈추고 그 거실 허공에 떠 있는 라이트를 쳐다보고 있었다.

부모님이 자신의 마법을 보며 감탄하자 시현은 신이 나 몇 차례 더 마법을 사용했다. 그러자 둘은 그에 연신 감탄성을 터뜨렸다.

‘이쯤이면 됐겠지.’

시현은 이쯤이면 충분한 증거가 될 거라 여기고 마법 시전을 멈추었다.

아버지 유현진은 놀란 마음을 가라앉히며 시현에게 물었다.

“이제 어찌할 생각이냐?”

유현진의 물음에 시현이 대답하기도 전에 옆에 있던 시현의 어머니가 끼어들며 말했다.

“애야, 자수하는 게 어떠니? 그때 찾아온 경찰이 자수를 하게 되면 형량이 많이 줄어들 거라는구나.”

“죄송해요, 어머니. 자수는 안 돼요. 저 그때 군인이었다구요. 민간인이 사고 친 거와는 전혀 달라요.”

군에서 휴가를 나올 때는 늘 듣던 소리가 있다. 바로 군인이 사회에서 사고를 치게 되면 군법으로 더욱 가중처벌 되니, 절대 사고 치지 말라는 것이다.

‘그 말이 사실일지 아닐지는 모르지만, 절대 자수할 수 없

어. 장종현, 그놈의 의도대로 따라가 줄 수는 없지.'

"그래도 그러다가 경찰에게 잡히기라도 하면 큰일이잖니."

마법을 보여 드렸음에도 어머니의 얼굴에는 걱정이 가득했다.

"저를 잡을 수 있는 경찰이 어디에 있다고 그러세요? 군대가 몰려와도 안 무섭다고요."

"그래도 혹시 총에라도 맞으면……."

시현이 가슴을 탕탕 치며 걱정을 말라고 했지만, 여전히 어머니는 걱정인 모양이다.

'정말 걱정도 팔자셔.'

시현은 어머니에게 손을 뻗음과 동시에 나직이 시동어를 외쳤다.

"실드."

그와 동시에 투명한 막이 어머니인 김선혜의 주위에 생성돼 그녀를 감쌌다.

"어머!"

주변을 감싸는 투명한 막을 느낀 김선혜가 깜짝 놀라며 외쳤다.

"자, 이게 실드라는 방어막이에요. 영화 같은데 보면 미사일이 날아와서 부딪쳐도 끄떡없는 거 보셨죠? 이게 바로 그거예요."

심하게 과장된 표현이지만 김선혜는 시현의 말을 믿는 모양인지 어두웠던 표정이 한결 밝아졌다.

“흠흠. 그런데 저 처자는 누구냐?”

유현진이 주위를 환기시키며 묻자, 그제야 시현은 아체를 소개시키는 것을 깜빡했다는 것을 깨달았다.

“아버지, 어머니. 소개할게요. 이름은 아체구요. 가이아에서부터 저를 믿고 이곳까지 따라와 준…….”

시현은 잠시 동안 말을 잇지 못했다. 몇 번이고 부모님에게 아체를 소개시켜 주는 상상을 해보았지만, 이렇게 진짜로 하려니 웬지 모를 부끄러움에 얼굴이 붉게 달아올랐기 때문이다.

“소중한 사람이에요.”

평소보다 좀 더 작은 목소리로 소개를 끝마치자, 부모님들의 시선이 자연스럽게 아체에게로 향했다.

두 분의 시선을 받은 아체는 다소곳이 자리에서 몸을 일으키더니 한차례 심호흡을 했다.

‘컥!’

그 모습을 본 시현은 속으로 비명을 질렀다. 아체가 하려는 행동을 눈치 챘기 때문이다.

곧 아체는 조심스럽게 양손을 포개어 눈가에 가져갔다. 그리고 살짝 왼발을 뒤로 뺀 후 그 상태로 천천히 다리를 구부려 앉기 시작했다.

바로 큰절이었다.

시현은 지구로 넘어오기 전에 며칠 동안 아체에게 지구에 대해서 가르쳤다. 두 세계가 워낙 차이가 나기 때문에 넘어온 후 아체가 적응하기 쉽도록 하기 위해서였다. 그리고 시현이 가르친 것들 중에는 예절에 관한 것도 있었다.

'제발.'

시현은 조마조마한 심정으로 아체가 큰절을 하는 모습을 지켜보았다.

알다시피 여자의 큰절은 남자의 그것에 비해 난이도가 꽤 높아, 처음 접하는 사람들은 엉덩방아를 찧기 일수이기 때문이다.

쿵!

아니나 다를까, 시현의 걱정대로 곧 아체가 주저앉으며 엉덩방아를 찧었다.

아체의 얼굴이 잘 익은 사과처럼 붉게 물들었다.

첫 인사에서 이런 실수를 하다니, 당장 쥐구멍에라도 숨고 싶었지만, 아체는 꾸욱 참고 허리를 숙여 마무리를 했다.

그 모습을 본 시현의 부모님들은 흐뭇한 웃음을 지었다.

"그래, 이름이 아체라고."

"예, 아버님."

"이 녀석 어디가 그렇게 좋던가?"

유현진의 질문에 아체는 슬쩍 시현을 쳐다보았다. 처음에는 단지 고마운 사람이었지만 어느덧 가장 소중한 사람이 되어 있었다.

아체는 스스로 질문을 던져 보았다. 자신에게 보여주는 자상함, 돌아가신 아버지를 연상케 하는 믿음직스러운 모습, 자신에게 보여주는 부드러운 미소, 가끔 보여주는 장난꾸러기 같은 짓궂음까지, 시현의 모든 것이 다 좋았다.

"전부요."

아체의 대답에 유현진과 김선혜는 흡족한 미소를 지었다.

"우리 시현이를 잘 부탁해요."

"앞으로 며느리라고 불러도 되겠지?"

시현의 부모님 두 분 다 자신을 인정해 주자 아체는 얼굴을 붉혔다. 그녀의 얼굴에는 부끄러움과 기쁨이 공존해 있었다.

다른 세계에서 태어나고, 외모도 약간 달랐기에 한편으로 불안한 마음이 있었던 아체는 시현의 부모님이 이렇게 자신을 반기며 며느리라고까지 불러주자 안심이 되고 기뻤다.

"아버지도 참 아직 약혼식도 안 했는데 벌써부터 며느리…… 아얏!"

첫 만남부터 이러면 아체에게 부담이 될 것 같아서 쑥스러움 반, 항의 반으로 말을 하던 시현은 옆구리에서 느껴지는 갑작스런 통증에 짧게 비명을 질렀다.

이 좋은 순간을 눈치없게 방해하려는 시현에 대한 응징이었다.

자연히 유현진과 김선혜의 시선이 아체에게로 향했다.

"아, 다리가 저려서."

시현이 이 상황을 모면하기 위해 나름 기지를 내 살짝 거짓말을 해보지만, 이미 유현진과 김선혜는 상황을 다 눈치 챈 후였다.

아체가 어쩔 줄을 몰라 하며 고개를 푹 숙였다. 시현도 마찬가지였다.

유현진과 김선혜가 둘의 정겨운 모습에 작게 소리 내어 웃었다.

그럴수록 시현과 아체의 고개는 더욱 숙여졌다. 아마 고개를 들면 둘 다 얼굴색이 잘 익은 능금 같을 것이다.

둘의 모습을 본 유현진은 살짝 입꼬리를 말아 올리며 미소를 지었다. 시현이 짓궂은 장난을 할 때 짓던 모습과 판박이었다. 유현진은 잠시 기다렸다가 다시 고개를 들 때쯤 입을 열었다.

"그래, 앞으로 애는 얼마나 낳을 계획이냐?"

아이 이야기를 꺼내자, 둘의 얼굴이 더 이상 붉어질 수 없을 만큼 붉어졌다.

"나는 될 수 있는 한 많이 나았으면 하는… 아얏!"

반응이 생각보다 더 좋자, 유현진은 좀 더 놀려주기로 마음먹고 입을 열었다. 하지만 미처 말을 끝내기도 전에 옆구리를 감싸안으며 짧게 비명을 질러야만했다.

유현진의 짓궂은 행동을 막기 위해 김선혜가 그의 옆구리를 세게 꼬집은 것이었다.

지구에 돌아온 후 처음 맞는 아침.

이미 시계의 시침은 8시를 지났지만 시현은 아직 잠에서 깨어나지 않았다. 평소라면 일어나도 한참 전에 일어났겠지만

오랜만에 느끼는 푹신푹신한 침대의 포근함이 그를 놓아주지
않았다.

"음냐, 쩝쩝."

꿈에서 무엇인가를 먹는지 입맛을 다시는 시현의 모습은 누
가 보더라도 행복했다.

끼익.

조심스럽게 문이 열리며 그 사이로 김선혜가 얼굴을 내밀었
다.

"시현아, 있니?"

혹시라도 어제 시현이 돌아온 것이 꿈이 아닌가, 불안감이
담겨 있는 목소리. 하지만 곧 태평하게 자고 있는 시현의 모습
을 본 김선혜는 안도의 한숨을 내쉬었다.

"시현아, 밥 먹어야지."

김선혜의 말이 끝나기가 무섭게 시현의 눈이 번쩍 뜨였다.

3년 동안 고대해 왔던 고향의 음식이다. 어제는 늦은 밤이
라 포기했지만 오늘 이 순간은 절대 놓칠 수가 없었다.

"예, 밥 먹어야죠."

침대에서 벌떡 일어나 몸을 움직이며 잠을 깨는 시현의 모
습을 본 김선혜의 얼굴에 잔잔한 미소가 어렸다.

조금 늦은 아침 식사 시간.

식탁에는 아침임에도 불구하고 잘 익은 불고기와 계란 프라
이 등 시현이 좋아하는 각종 반찬들이 상다리가 부러질 정도

로 가득 차려져 있었고, 유현진과 아체가 의자에 앉아 시현을
기다리고 있었다.

"아버지, 일어나셨어요? 아체야, 너도 잘 잤어?"

"그래."

"예, 오빠도 잘 잤어요?"

"응."

아버지와 아체에게 가볍게 인사를 한 시현은 식탁 위에 차
려진 음식들을 보고 입이 함지박만 하게 벌어졌다.

"우와, 진수성찬이네."

곧 김선혜가 보글보글 끓고 있는 된장찌개를 내오자 식사가
시작되었다.

아구아구, 쩝쩝. 꿀꺽.

"아체야, 이것 좀 먹어봐. 먹을 만할 거야."

게걸스럽게 음식을 먹어치우는 와중에도 시현은 아체를 챙
기는 것을 잊지 않았다. 식탁 위의 음식들 대부분이 시현의 취
향에 맞는 매운 음식들이기 때문이다.

아삭아삭.

기분 좋게 씹히는 소리, 그것의 정체를 바로 풋고추였다. 선
명한 초록 빛깔의 풋고추, 겉으로만 본다면 전혀 맵지 않게 생
겼다.

아체는 먹음직스런 녹색 빛깔의 풋고추를 보며 눈을 빛냈
다. 아무리 보아도 풋고추에는 빨간색이 없었다.

'매운 것 같지는 않는데.'

마침 그때 시현이 풋고추는 집어 들어 고추장에 찍어 먹고 있었다.

'저거는 고추장이라고 하는 아주 매운 소스잖아? 저걸 찍어 먹으니까 이건 전혀 맵지 않을 거야. 설마 매운 걸 매운 것에 찍어 먹겠어.'

아체는 모르고 있었다, 한국 사람은 매운 걸 매운 것에 찍어 먹는 식습관을 가지고 있다는 것을.

아체는 내심 안심하며 풋고추를 집어 들어 입에 가져갔다.

아삭!

한입 씹었을 때 아체는 만족했다. 아삭아삭 씹히는 식감과 입 안에 퍼지는 청량함은 처음 느껴보는 맛이었다.

하지만 그것은 잠시뿐이었다.

입 안 한쪽에서 서서히 퍼져 오는 익숙해지려야 익숙해지지 않는 그 맛, 바로 매운맛이 아체를 덮쳤다.

당장이라도 뱉어내고 싶었지만, 시현의 부모님 앞이다. 도저히 그럴 수는 없었다.

꿀꺽.

아체는 억지로 삼켜 넘겼지만, 여전히 매운맛이 입 안에 감돌고 있었다. 아니, 오히려 더욱더 매운맛이 강해지는 듯했다.

"무, 물!"

시현이 급히 물을 한 컵 따라 건네주자, 아체는 단숨에 물을 들이켰다.

"하아, 하아."

그래도 매운 게 가시지 않았는지 아체는 눈시울이 벌게진 채 입 안에 부채질을 하기 시작했다.

"자, 이것 좀 먹어보렴."

그 모습을 보고 있던 김선혜가 계란 프라이 중 노른자 부분을 떼어내 아체의 입에 넣어주었다.

"응?"

아체는 갑자기 입 안에 매운 게 싸악 가시자 감탄하며 말했다.

"와아, 매운 게 싸악 가셨어요."

"우리 시현이도 어렸을 때 매운 걸 못 먹었거든. 그때마다 이렇게 계란 노른자를 먹었단다. 그래서인지 지금도 계란 프라이를 무척이나 좋아한단다."

"헤헤, 저도 좋아할 것 같아요."

식사가 화기애애한 분위기로 흐르는 가운데 일찍 식사를 끝낸 유현진이 몸을 돌려 TV를 틀었다. 식사를 마치고 아침 뉴스를 보는 것은 그의 오랜 습관 중 하나였다.

TV에는 마침 뉴스가 한창 진행 중이었다.

"지금 저는 남산타워 앞에 나와 있습니다."

TV에서는 훤칠하게 생긴 남자 리포터가 남산타워를 배경으로 말을 하고 있었다.

"어제저녁, 이 남산타워 상공에 떠 있는 남녀 한 쌍이 사진에 찍혀 화제가 되고 있습니다."

'응? 남산타워?'

한창 식사에 정신이 없던 시현은 웬지 익숙한 이야기가 나오자 자연히 TV로 시선을 옮겼다.

TV에서는 막 시현과 아체가 하늘에 떠 있는 모습이 찍힌 사진이 나오고 있었다.

"컥. 켁켁."

"푸웃!"

음식을 먹다 그 사진을 본 시현은 놀라서 사레에 들렸고, 또 막 물을 마시던 유현진 또한 사진의 주인공이 시현과 아체임을 알아보고 그대로 물을 내뿜었다.

'아니, 언제 저런 사진을 찍은 거야?'

시현의 생각에 답해주기라도 하듯 TV에서는 곧 리포터가 출처를 밝히기 시작했다.

"이 사진은 때마침 남산타워 전망대에서 관람하던 이현모 씨가 핸드폰으로 촬영한 것입니다. 마침 이 자리에 사진을 찍은 이현모 씨가 나와 있으니 이야기를 나눠보도록 하겠습니다."

"안녕하세요, 이현모 씨."

"예, 안녕하세요."

"당시 상황이 어땠는지 설명해 주시겠습니까?"

"아 예, 어제 10시가 좀 넘어서였어요. 슬슬 집에 갈까 생각 중이었는데, 갑자기 전망대 밖에 두 사람이 떡하니 나타나는 게 아니겠어요. 처음에는 그냥 유리창에 비친 건 줄 알았죠. 그런데 그게 아니더라구요. 저 말고도 다른 사람들도 그걸 봤는지, 유령이라고 소리를 지르면서 핸드폰으로 사진을 찍더라구요. 저도 가만히 있을 수 있나요. 찍었죠. 이래 봬도……."

"예, 이현모 씨의 인터뷰 내용대로 그 당시 많은 사람들이 이 두 남녀가 허공에 떠 있는 것을 목격했습니다. 이게 과연 사실일까요? 아니면 2년 전 유행했던 초능력 붐과 같은 트릭일까요? 이상 KBC 김기준이었습니다."

설명이 길어지자 리포터가 재빨리 끊고 간단하게 방송을 마쳤다. 아무래도 많은 뉴스거리를 방송해야 되다 보니 제한 시간이란 게 있는 모양이었다.

"저거 너랑, 며느리 아니니?"

"저희 맞는 거 같은데요."

"날 수도 있었냐?"

"예."

Chapter 2
동업자

“정말 오랜만이네.”

대전을 떠난 지 근 3년, 아니, 군대에 있던 것까지 생각한다면 거의 4년 만이다.

“보자… 저기 있네.”

대전 역 근처에 있는 택시 승강장에서 택시를 잡아탄 시현은 택시 기사에게 말했다.

“신성 그룹으로 가주세요.”

“예.”

신성 그룹은 바로 서바이벌 부의 선배인 신정훈의 아버지가 운영하는 우리나라 20대 기업에 들어가는 꽤 유명한 회사였다.

그 덕분인지 별다른 설명 없이 시현은 목적지에 도착할 수 있었다.

"수고하세요."

택시비를 치르고 내린 시현은 정면에 우뚝 서 있는 23층짜리 건물을 올려다보았다.

"선배는 여전히 총 가지고 놀려나."

시현은 서바이벌 건을 들고는 한껏 폼을 잡으며 자랑하는 신정훈을 떠올리고는 피식 웃으며 건물 안으로 들어섰다.

'그런데 어떻게 찾아가지?'

건물 안에 들어가 신정훈을 어떻게 찾아야 하나 두리번거리던 시현의 눈에 안내 프런트가 들어왔다.

'저기서 물어봐야겠다.'

시현이 안내 프런트 앞에 서자, 안내로 보이는 여성이 시현에게 인사하며 물었다.

"안내 이수진입니다. 무슨 일로 오셨습니까?"

"정훈 선배를 만나러 왔는데요. 지금 있나요?"

시현의 물음에 안내를 맡고 있는 여성이 얼굴을 찌푸렸다. 달랑 성도 없이 이름만 대서는 사람을 찾을 수가 없기 때문이다.

"정확한 성함과 근무 부서가 어떻게 됩니까?"

"아, 이름은 신정훈이고요. 이곳 신성 그룹 회장님 아들인데……"

시현이 좀 더 자세히 말하자, 안내원은 시현이 찾는 사람이 누군인지 단번에 알아차렸다.

"아, 신 이사님 말이군요. 누구시라고 전해 드릴까요?"

"예전 같은 부에 있던 후배 유시현이라고 전해주시면 됩니다."

곧 안내원이 전화를 걸었다.

"예예, 알겠습니다."

전화를 끊은 안내원은 시현에게 상냥한 미소를 지어 보이며 프런트 옆에 놓여져 있는 소파를 가리켰다.

"곧 내려오신다고 하시니 저쪽에 앉아서 기다려 주시겠습니까?"

"예, 그러죠."

"야, 유시현!"

잠시 후 소파에 앉아 한참 신문을 뒤적이던 시현은 누군가가 자신의 이름을 부르자 그곳으로 고개를 돌렸다.

"아, 선배."

그곳에는 바로 시현이 기다라고 있던 신정훈이 빠른 걸음으로 걸어오고 있었다.

"야, 반갑다. 이게 얼마 만이냐?"

"정말 오랜만이죠."

잠시 재회의 기쁨을 나누던 신정훈은 몸을 흠칫거리더니 조심스레 주위를 살피며 말했다.

"이럴 게 아니라 들어가서 이야기하자."

신정훈은 시현을 끌고 바로 계단으로 향했다.

"선배 사무실은 낮은 층에 있나 봐요?"

"22층이야."

"아니, 그렇게 높으면 엘리베이터를 놔두고 왜 계단을?"

"잔말 말고 따라와."

계단으로 서너 층을 오르자 신정훈은 걸음을 멈추고 시현을 쳐다보며 작은 목소리로 화를 내며 말했다.

"이 바보야. 너 수배 중인 놈이 이렇게 떳떳이 돌아다녀도 돼!"

"아, 알고 있었어요?"

"경찰들이 학교에서 와서 이것저것 물어보았는데 모를 리가 없지."

"쩝. 학교까지 들쑤실 줄이야……."

"그런데 어떻게 된 거냐? 사람을 죽였다며?"

"아, 그게 어떻게 된 거냐면요."

시현은 군대에서 장종현과의 불화, 그리고 함정에 빠진 일에 대해서 간단히 설명했다. 물론 신정훈이 잘 알아듣게 비현실적인 이야기들은 빼고 말이다.

"그 새끼, 정말 개새끼네."

"맞아요. 정말 개새끼예요."

이야기를 다 들은 신정훈이 장종현을 욕하자, 시현도 맞장구를 쳤다.

"그런데 너 정말 이렇게 맨 얼굴로 돌아다녀도 되는 거냐?

최소한 변장은 안 하더라도 선글라스 정도는 써야 하는 거 아
냐?"

"에이 선배도. 3년이나 지났는데 누가 신경 쓰겠어요."

시현이 이렇게 태연한 이유는 3년이나 지난 것도 있지만, 어
떤 일이 있어도 잡히지 않을 자신감이 있어서였다.

"그래도 조심하는 게 좋아. 경찰들 중에서 너를 알아보는 사
람이라도 있으면 어쩌려고."

"예예, 조심할게요."

잠시 멈추어서 이야기를 나눈 신정훈과 시현은 다시 계단을
오르기 시작했다.

"그동안 어디에 있었냐?"

"아주 먼 곳이요."

시현은 설명을 하려면 꽤 오랜 시간이 걸리기 때문에 대충
둘러댔다.

"해외에 나가 있었나 보구나. 쯧, 고참 하나 잘못 만나서 이
게 무슨 고생이냐."

"그러게 말이에요. 그런데 선배는 그동안 뭐 하고 지냈어
요?"

"뭐 하긴. 그냥 아버지 밑에서 일 배우면서 지내다가 낙하산
으로 이사 자리를 꿰찼지."

"이사라니 선배, 출세했네요."

시현이 웃으며 말하자, 신정훈은 정색을 하며 말했다.

"말도 마라, 낙하산 인사라고 얼마나 무시하는데. 앞에서는

회장 아들이라고 깍듯이 대하면서 뒤에서는 얼마나 나를 씹는
지. 글쎄 저번에 내가 화장실에서 큰 거를 보고 있는데……."

'예나 지금이나 똑같네.'

툭하면 하소연하는 것까지 하나도 변하지 않은 신정훈을 보
며 시현은 이곳을 찾아온 게 정말 잘한 일이라고 생각했다.

쉴 새 없는 신정훈의 하소연을 듣다 보니 어느새 22층에 위
치한 신정훈의 사무실에 도착했다.

"뭐 마실래? 커피? 녹차?"

사무실에 들어서서 소파에 자리를 잡고 앉자 신정훈이 물었
다.

"커피요."

"오케이, 커피 두 잔."

곧 신정훈이 커피 두 잔을 직접 타서 내오자, 둘은 커피를
음미하며 다시 대화를 이어갔다.

"그런데 무슨 일로 나를 찾아왔냐?"

"선배에게 물건 하나를 보여줄려고 왔어요."

"물건?"

"예, 아주 좋은 거예요."

시현은 차고 있던 벨트를 끌러 탁자 위에 올려놓았다. 만든
지 몇 달 되지 않았지만 그동안 꽤 험한 전투를 겪어서인지 상
당히 낡아 있었다.

딱 보아도 가치가 전혀 없어 보이는 낡은 벨트였지만 신정
훈은 시현이 자신만만한 모습을 보고는 벨트에 특별한 것이

있나 살피며 물었다.

"그냥 벨트 같은데? 뭐 골동품이라도 되냐?"

"골동품은 아니고요. 일단 한번 차보세요."

곧 신정훈이 일어나 벨트를 허리에 차자 동시에 시현이 벨트에 대해서 말하기 시작했다.

"이건 일종의 마법 벨트예요. 외부에서 착용자에게 빠른 속도로 날아오는 물체가 있을 시, 실드가 생성돼 착용자를 지켜주는 효능이 있어요. 계속 사용하다 보면 마나가 소진돼서 다시 충전시켜 줘야 하지만 최소한 열 번 이상은 착용자의 목숨을 지켜줄 거예요."

시현의 간단한 설명이 끝나자 신정훈의 얼굴에 떠오른 감정은 어이없음이었다. 몇 년 만에 만나서 하는 이야기가 허황된 마법 타령이라니…….

신정훈은 시현에게 어이없다는 투로 말했다.

"장난하냐?"

신정훈이 화를 내는 것은 이미 예상한 바였던지라, 시현은 당황하지 않고 이곳에 오기 전부터 생각했던 대로 직접 벨트의 능력을 보여주기로 했다.

"선배, 미안."

미안하다는 말 한마디와 함께 시현은 자리에서 일어나 신정훈의 얼굴을 향해 주먹을 날렸다.

"헛!"

신정훈은 시현이 대비할 새도 없이 갑작스럽게 주먹을 날리자, 헛바람을 들이켜며 곧 다가올 고통에 대비해 눈을 질끈 감았다.

하지만 고통은 찾아오지 않았다.

이상함을 느낀 신정훈이 눈을 뜨자 그의 눈앞에 시현의 주먹이 보였다.

"야, 너, 이……."

시현이 장난을 친 거라 여기고 화를 내려던 신정훈의 목소리가 잦아들었다. 바로 자신을 감싸고 있는 투명한 막의 존재를 느꼈기 때문이었다.

"이, 이게?"

신정훈이 시현을 쳐다보며 말하자, 시현은 고개를 끄덕였다.

"예, 바로 실드 마법이에요."

눈으로 보았음에도 신정훈은 믿기지 않는지 손으로 직접 실드를 만져 보고 나서야 납득했다. 하지만 시현의 말 전부를 믿는 것은 아니었다.

"이, 이거 정말 대단하구나! 도대체 어느 나라에서 만든 거냐? 이런 물건을 만들 정도로 기술이 발달해 있다니."

"하아, 이거 정말 마법이라니까요."

"세상에 마법이 어디에 있냐? 그보다 이거 어디서 만든 거냐? 미국? 일본? 아니면 우리나라?"

'어쩔 수 없지.'

곧 시현은 직접 몇 차례 마법을 시현했다.

시현의 손에서부터 떠오르는 하얀빛 덩어리, 둥실 떠오르는 시현의 몸, 그 외 여러 가지 마법들이 신정훈의 앞에 펼쳐지자, 신정훈은 시현의 말을 믿지 않을 수가 없었다.

"허, 마법이라니. 그런 게 정말 있을 줄이야. 앗!"

여전히 믿기지 않는다는 표정으로 시현이 펼쳐 놓은 마법을 바라보던 신정훈은 무엇인가가 생각이 났는지 짧게 소리 지르며 뒤쪽 책상에서 신문을 꺼내 뒤지기 시작했다.

"혹시, 이거 너 아니야?"

신정훈이 시현의 앞에 내놓은 신문에는 큼지막한 제목과 함께 사진이 실려 있었다.

"남산타워 허공에 출현한 두 인영. 사람인가? 유령인가? 쩝. 신문에도 실렸네."

신문에 실린 그 사진은 바로 어제 남산타워 허공에 떠 있던 시현과 아체의 모습이었다.

"흐릿해서 누군지 모르겠지만 웬지 낯설지가 않아서 이상했었는데……."

시현의 반응을 본 신정훈이 시현이 바로 이 사진의 주인공임을 확신했다.

"그런데 옆에 이 여잔 누구냐? 혹시 애인?"

"예."

얼굴을 붉힌 시현의 대답에 신정훈은 그대로 시현의 목에 팔을 휘감고는 조이기 시작했다.

"이 부러운 자식, 나도 아직 여자가 없는데. 그 와중에도 여자를 사귀었단 말이야."

"켁켁, 선배는 모델 건에 푹 빠져 있으니 애인이 없죠. 아직까지 애인이 없는 걸 보니 여전히 모델 건에 푹 빠져 있는 거죠?"

시현의 대답대로 신정훈은 여전히 모델 건에 푹 빠져 있었고, 그 덕에 여자 친구를 못 사귀고 있는 형편이었다.

하지만 말해도 될 게 있고 하지 말아야 할 게 있는 법.

"이 자식 넌, 너무 많은 걸 알고 있어!"

아픈 곳을 꼭 집힌 신정훈은 팔에 온 힘을 다해 시현의 목을 조이기 시작했다.

"켁켁, 선배 항복. 켁, 항복."

한차례 몸싸움이 끝난 후 잠시 숨을 돌린 신정훈은 벨트를 집어 올리며 시현이 자신을 찾아온 이유를 물었다.

"단순히 자랑하려고 이걸 보여준 것은 아닌 것 같고. 무슨 일이냐?"

"선배, 선배 생각에는 이게 잘 팔릴 것 같아요?"

시현의 물음에 신정훈은 생각해 볼 것도 없이 바로 입을 열었다.

"당연하지. 이런 물건이라면 얼마를 줘서라도 살려고 할걸. 잠깐 이걸 나한테 팔려고 온 거냐?"

시현은 가만히 고개를 저으며 말했다.

"아니요. 제가 이걸 선배에게 보여 드린 이유는 한 가지 제

안을 하기 위해서예요.”

“제안?”

“예, 선배. 저랑 동업하지 않을래요?”

신정훈은 잠시 시현의 얼굴과 벨트를 번갈아 쳐다보더니 입을 열었다.

“설마, 이걸로?”

“예. 만드는 건 제가 할 테니 선배가 좀 팔아주었으면 해서요. 제가 딱히 인맥이 있어서 부자들을 알고 있는 것도 아니고, 솔직히 제값을 받을 자신도 없어서요. 게다가 앞으로 여러 가지 할 일도 있고 해서 사업에 대해 잘 알고 있는 사람이 필요하거든요.”

꿀꺽!

시현의 제안에 신정훈은 마른침을 삼켰다. 지금 눈앞에 있는 마법 벨트 하나만 팔아도 적어도 몇억, 아니, 몇십 억을 받을 수 있을지 모른다. 그런데 그것을 만들 수 있다니. 한마디로 대박이었다.

신정훈은 고개를 세차게 아래 위로 흔들었다.

잠시 후 신정훈과 함께 은행을 나서는 시현은 손에 든 통장을 열어보며 희희낙락거렸다.

“선배, 진짜 부자인데요?”

새로 만든 통장의 위쪽에는 선명하게 1억이 찍혀 있었다. 바로 시현이 신정훈에게서 계약금과 투자비 조로 얻어낸 금액이었다.

"뭐 이쯤이야. 그런데 1주일에 두 개라고 했지? 언제쯤 완성되냐?"

마음만 먹으면 하루에 한 개 정도는 만들 수 있지만 굳이 그렇게 서두를 필요를 느끼지 못했다. 가이아에서와는 달리 이곳에 그 재앙이 닥치기 전까지는 많은 시간이 걸리기 때문이다.

50년? 60년? 아니, 어쩌면 100년이 걸릴지도 모르는 긴 시간이었다. 그렇기 때문에 시현은 천천히 즐기면서 계획을 진행시키기로 하였다.

"내일부터 할 거니까. 다음주 수요일쯤?"

"그럼 일단 이 벨트는 충분히 소문을 내줄 수 있는 사람에게 선물하기로 할게. 요즘 후계자 싸움 때문에 위험하다고 하니 이 벨트의 능력을 제대로 홍보해 줄 수 있을 거야?"

"누구길래요?"

시현이 선물할 대상에 대해 묻자, 신정훈은 다른 사람이 들을 새라 시현에게 귓속말로 대답했다.

"삼합회의 차기 보스 후보 중 1명."

"켁! 선배가 어떻게 그런 사람을 알아요. 삼합회라면 중국 마피아잖아요."

"인마, 목소리가 너무 크잖아. 혹시라도 우리 회사에서 삼합회 쪽이랑 관계가 있다는 걸 알면 곤란하다고."

신정훈의 당부에 시현은 조그만한 목소리로 물었다.

“그런데 어떻게 삼합회의 차기 보스를 알게 된 거예요?”

“우리 회사가 중국 쪽에서는 제법 잘나가고 있지 않냐. 그래서인지 그쪽에서 접촉해 오더라.”

“왜요?”

“뭐 뻔하지 않냐. 뒤를 봐줄 테니 돈을 바치라는 거지.”

“그래서 줬어요?”

“응. 어쩔 수 없지. 중국에서 삼합회에 거슬리면 힘드니까. 대신 돈값은 하더라구. 그리고 그 와중에 알게 되었는데, 제법 사람이 괜찮더라구.”

“흠… 그래요?”

마피아에게 선물로 준다는 게 마음에 걸렸지만, 신정훈을 믿기에 시현은 굳이 내색하지 않았다.

“홍보가 되면 그때부터 한 달에 한 번씩 경매로 물건들을 팔 생각이니까 적어도 한 달에 5개 이상은 만들어야 된다. 알았지?”

“걱정 마시라구요.”

해가 막 저물기 시작해 사방이 붉은 노을빛으로 물드는 이른 저녁 시간, 시현은 신정훈과의 계약을 끝마치고 집 앞에 도착할 수 있었다.

“이걸 드리면 두 분 다 좋아하시겠지?”

시현은 손에 들린 통장을 열어보며 웃었다. 신정훈에게 계약금과 재료비 조로 받은 1억이 들어 있는 통장에서 따로 9천만 원을 꺼내 만든 통장이었다.

띠리디리디리디리디.

벨을 누르자 곧 인터폰에서 익숙한 목소리가 들려왔다.

"누구세요?"

"어머니, 저예요."

곧 문이 열리고 집 안에 들어서자 어머니와 함께 아체가 시현을 반겨주었다. 둘 다 앞치마 차림인 것을 보니 식사를 준비하고 있던 모양이다.

"왔니?"

"오빠, 오셨어요."

"다녀왔습니다. 그런데 아버지는요?"

"글쎄다. 오늘은 일찍 오신다고 하셨는데. 그런데 무슨 좋은 일이라도 있니?"

오랫동안 보아왔던 어머니답게 김선혜는 시현의 기분이 무척이나 좋다는 것을 단숨에 알아차렸다.

"헤헤, 조금 있다가 아버지 오시면 말씀드릴게요."

시현은 어머니의 옆에서 자신을 반갑게 맞아주는 아체의 머리를 한번 쓰다듬어 주고 옷을 갈아입기 위해 방으로 들어갔다.

'놀라실까? 아니면 웃으실까? 어머니는 우는 거 아니야?'

방에 들어온 시현은 통장을 드렸을 때 부모님이 어떻게 반응하실지를 상상하며 옷을 갈아입기 시작했다.

띠리띠리띠리띠리디.

"아! 오셨나 보다."

벨 소리에 속도를 빨리해 옷을 갈아입고 방을 나서자, 일을 끝마치고 들어오시는 아버지를 볼 수 있었다.

"오셨어요."

"아, 그래. 그런데 무슨 좋은 일이라도 있느냐? 얼굴이 좋아 보이는구나."

"예, 갔던 일이 잘되었거든요."

"무슨 일인지는 모르지만 잘되었다니 다행이구나."

"아버지, 어머니 제가 드릴 게 있어요."

"뭘?"

"자자, 여기서 서 있지 마시고요. 안방으로 들어가세요."

시현은 부모님을 모시고 방 안으로 들어갔다.

방 안에서 상석이라고 할 만한 곳에 유현진과 김선혜가 자리를 잡고 앉자 시현이 맞은편에 앉았다. 그리고 시현의 옆에 아체가 자리를 잡았다.

"이거 받으세요."

시현은 통장을 두 손으로 공손히 부모님 앞에 놓았다.

"웬 통장이냐?"

유현진이 통장을 집어 들어 열고는 그 안에 기입되어 있는 금액을 보며 놀라 물었다.

"이 많은 돈이 어디서 났느냐?"

"여보, 얼마나 되길래요? 어머!"

통장에는 9천만 원이 들어 있었다. 바로 부모님께 드리기 위해 따로 만든 통장이었다.

“첫 월급이랄까요?”

“월급?”

“예.”

“하지만 너는 온 지 하루밖에 되지 않았잖니. 어떻게 월급을……?”

김선혜가 의문을 표하자 시현은 머리를 긁적이며 말했다.

“그게 계약금으로 받은 거예요. 사실 1억을 받았는데 천만 원은 재료비로 써야 돼서 9천만 원만 드리는 거예요.”

“네가 쓰지 않고.”

“제가 쓸 돈은 충분히 있어요. 그러니 걱정 마시고 그 돈으로 사고 싶은 거 마음껏 사시고 잡수시고 싶은 것도 마음껏 잡수세요.”

“우리 아들, 다 컸구나.”

김선혜에게 칭찬을 받은 시현은 시선을 유현진에게로 옮겼다. 잔뜩 기대를 담은 눈을 한 채로.

“장하다.”

유현진 너무 기뻤지만 아버지로서의 위엄을 잃지 않기 위해 나름 근엄한 표정을 지으며 시현을 칭찬했지만, 그 모습과는 어울리지 않게 입이 귀에 걸쳐 있었다.

“풋!”

그 우스꽝스러운 모습을 본 아체가 참지 못하고 웃음을 흘렸다.

“이이도 좋으면 그냥 좋다고 하시지, 그렇게 무게를 잡아요?”

"크흠, 큼."

이어지는 김선혜의 가벼운 핀잔에 유현진은 얼굴을 붉히며 헛기침만 해대었다.

"흐음, 어떤 물건으로 만드는 게 좋을까?"

아직 마법진에 대한 지식이 모자랄 때에는 비교적 면적과 부피가 큰 벨트를 이용했지만, 이제 굳이 그런 벨트를 사용하지 않아도 충분히 마법 물품을 만들 수 있었기에 시현은 어떤 물건으로 마법 물품을 만들까 고민하고 있었다.

"역시 벨트는 항상 가지고 다니기가 불편하니 다른 게 좋겠지."

벨트같이 면적과 부피가 큰 게 만들기 편하지만 항상 가지고 다니기에는 무리였다.

"흠, 항상 몸에 지니고 있을 수 있는 게 뭐가 있더라?"

시현이 고민에 빠지자 옆에서 지켜보던 아체가 끼어들었다.

"반지 어때요?"

"반지? 아니, 반지는 작아서 만들기가 너무 힘들고… 목걸이, 그래, 목걸이가 좋겠다. 원형을 만들고 그 위에 보석으로 장식하는 거야."

일단 형태가 정해지자, 그다음은 일사천리였다. 마법 물품의 기본이 되는 납에 마법진을 세기고 그곳에 수은을 흘려 넣고 다시 납으로 봉인했다.

그 뒤 겉에 금을 입히고 보석으로 마무리를 하자 작은 펜던트가 완성되었다.

"이제부터가 어렵지. 후우, 후우."

마법진을 이루고 있는 납과 수은의 양이 작아진 만큼 더 많은 마나를 압축해서 집어넣어야만 하기에 시현은 마음을 가다듬기 위해 두어 차례 심호흡을 했다.

그 모습을 본 아체는 조심스럽게 방을 나섰다. 마법 물품에 마나를 집어넣을 때 만큼은 시현 혼자 있게 해주는 게 좋다는 것을 몇 번의 경험으로 알고 있기 때문이었다.

아체가 나가자 시현은 펜던트를 양손으로 포개고 눈을 반개한 채로 정신을 집중하기 시작했다.

'모여라.'

곧 시현의 의지에 감응해 주변의 마나들이 포개여진 손을 향해 모여들었다.

처음은 쉬웠다. 시현의 의지에 따라 마나들은 차곡차곡 펜던트 안에 쌓여갔다. 하지만 펜던트 속의 마나가 점차 쌓여갈수록 마나를 불어넣기가 힘들어졌다.

3시간, 시현이 필요한 만큼의 마나를 펜던트에 불어넣는데 걸린 시간이었다.

"으아. 지쳤다, 지쳤어."

덜컹.

"오빠, 끝나셨어요?"

끝나기가 무섭게 아체가 오렌지 주스를 들고 안으로 들어왔다.

"아, 고마워. 그런데 기다리고 있었던 거야?"

"헤헤."

아체는 대답 대신 웃음을 지으며 시현의 옆에 앉았다.

"잘 만들어졌네요."

금과 보석으로 장식된 평범한 펜던트였지만, 아체는 마치 탐이 난다는 듯이 펜던트를 바라보았다.

"왜, 가지고 싶어?"

"아니요."

고개를 저으며 아니라고 했으나 아체는 자꾸 손가락을 만지작거리며 아쉬운 표정을 지었다.

"아하, 반지가 가지고 싶은 모양이구나."

시현이 다 안다는 표정으로 아체를 쳐다보자 마음을 들킨 아체는 얼굴을 붉히며 말을 더듬었다.

"아, 아니에요."

하지만 여전히 손가락을 만지고 있는 것을 보니 마음이 있는 게 분명했다.

'그러고 보니 이곳까지 따라와 주었는데 해준 것도 거의 없구나. 이번에 커플링이라도 하나 해줘야겠다. 특별한 것으로.'

시현은 말로는 아니라고 하지만 기대로 가득찬 눈빛을 하고 있는 아체를 보며 머릿속에 둘만의 특별한 마법 반지를 설계하기 시작했다.

Chapter 3

데이트

에버랜드

오래전에 용인 자연농원이라 불렸던 한국에서 손꼽히는 놀이 공원은 평일 아침인데도 불구하고 사람으로 북적거렸다.

"와아!"

시현에게 말로만 듣던 놀이공원을 직접 본 아체가 감탄성을 터뜨렸다.

"정말 대단해요."

시현은 연신 감탄성을 터뜨리는 모습에, 마치 에버랜드가 자신의 것인 양 어깨를 으쓱이며 아체의 손을 잡아끌었다.

"자, 가자."

시현이 아체를 이끌고 간 곳에는 레일이 굽이굽이 현란하게 깔려 있는 롤러코스터가 있는 곳이었다.

"역시 맨 처음에는 이걸 타야지."

롤러코스터, 스릴과 스피드를 제공하는 기구로 대부분의 사람들이 즐겨 타는 놀이기구지만 처음 놀이기구를 접하는 아체에게는 난이도가 있는 기구였다.

하지만 아체는 그것도 모른 체 시현을 따라 롤러코스터의 맨 앞자리에 앉았다.

덜컹! 덜컹!

천천히 롤러코스터가 레일을 따라 오르기 시작하자 처음 놀이기구를 접하는 아체는 그것마저 재미가 있는지 웃으며 시현에게 말했다.

"오빠, 이거 너무 재미있어요."

"좀 있으면 더 재미있을 거야."

아체를 보며 씨익 웃는 시현의 모습에 아체는 일말의 불안감을 느꼈다. 저 미소는 자신이 그 매운 해장국이라는 것을 먹을 때 시현이 지었던 미소와 무척이나 닮았기 때문이었다.

곧 롤러코스터가 정점에 오르자 아체는 볼 수 있었다, 그 아래로 이어지는 급경사를.

"오! 까아아아아아!"

급경사를 보고 불안한 마음에 가장 의지가 되는 시현을 부르려던 아체는 갑자기 마치 절벽에서 떨어지기라도 하듯이 급강하하기 시작하는 롤러코스터의 움직임에 그대로 비명을 지르기 시작했다.

"오빠! 캬아아아! 오빠!! 캬아아아아아!"

"하하하하!"

장장 5분이라는 시간 동안 시현을 불러대며 비명을 지른 아체는 롤러코스터에서 내리고도 한참 동안 숨을 가다듬어야만 했다.

"오빠!!"

"왜?"

"왜라니요! 어쩜 아무런 말도 안 해주고 저런 무시무시한 것에 절 태울 수가 있어욧!!"

잔뜩 화가 난 목소리로 아체가 타박했지만, 시현은 오히려 웃으면서 대답했다.

"힘껏 비명 지르고 나니까 속이 후련하지 않아?"

"에? 그러고 보니……."

아무리 옆에 가장 의지가 되고 사랑하는 사람이 있다지만 낯선 세계에 대한 두려움이 있게 마련이었다. 그것으로 인해 아체는 행복하면서도 한편으로는 두려움으로 가슴 한쪽이 꽉 막힌 듯이 갑갑했었지만, 이렇게 있는 힘껏 비명을 지르고 나니 그 갑갑함이 많이 해소된 것이었다.

"해해."

그 말에 아체는 언제 화가 났냐는 듯이 혀를 빼꼼이 내밀며 시현의 팔에 팔짱을 꼈다.

"그래도 너무했어요. 정말 무서웠다고요."

"자자, 다음에는 저거다."

시현이 가리킨 곳에서는 막 수식으로 급강하하고 있는 자이로드롭과 그곳에 탄 채로 누가 크게 비명을 지르는가 경쟁하고 있는 탑승자들이 있었다.

척 보기에도 공포스러운 놀이기구에 아체의 얼굴이 핼쑥해졌다.

"저, 저거요?"

"응. 얼마나 재미있는데."

다시 시현의 얼굴에 떠오르는 짓궂은 그 미소, 아체는 팔짱을 낀 팔을 풀고 슬금슬금 뒷걸음쳤다.

'도망쳐야 해!'

아무리 속이 후련해진다지만 더 이상 저런 놀이기구는 사양이었다.

"어딜!"

그런 아체의 마음을 짐작이라도 한 듯 시현이 재빨리 뒷걸음치는 아체의 손을 잡아끌었다.

"자, 이것보다 더 재미있는 것도 많으니까 어서 가자!"

"우엥!"

시현은 아체를 이끌고 롤러코스터, 자이로드롭, 바이킹 같은 스릴 넘치는 놀이기구를 중심으로 타기 시작했다.

"꺄아아아아!!"

처음과는 많이 다른 아체의 비명 소리, 즐거움에 가득한 비명 소리다.

어느새 이런 스릴 있는 놀이기구의 참 맛을 알아버린 아체
는 있는 힘껏 즐거운 비명을 지르며 즐기고 있었다.

"하아, 하아."

얼마나 소리를 질렀는지 놀이기구에서 내렸을 때는 가볍게
숨을 헐떡거릴 정도였다.

"자, 다음에는 뭘 탈까?"

시현은 다음에 탈 놀이기구를 정하기 위해 입구에서 들어올
때 가지고 온 안내서를 폈다.

그때였다.

꼬르륵.

작은 꼬르륵 소리, 그 출처는 바로 아체의 뱃속이었다.

"배고파?"

"예."

오전 내내 놀이기구를 타면서 소리를 질러댔으니 배고플 만
도 했다.

"그럼 우리 뭐 먹을까?"

"오빠, 저거요. 저거."

시현은 아체가 가리킨 곳으로 시선을 돌렸다. 그곳에는 작
은 국수집이 있었다.

"저걸로 되겠어?"

"예."

시현은 다시 한 번 국수집을 쳐다보았다. 미리 준비된 육수
에 국수를 말아주는 게 전부인 작은 국수집이다 보니 제대로

앉을 자리마저 없었다.

"그러지 말고 다른데 가자, 불고기 어때, 너 불고기가 정말 맛있다고 했잖아."

다른 데로 가자고 불고기라는 미끼까지 던졌지만 아체는 요지부동이었다.

"저 꼭 저거 먹고 싶어요."

"쩝, 그럼 어쩔 수 없지."

결국 시현은 아체의 뜻대로 국수를 먹기로 했다.

"여기 국수 두 개 말아주세요."

"예, 8천 원입니다."

국수 한 개에 4천 원, 언뜻 비싸 보였지만, 제법 양도 많고 위에 고명도 충실한 게 돈값을 하는 것 같았다.

"감사합니다. 맛있게 잡수세요."

국수 두 그릇을 건네받은 시현은 근처에 앉을 만한 곳이 있나 찾아보았다.

"아, 저기서 먹자."

멀지 않은 곳에 빈 벤치가 보였다.

"후루룩."

"호르륵. 헤헤."

아체는 국수를 먹으면서 연신 웃고 있었다. 국수가 제법 맛이 있었지만, 맛 때문에 웃는 것은 아니었다.

"왜?"

"첫 데이트 때가 생각나서요."

"첫 데이트라… 아, 그 축제 날 말이구나?"

"예, 그때도 둘이서 이렇게 국수를 먹었잖아요."

"아."

시현은 왜 굳이 아체가 국수를 먹자고 고집을 피웠는지 알 수 있었다. 국수는 첫 데이트의 추억이 담긴 음식이었던 것이다.

"그때도 이렇게 맛있었지."

그때의 추억을 되살리며 먹으니 한층 더 맛있었다.

든든하게 국수로 배를 채운 시현과 아체는 소화도 시킬 겸 공원 내를 돌아다니며 구경거리들을 찾으며 데이트를 즐겼다.

"오빠, 저거 봐요. 저 두 사람 얼굴에 똑같은 그림이 그려져 있어요."

아체가 가리킨 곳을 보니 두 커플이 얼굴에 하트 모양의 그림을 그려 넣은 채로 팔짱을 끼고 거닐고 있었다.

"아, 저거 페이스 페인팅이라고 몸에 그림을 그려주는 거야. 저기 그림 그리고 있는 거 보이지?"

아체는 저 모습이 부러웠는지 페이스 페인팅을 해주는 곳으로 시현의 팔을 잡아 이끌었다.

"오빠, 우리도 해요."

"그럴까?"

하지만 막상 페이스 페인팅 하는 곳 앞까지 가니, 기다리는 사람들이 너무 많았다. 페인팅을 할려면 적어도 30분 넘게 기다려야만 했다.

"30분 넘게 기다려야겠는데."

현재 1분이 아까운 아체에게는 청천벽력과도 같은 소리였다.

"힝. 꼭 하고 싶은데."

그때 시현의 머릿속에 한 가지 좋은 생각이 떠올랐다.

"아체야, 이리 와봐."

시현이 아체를 데리고 간 곳은 스티커 사진기가 몰려 있는 곳이었다.

"이게 뭐 하는 거예요?"

스티커 사진을 아체가 알 리가 없었다.

"이거 즉석으로 사진을 찍어주는 거야."

"아, 이게 그 사진이란 걸 그려주는 거구나."

아직 사진에 대한 개념이 제대로 잡히지 않은 아체가 엉뚱한 대답을 했지만, 그다지 많이 틀리지 않은 관계로 시현은 그냥 고개를 끄덕이며 넘어갔다.

"자, 그린다."

시현은 사진을 찍기 위해 몸을 숙여 아체의 얼굴에 자신의 얼굴을 밀착시켰다.

찰칵!

사진이 찍히고 곧 배경이 하트로 장식되어 있는 스티커 사진이 나왔다.

"와아! 정말 잘 그렸어요. 진짜 같아요."

"하하. 그래, 잘 그렸지. 잠시만."

시현은 스티커를 하나를 뗐다. 그리고 아체의 왼쪽 볼에 그 스티커를 붙였다.

"자, 오빠도 해줘."

시현이 아체에게 스티커를 넘겨주자, 아체가 시현의 왼쪽 볼에 스티커를 떼어 붙였다.

"자, 여기 봐봐."

스티커 사진기 안에 놓여 있는 거울을 보자, 페이스 페인팅 못지않게 어울렸다.

"헤헤, 우리 나가요."

마음에 드는지 아체가 웃으며 시현의 팔에 팔짱을 꼈다.

시현과 아체, 이 두 커플은 신장 차이가 많이 나기도 하고, 아체가 서양적인 미모를 가지고 있다 보니 자연히 사람들의 시선을 끌었다.

"저기 좀 봐. 얼굴에 스티커 붙였네."

"호, 괜찮은데."

"자기야, 우리도 할까?"

"그럴까?"

꽤 많은 커플들이 시현과 아체의 모습을 보고 부러워하며 스티커 사진기가 모여 있는 곳으로 이동했다. 그날 스티커 사진기는 때아닌 호황을 누렸다.

날이 어둑어둑해지자, 본격적인 퍼레이드와 함께 불꽃놀이
가 시작되었다.

펑! 퍼엉!

폭죽이 터지는 소리와 함께 형형색색의 불꽃들이 하늘에 수
를 놓았다.

"와아! 정말 대단해요."

가이아에서도 폭죽이 존재했지만 이곳의 폭죽에 비해 너무
초라했기에, 아체는 화려하게 밤하늘을 수놓은 불꽃들을 보며
연신 감탄성을 토해냈다.

퍼레이드 장소에서 제법 떨어진 약간 어둡고 한적한 곳이었
기에 불꽃놀이가 더욱더 화려해 보였다.

펑! 퍼엉!

폭죽이 터지면서 이 어둑한 곳을 희미하게 비춰주었고, 멀
리서 들려오는 퍼레이드의 음악 소리가 감미롭게 울려 퍼졌
다.

분위기가 바로 이때라고 시현에게 외치는 듯했다.

'이때다!'

시현은 주머니에 손을 넣었다. 그곳에는 오늘 하루 종일 밖
으로 나오기만을 기다리고 있는 작은 상자가 있었다.

상자를 꺼내기 위해 손에 힘을 주어보지만, 이상하게도 손
이 잘 따라주지 않았다.

"후우~"

너무나 긴장이 된 나머지 시현은 한차례 심호흡을 했다. 아

체가 기뻐하며 받아줄 것이란 것을 잘 알고 있지만, 웬지 모르
게 긴장이 되었다.

"아체야."

시현의 음성과 표정에는 마음속의 긴장감이 그대로 들어나
있었다. 그것을 느낀 아체는 볼에 홍조를 띠우며 수줍고 또 한
편으로 기대가 차 있는 목소리로 대답했다.

"왜요?"

시현은 어색한 움직임으로 주머니에서 상자를 꺼냈다.

그 상자를 본 아체의 얼굴에 환한 미소가 지어졌다. 시현을
따라 마법 목걸이의 재료를 사러 갈 때 보았던 보석이나 목걸
이 반지 등을 담아주는 상자였기 때문이다.

시현이 상자를 열자, 그곳에 두 개의 반지가 보였다.

은백색의 아름다운 문양이 새겨져 있는 반지, 시현이 심혈
을 기울어 만든 반지였다.

시현이 무엇을 하려는지 눈치 챈 아체가 수줍은 표정으로
천천히 왼손을 시현의 앞에 내놓았다.

꿀꺽.

마른침을 삼키는 소리에 시현은 스스로 놀랐다. 그 소리가
너무나 크게 느껴졌기 때문이다.

생에 가장 긴장되는 순간, 시현은 상자에서 조심스럽게 두
개의 반지 중 아체를 위해 준비한 작은 반지를 꺼내 들었다.

시현이 손이 아체의 작고 고운 손을 잡자, 아체가 흠칫 떨었
다. 아체 또한 긴장한 모양이었다.

떨리는 손으로 시현은 천천히 아체의 왼손 약지에 반지를
껴주었다.

퍼! 퍼퍼퍼퍼펑!

마치 그 순간을 축복하려는 듯, 연속으로 폭죽이 터지며 불
꽃이 사방을 환하게 메웠다.

'뭐라고 해야 하지? 뭐라고 말해야 하는데…….'

시현은 아체의 손을 잡은 채로 굳어져 있었다. 반지를 아체
의 손가락에 껴주며 말할 멋들어진 대사들을 열심히 외워놓았
으나 하나도 생각나는 게 없었다. 마치 머릿속이 텅빈 듯했다.

"사, 사랑해."

단지 사랑해라는 한마디지만, 아체는 그 어느 때보다 행복
했다. 시현이 자신을 아끼고 사랑해 준다는 것을 잘 알고 있었
지만, 이렇게 직접 표현해 주는 것은 처음이기 때문이다.

아체의 눈가에 눈물이 맺혔다. 기쁨의 눈물이었다.

아체는 시현의 사랑해라는 말의 대답으로 고개를 살짝 들고
는 눈을 감았다.

퍼엉!

파르르 떨리는 눈썹, 앵두 같은 입술. 그리고 때마침 터지는
폭죽으로 인해 연한 붉은빛으로 물드는 아체의 얼굴.

시현은 그 모습에 홀리듯, 천천히 아체의 입술에 자신이 입
술을 가져갔다.

Chapter 4
원수를 만나다

아체도 이 세계에 잘 적응해 갔고, 마법 목걸이의 제작도 이미 끝마쳤다.

게다가 신정훈에게서 홍보가 아주 잘되었다는 기쁜 소식까지 전해져 왔다.

모든 게 순조롭고 평화로웠다. 그 수상한 두 사람이 나타나기 전까지는 말이다.

"도대체 그놈들은 누구지?"

며칠 전부터 밖에서 집으로 돌아올 때면 자신의 뒤를 밟는 수상쩍은 차림의 두 남자, 뒤를 밟는 것 외에 딱히 다른 행동을 취하지 않아서 가만히 내버려 두고 있지만, 여간 신경이 쓰이는 게 아니었다.

"경찰일까?"

시현은 고개를 저었다. 아무리 생각해 봐도 경찰이면 이미 수갑을 내밀고 자신의 앞에 나타나도 몇 번이나 나타났을 터였다.

"에이, 신경 쓰지 말자."

시현은 그 둘을 애써 무시했다. 지금의 평화로움을 될 수 있는 한 조금이라도 더 즐기고 싶었기 때문이다.

하지만 시현의 바람은 오래가지 못했다.

아체에게 옷을 사주기 위해 아체를 대동하고 새벽 일찍 집 밖으로 나온 시현의 앞을 그 두 남자가 가로막았기 때문이었다.

검은색의 정장 양복 차림의 두 남자가 앞으로 가로막자 아체는 겁먹은 표정으로 시현의 뒤로 숨었다.

"유시현!"

두 남자의 입에서 자신의 이름이 나오자 가슴이 뜨끔했지만 시현은 내색을 하지 않고 퉁명스럽게 대답했다.

"무슨 일입니까?"

시현이 묻자 한 남자가 품 안에 사진을 한 장 꺼내며 시현에게 보여주었다.

사진은 바로 남산타워에서 시현과 아체가 공중에 떠 있던 그 사진이었다.

"같이 좀 가줘야겠습니다. 물론 뒤에 계신 숙녀 분도."

아무래도 경찰은 아닌 듯했기에 시현은 안심했으나, 이들이 자신과 아체를 어디론가 데려가려 하기에 시현은 어떻게 할지 망설였다.

'따라갈까? 아니면 이 둘을 눕히고, 용건이 뭔지 알아낼까?'

시현의 망설임은 오래가지 않았다. 현재 자신의 실력이라면 어디서든지 탈출할 수 있다는 자신감이 있기 때문이었다.

"좋습니다. 따라가죠. 다만 저만 갑니다."

아무리 자신감이 있다 하지만, 아체를 위험할지도 모르는 곳에 데리고 갈 수는 없었기에 시현이 앞으로 나서며 말했다.

"안 됩니다. 두 분 다 가셔야겠습니다."

"한 중위님, 그러지 마시고 그냥 유시현만 데리고 가죠."

사진을 보여준 남자가 단호하게 말하자, 그 다른 남자가 작은 목소리로 한 중위에게 속삭였다.

보통 사람이라면 듣지 못했을 정도로 작은 속삭임. 하지만 마나를 사용하게 됨에 따라 보통 사람의 감각에 비해 훨씬 뛰어난 감각을 가지고 있는 시현은 충분히 들을 수 있었다.

'한 중위? 혹시 나를 잡으러온 헌병인가?'

자신을 잡으러 온 헌병인가 생각했던 시현은 곧 그 생각을 털어버렸다. 헌병이라면 자신만 잡아가면 됐지, 아체를 데려갈려고 할 리가 없기 때문이다. 게다가 굳이 그 사진을 보여줄 필요도 없고.

시현의 시선의 상대를 한 중위님이라고 칭한 남자에게 향했다.

무슨 이유에선지 모르지만 묘하게 낮이 익었다. 어디선가 몇 번 본 느낌이었다.

한 중위라 불린 사내는 눈을 부릅뜨는 것으로 상대를 침묵시키고는 다시 시현에게 물었다.

"어떻게 하시겠습니까?"

말은 정중했지만, 순순히 말을 안 들으면 당장이라도 무력을 사용하겠다는 태도가 역력했다.

"만약 나 혼자만 가겠다면?"

그것을 느낀 시현이 삐딱한 말투로 되묻자, 한 중위라고 불린 사내는 물음에 대답하며 바로 행동을 게시했다.

"때려눕혀서라도 데려가야지."

한 중위가 말이 끝남과 동시에 바로 시현을 향해 주먹을 날리자, 시현은 실소를 머금으며 그 주먹을 받기 위해 손을 뻗었다.

'이런 주먹쯤이야.'

"큭!"

시현은 재빨리 몸을 뒤로 빼며 충격을 분산시켰다. 생각과는 다르게 주먹의 위력이 엄청났기 때문이다.

'어떻게?'

생각할 새도 없이 다시 한 중위의 공격이 날아왔다. 이번 역시 공격을 막았지만 그 충격이 장난이 아니었다.

한 중위의 공격은 쉬지 않고 계속되었다.

‘마치 오우거랑 싸우는 것 같군.’

거침없이 퍼붓는 공격을 막아가며 시현은 예상외의 충격에 당황했던 마음을 추슬렀다.

일단 마음을 추스르고 나자 상대는 단지 오우거의 힘을 가지고 있는 인간, 그 이상도 그 이하도 아니었다.

‘좋아! 본때를 보여주지.’

본격적으로 시현은 마나를 사용해 가며 맞서자, 금세 한 중위를 압도하기 시작했다. 아무리 오우거의 힘을 가지고 있다곤 해도 익스퍼트의 경지를 넘어선 시현의 상대는 아니었다.

“어, 어떻게……!”

오히려 자신을 압도하자 한 중위는 당황한 표정이었다. 조금 전 몰아붙이던 패기는 어디론가 사라지고 시현의 공격을 막기에 급급했다.

그때였다!

“파이어 볼!”

뜬금없는 ‘파이어 볼’ 소리와 함께 날아오는 불덩이. 설마 이곳에서 자신과 아체 외에 파이어 볼을 날릴 수 있는 사람이 있을 줄 몰랐던 터라 시현은 당황한 나머지 미처 피하지 못하고 그 불덩이에 적중되고 말았다.

“응?”

하지만 위력이 너무 약했다. 시현에게 명중하자마자 폭파를 일으킨 불덩이니 시현의 옷만을 약간 태웠을 뿐이었다.

‘이거 파이어 볼, 맞아?’

그러고 보니, 마나의 흐름도 느껴지지 않았다. 단지 ‘파이어 볼’ 이라는 외침과 불덩어리뿐이었다.

“오빠!”

나머지 1명이 가세하자 뒤에 서 있던 아체가 시현을 도우려 했다. 하지만 시현은 아체의 정체를 들키고 싶지 않았다.

“가만히 있어!”

아체를 진정시켜 놓은 시현은 이때를 놓치지 않고 마음을 가다듬고 퍼붓기 시작한 한 중위의 공격을 차분히 막아내었다.

시현은 한 중위의 공격을 막으며 힐끔, 그 이상한 파이어 볼을 날렸을 거라고 생각되는 남자를 쳐다보았다.

“파이어 에로우!”

남자의 외침과 함께 허공에서 화살 형태의 불덩어리가 생겨났다.

‘아무런 마나의 이동도 없다. 그냥 생겨난 거야. 어떻게 저런 게 가능하지?’

마법은 아니었다. 그냥 허공에 생겨났을 뿐이었다.

자신을 향해 날아오는 불꽃의 화살을 시현은 손에 잔뜩 마나를 집어넣어 잡았다.

흐륵.

그대로 사라져 버리는 불꽃의 화살, 역시 전의 파이어 볼과 마찬가지로 위력이 형편없었다.

“크윽.”

시현의 손짓 한번에 ‘파이어 에로우’가 사라진 것이 분한지 사내가 분한 표정으로 이를 악물었다.

“파이어 에로우, 파이어 에로우… 파이어 에로우!”

한 번의 외침마다 한 개씩 생겨나는 불꽃의 화살, 순식간에 파이어 에로우가 허공을 뒤덮었다.

좀 전 쏘아보내었던 파이어 에로우와 다를 게 없었지만 저 정도의 숫자라면 이야기가 달랐다.

‘빨리 끝내자.’

저 이상한 마법 같은 것의 정체가 무척이나 궁금하기도 했고, 또 계속 늘어가는 불꽃의 화살들이 신경 쓰였기 때문에 시현은 빨리 끝내기로 마음먹고 한층 공격의 강도를 올렸다.

“크윽!”

강도를 올리자마자 한 중위는 일방적으로 몰리기 시작하더니 곧 시현의 주먹에 맞고 나가떨어졌다.

한 중위를 처리한 시현은 몸을 돌려 남은 한 사내를 바라보았다. 사내는 허공에 수십 개의 불꽃 화살을 만들어냈으나 공격해야 할지 망설이고 있었다.

“뭐 해, 공격해!”

‘이 정도의 파이어 에로우라면 아무리 강해도 죽을지도 몰라. 잠시였지만 같이 생활했던 동료인데.’

쓰러졌던 한 중위가 일어서며 사내를 향해 외쳤지만 사내는 시현을 공격할 마음이 없었다. 사람이 죽을지도 모른다는 것

은 둘째 치고라도 상대는 짧은 기간이었지만 함께했던 동료였
다.

"명령이다! 어서 공격해! 어서!"

"미안!"

한 중위가 다그치자 사내는 작은 목소리로 시현에게 사과하
며 모든 불꽃의 화살들을 퍼부었다.

하나의 위력은 약했지만 저렇게 허공을 수놓을 정도로 많은
화살을 그대로 맞는다면 타격이 클 것이다.

곧 불꽃의 화살들이 시현을 향해 덮치자 순식간에 사방이
불길에 휩싸였다. 시현의 말대로 가만히 물러나 있던 아체에
게 그 열기가 느껴질 정도였다.

하지만 아체의 표정은 태연했다. 그 불길 안에서 익숙한 마
나의 움직임이 느껴졌기 때문이었다. 바로 실드가 시전될 때
의 움직임이었다.

불길은 금세 사그라졌다.

그리고 그 불길이 사라지고 난 뒤, 그곳에는 시현은 평상시
와 같은 차림으로 모습을 드러냈다.

"어, 어떻게……!"

불꽃을 날린 사내는 자신도 모르게 뒷걸음질쳤다. 한 중위
를 압도하는 실력을 보고 죽지는 않을 것이라고 생각했지만
저렇게 멀쩡한 모습이라니…….

"한판 더?"

시현이 태연하게 박카스 광고의 대사로 농담을 할 정도로

멀쩡한 모습을 보이자, 둘은 고개를 저었다. 더 이상 싸워봐야 승산이 없다는 것을 깨달았기 때문이다.

둘에게서 싸울 의지가 보이지 않자, 시현은 이상한 마법을 쓴 사내를 가리키며 물었다.

"야, 너 그 마법은 도대체 어디서 배운 거지?"

다른 세계에서 왔다든지, 이곳 지구에서도 마법사가 존재해 왔다든지, 그런 쪽의 대답을 예상했지만, 사내의 대답은 전혀 다른 것이었다.

"마법이면 좋게? 이건 마법이 아니야."

"응?"

"발화 능력이지."

사내가 대답하며 손가락을 튀기자, 사내의 주위에 작은 불덩이 하나가 나타났다.

"그럼 아까 파이어 볼, 파이어 에로우라고 외친 건?"

"그냥 폼 좀 잡아본 거지. 훨씬 폼나잖아."

"하."

이곳에도 마법사가 있을 줄 알았는데, 단순히 폼 때문에 그렇게 외친 것이라니, 시현은 웬지 힘이 쭈욱 빠져나가는 것 같았다.

한숨을 내쉬며 사내를 쳐다보는 시현의 얼굴에는 호감이 서려 있었다. 크게 다칠까 봐 공격을 망설인 것도 맘에 들었고, 또 사내의 얼굴이 웬지 낯이 익기 때문이다.

"그런데 웬지 낯이 익은데……."

시현이 끝말을 흐리자, 사내는 미소를 지으며 대답했다.

"3X사단 신병훈련소 1중대 3소대 A반."

사내의 대답은 바로 시현이 훈련병 시절 소속된 소대였다.

"아!"

시현은 그제야 사내가 왜 낯이 익은지 알 수 있었다. 바로 훈련병 시절 같이 훈련을 받은, 그리고 시현 때문에 지독한 악몽을 경험하게 된 동기 중 하나였다.

꽤 오랜 시간이 지났기에 이름은 기억이 나지 않지만, 시현은 혼자 속으로 눈앞의 동기를 부르던 호칭을 기억해 냈다.

"그 판타지 광!"

사내는 바로 신병훈련소의 첫날에 꾼 악몽에서 '나의 오러를 받아랏' 이란 유치한 대사를 외치고 오크에게 덤볐다가 맨 처음 죽은 그 동기였다.

그 호칭을 들은 사내의 얼굴이 찡그려졌다.

"판타지 광이라니, 조금 판타지를 좋아할 뿐이라고."

나름 항의를 해보지만, 발화 능력을 사용할 때 일일이 파이어 볼, 파이어 에로우를 외치는 걸로 봐서는 전혀 설득력이 없었다.

"아, 그런데 이름이 뭐였지? 너무 오래돼서."

"김세원."

"아, 그래 기억난다. 김세원, 오랜만이다."

반가워하는 시현의 모습에 김세원은 쓴웃음을 지었다. 오래 전 같이 그 악몽을 겪었던 동기를 만난 것은 반가웠지만 현재 자신은 그를 어떤 수를 써서라도 데려가야 할 입장이었기 때문이다.

"근데 너 말뚝 박았냐? 저 한 중위라는 사람이 명령 운운하는 걸 보니 군인인 것 같은데."

김세원은 고개를 끄덕였다. 일반적인 군인과는 하는 일이 달랐지만 소위라는 직책을 가지고 있기 때문이다.

김세원이 긍정의 뜻으로 고개를 끄덕이자, 시현의 안색이 어두워졌다.

'탈영 때문에 날 잡으러 온 건가?'

시현은 곧 그 생각을 부정했다. 단순히 탈영 문제 때문에 자신을 잡으러 왔다면, 오우거와 비교될 수 있는 힘을 지닌 저 한 중위나, 발화 능력이 있는 김세원을 보낼 리가 없었다. 아니, 아예 그런 능력자가 소속되어 있는 부대에서 자신을 찾을 리가 없었다.

'오히려 나를 포섭하려고 왔다면 모를까?'

생각해 보니 그럴 확률이 컸다.

"왜? 나를 끌고 갈려고 했지? 혹시 내가 탈영한 것 때문에?"

시현이 자신이 생각이 맞는지 확인하기 위해 김세원을 향해 질문을 던지자 김세원은 고개를 좌우로 흔들었다.

"우린 그저 너를 데려오라는 명령을 받았을 뿐이야. 그리고 가급적 저 여자 분도 함께."

"모른다고 해도 대충 짐작가는 건 있을 거 아니야."

"뭐 뻔하지. 우리 부대 자체가 능력자들을 연구하고 활용하는데 중점을 두고 있으니 너를 포섭하려는 거겠지. 어때? 밑져야 본전. 아, 이건 아닌가? 하여간 우리 부대에 들어오면 대우가 아주 좋다고, 같이 가자.”

시현의 예상대로 탈영 문제가 아닌 포섭이 목적이었다.

‘아체를 같이 데려갈려고 한 것도 이해가 가는군. 그런데 어떻게야 한담.’

생각해 볼 것도 없었다. 오히려 데려가 달라고 애원해야 할 판이었다. 이번 일로 잘 만하면 현재 시현의 가장 골칫거리인 죄를 어떻게든 사면받을 수 있을지도 모른다.

시현은 힐끔 아체를 쳐다보았다. 부딪침으로 시작해서 지금에는 세상에서 가장 소중한 사람들 중 하나가 되었다. 아체를 위해서라도 이들을 따라가 떳떳하게 사회에 모습을 드러낼 수 있도록 자신의 죄를 청산해야만 했다. 하지만 아체가 조금이라도 위험할 가능성이 있는 것은 사절이었다.

‘그래, 가급적이라고 했으니.’

김세원이 한 말 중 가급적이란 단어를 기억해 낸 시현은 결심했다.

“좋아, 따라가지.”

“잘 생각했어.”

“하지만.”

“응?”

“나만 가겠어.”

시현 혼자 가겠다는 말에 뒤에서 시현과 김세원의 대화를 지켜보던 한 중위가 끼어들었다.

"안 돼! 저 여자도 같이 간다."

"하지만 한 중위님, 저 여성 분은 가급적이면 데려오라……."

"김 소위!"

나름 시현을 편들려던 김세원은 한 중위의 한마디에 침묵했다. 역시 군대는 계급이 깡패인 것이다.

시현은 걸음을 옮겨 한 중위의 앞에 섰다.

"싫다면 어쩔 건데."

"그, 그건."

시현이 기세를 내뿜으며 협박하는 어조로 말하자, 한 중위는 대답을 못하고 말을 더듬었다.

"아체야, 쇼핑은 나중으로 미루어야겠다. 미안하지만 집에서 기다리고 있어. 최대한 빨리 다녀올 테니."

"예."

시현이 둘을 따라 간 곳은 서울 외곽의 군부대였다.

부대를 둘러싼 철책, 그 주위를 순찰하는 총을 든 군인들, 전형적인 군부대였지만, 안으로 들어가니 그곳은 마치 거대한 연구 단지 같았다.

"군대가 아니라 연구소 같구만."

"연구소라고도 할 수 있지."

"그런데 뭐 하는 곳인지 말 안 해줄 거야? 이곳까지 왔는데도?"

"아따 그것참, 그렇게 나 영창 가는 꼴 보고 싶냐? 좀 있으면 다 알게 되니까, 조금만 참아."

같이 신병훈련을 받았다는 공통점 덕에 어느새 시현과 친해진 김세원은 차를 몰며 백미러로 힐끔 뒷좌석을 바라보았다.

"그런데, 저 한 중위님 말이야. 괜찮은 거지?"

뒷좌석에는 한 중위가 그대로 정신을 잃은 채 널브러져 있었다.

김세원과 대화를 하는데 자꾸 방해를 놓자 시현이 그의 뒷목을 치는 척하면서 마법으로 재워놓은 것이었다.

"응. 아무런 문제 없을 거야. 그런데 언제 도착하냐?"

"얼마 안 남았어. 이 길을 따라 조금만 더 가면 돼."

김세원의 말대로 얼마 지나지 않아 목적지가 보였다.

4명의 군인이 지키고 있는 위병소, 그리고 위병소를 시작으로 부대를 완전히 둘러싸고 있는 철책, 전형적인 군부대였다.

위병소 앞에 차가 멈추자, 곧 군인 둘이 차 앞으로 다가왔다.

"충성, 다녀오셨습니까? 김 소위님."

"응. 김 병장, 수고한다."

경례를 하고 차 안을 살피던 김 병장은 뒤에 널브러져 있는 한 중위를 보고 물었다.

"저기, 한 중위님은 무슨 일 있으십니까?"

"아, 피곤하다고 눈 좀 붙이신다는대."

원칙대로라면 한 중위를 깨워서 확인을 해야겠지만, 김 병장은 그러질 못했다. 한 중위의 더러운 성격을 잘 알고 있었기 때문이다.

'깨워봤자 나만 욕먹지.'

곧 김 병장의 시선이 시현에게로 향했다.

"이분은 누구십니까?"

"아, 이번에 우리 부대에 들어오게 될지도 모르는 사람이야. 이름은 유시현이니까. 적어둬."

"예, 알겠습니다."

확인이 끝나고 김 병장이 손짓을 하자 곧 바리케이드가 열렸다.

"그럼, 수고해."

"충성!"

김 병장의 경례를 받으며 김세원이 모는 차는 부대 안으로 들어섰다.

부대 안은 겉과는 다르게 마치 하나의 대학교처럼 꾸며져 있었다. 깔끔한 건물들 그리고 사람들이 쉴 수 있게 마련되어 있는 작은 연못이 딸린 휴게소, 또 슈퍼마켓을 연상시킬 정도로 규모가 큰 PX등, 만약 위병소를 지나쳐 오지 않았다면, 이곳이 군대라고는 생각지도 못했을 풍경이었다.

"이거, 군대 맞냐?"

"왜, 부럽냐?"

"햐. 이런 곳이라면 군대 생활할 만하겠다."

전혀 군대라고 생각되지 않는 풍경들을 보며 감탄하는 동안, 김세원이 모는 차는 부대 중심에 위치한 커다란 건물 앞에 멈춰섰다.

"아, 어떻게 하지? 업고 갈 수도 없고."

김세원이 뒤에 정신을 잃은 채 널브러져 있는 한 중위를 보고 난감해하자, 시현이 뒤를 돌아 그를 흔들며 깨웠다.

"이봐요, 일어나요."

시현이 깨우자 한 중위는 금세 눈을 떴다.

"응?"

잠시 영문을 모른다는 표정으로 주위를 둘러보던 한 중위는 곧 시현이 자신을 기절시켰다는 것을 깨닫고 입을 열려 했다.

"이 새……."

하지만 시현이 먼저였다.

"입 다물고 있어, 또 재워 버리기 전에."

시현의 협박이 먹혀들었는지 한 중위는 막 토해내려는 욕을 들이켰다.

"야! 세원아, 가자."

곧 김세원을 따라 간 곳은 이 건물 내에 휴게실로 보이는 넓은 방이었다.

"한 중위님, 제가 여기서 같이 있을 테니 보고하러 가세요."

시현의 눈치를 보며 아무 말도 못하고 있는 한 중위를 보며 김세원이 말하자 한 중위는 재빨리 방을 나섰다.

한 중위의 급한 발소리가 멀리 사라지자 김세원은 씨익 웃으며 시현에게 말했다.

"한 중위님이 저렇게 쩔쩔매는 건 처음 보네."

"저 사람 쎈가 보지?"

"응, 우리 부대에서 열 손가락 안에 드는 실력자야."

김세원이 양손의 손가락을 쫙 피고 대답하자, 시현은 이곳에 오면서 김세원에게 물었던 것을 다시 물었다.

"그런데 이곳은 뭐 하는 곳이냐? 이제 말 좀 해봐."

"흠… 뭐 이곳까지 왔으니 말해도 되겠지. 이곳은 바로 일종의 초능력 연구소 겸 부대야."

"잉? 초능력 부대?"

"응. 너, 2년 전에 한창 초능력 붐이 일었던 것 알지?"

2년 전에는 가이아에 있었기에 알 턱이 없지만, 시현은 TV에서 자신의 사진을 보며 2년 전 운운했던 리포터의 말을 기억해 냈다.

"응."

"초능력자들이 대거 나타나서 매스컴이 떠들썩했지만, 다 사기로 판명난 거. 사실 그거 모두 진짜야."

"그래?"

그때 일에 관해 전혀 아는 게 없었지만, 시현은 아는 척하며 김세원의 말에 맞장구를 쳐주었다.

"그때 정말 힘들어 죽는 줄 알았다. 그냥 초능력을 자랑하는 사람들은 가서 잘 말하고 데려오면 됐는데, 그중에서 초능력을 범죄에 이용한 놈들이 있었거든. 그놈들 잡아오느라고 참 힘들었지."

김세원의 말에서 그 초능력 붐이라는 것 이전부터 이 부대에 소속되어 있는 것 같은 뉘앙스가 풍겼다.

"너 언제부터 초능력을 갖게 된 거냐? 나랑 같이 훈련받을 때는 분명 그런 능력은 없었던 것 같았는데."

"너, 모르는 거야?"

"뭘?"

김세원이 어이없다는 표정으로 시현을 쳐다보며 말했다.

"너, 정말 눈치 없구나. 어떻게 그걸 모를 수가 있냐? 너도 겪었을 텐데."

"겪다니?"

"초능력 말이야. 너도 그 일을 겪은 다음에 얻은 거 아니었어?"

김세원의 말에서 시현은 그 일이 무엇인지 눈치 챌 수 있었다.

"아! 그 악몽!"

그러고 보니, 자신도 그 악몽으로 인해 몸에 많은 변화가 있었다. 마치 진화 수준의 변화를 일으키지 않았던가? 그러고 보니 자신과 같이 꿈속에서 수련을 한 블랙 라이온 용병단원들도 자신과 비슷한 변화를 일으켰었다.

'잠깐, 그때 세계수에서 만난 하스발 시어, 그분이 분명 나 말고도 많은 사람에게 똑같은 종류의 꿈을 꾸게 한 걸로 알고

있는데. 세상에 그럼 얼마나 많은 초능력자들이 생긴 거야.’

“도대체 초능력자가 몇이나 되는 거냐?”

“흠… 내가 알고 있는 것만 70명 정도?”

알고 있는 것만 이라고 했으니 더 많다는 이야기였다.

“그럼 그 악몽을 겪은 사람들 모두 초능력자가 된 거야?”

시현의 질문에 김세원은 고개를 저었다.

“아니, 능력을 각성하는 사람도 있고 그렇지 않은 사람도 있어. 연구소에서 추측하기로는 악몽을 꾼 횟수가 많아지면 많아질수록 능력을 각성할 확률이 높은 모양이야. 그리고 그 능력은 본인의 성향에 따라 결정된다고 하네.”

“성향?”

“응, 예를 들어 몸을 자주 움직이는 격투 쪽을 좋아하는 사람이라면 육체강화 쪽 능력을 각성하고, 책을 읽고 상상하기를 즐기는 사람이라면 정신계 쪽 능력을 각성한다고 하더라고.”

“정신계 능력이면 너처럼 발화 능력이나 염동력 같은거?”

“응. 텔레파시 능력자도 있고, 다양해 그리고 이건 사실 비밀인데. 세계에서 단둘밖에 없는 텔레포트 능력자도 우리나라에 있어.”

“대단한데? 텔레포트라니.”

텔레포트는 현재 시현으로서도 사용 불가능한 마법이었다. 단 한 번 사용한 적이 있었지만, 그것은 세계수를 이용해 아체를 텔레포트시킨 것이지 시현의 힘이 아니었다.

그런데 그 텔레포트를 자유자제로 사용할 수 있는 능력자가 있다니, 시현은 진심으로 감탄했다.

"그런데 너 그 초능력 붐이라는 것 전부터 이 부대에 있는 것 같은데, 어떻게 이 부대에 들어오게 된 거냐?"

"아, 상병 되고 얼마 안 됐을 때였어. 몇 번 능력을 사용했더니 장 소령님이 용케 알고 나를 스카웃해 가더라. 아, 그리고 놀라지 마. 그때 같이 훈련받은 동기들 중 이곳에 5명이나 더 있다. 모두 장 소령님이 발견해서 스카웃한 거지."

"장 소령님?"

"응. 대단한 사람이야. 이 부대가 이 정도까지 커진 게 그 사람 때문이라는 말도 있으니까. 다만 성격이 좀 더럽다는게 흠 이지만."

"흠… 대단한 사람인가 보네."

시현이 장 소령이란 사람에게 감탄하고 있는 사이 밖에서 발걸음 소리가 들리기 시작했다. 보고를 하러간 한 중위가 보고를 마치고 돌아오는 모양이었다.

'응? 1명이 아닌데?'

덜컹.

문 열리는 소리와 함께 3명의 사람이 모습을 드러냈다. 그리고 그중 1명은 시현이 아주 잘 알고 있는 사람이었다.

"장종현!!"

Chapter 5
사고를 치다

"장종현!!!"

시현이 자리에서 벌떡 일어나며 소리쳤다. 3년간 이를 갈았던 그가 바로 눈앞에 있는 것이었다.

시현이 달려들려 하자, 장종현의 뒤에 있던 2명의 사내가 시현의 앞을 가로막았다.

"어이, 무슨 일인지 모르지만 좀 진정하라고. 그런데 너, 장 소령님과 아는 사이였냐?"

김세원의 말에 시현은 바로 저 씹어먹어도 시원찮을 장종현이 바로 김세원이 말한 장 소령임을 깨달았다.

'일단 저놈이 뭐라고 하는지 직접 들어보자.'

당장이라도 잡아서 주리를 틀고 싶었지만, 시현의 마음속에서는 한 가지 걸리는 점이 있었다. 혹시라도, 만에 하나, 아니, 백만에 하나라도 그 깡패가 장종현이 보낸 게 아니라면?

'아니, 그럴 리는 없겠지만.'

분명 장종현의 소행임에 틀림없지만, 시현은 장종현의 입에서 직접 그 이야기를 듣지 않는다면 복수를 해도 찜찜할 것 같았기에 꾸욱 참았다.

"오랜만이군."

"그래, 오랜만이다."

자신의 인사에 시현이 반말로 대답하자 장종현은 얼굴을 찡그렸다.

"그래도 옛 고참인데, 반말이라니."

"흥, 당장 잡아서 주리를 틀지 않는 것만 해도 감사한 줄 알아."

시현이 계속 시비조로 이야기하자 장종현은 어처구니없다는 표정으로 말했다.

"너 지금 어떤 상황인지 알고나 있냐?"

"아, 잘 알고 있지. 어떤 놈의 계.략.에 빠져 조폭 1명을 죽이고 열심히 도망다니는 중이지."

일부러 계략이란 부분을 강조하며 장종현을 뚫어져라 쳐다보았지만 장종현은 오히려 시현을 가소롭다는 표정으로 바라보며 입을 열었다.

"계략에 빠졌든 빠지지 않았든 살인은 살인이지. 안 그런가, 살인자 씨?"

시현은 주먹을 쥐었다 폈다를 반복했다. 당장이라도 장종현
의 면상에 주먹을 날리고 싶은 충동을 억제하기 위해서였다.

"장종현, 한 가지만 묻자."

"묻고 싶은 게 있으면 물어봐. 성실히 대답해 주지."

"그 깡패들, 네 짓이지?"

"아니."

망설임없이 대답하는 장종현을 시현은 그냥 묵묵히 쳐다보
았다. 이미 예상하고 있는 일이었다. 이렇게 사람이 있는 곳에
서 그 사실을 실토할 리가 없을 테니까.

지금 이곳에서 장종현에게서 사실을 들을 수 없음을 깨달은
시현은 다음 기회를 노리기로 하고 왜 자신을 찾은 것인지 알
아보기로 하였다.

"날 이곳에 부른 용건이 뭐야?"

"일단 앉지."

시현이 방 안에 준비된 소파에 앉자, 곧 장종현은 책상 위에
서 사진 한 장을 꺼내 들며 시현에게 보여주었다.

"이 사진, 알아보겠지?"

사진에는 바로 남산타워에서 시현이 아체를 안고 허공을 나
는 모습이 찍혀 있었다.

"처음 보는군."

방금 전에도 본 사진이지만 시현은 시치미를 뗐다.

"그렇게 시치미를 떼도 소용없어. 비행 능력에 육체강화 능
력이라 대단하군. 뭐 또 다른 능력은 없나?"

“없어.”

“이거 왜 이러나, 악몽을 꾸게 하는 능력도 있지 않나. 내가 직접 당했는데.”

“그렇다고 해두지. 그런데 왜 자꾸 그런 걸 묻는 거지?”

“아, 능력을 알아야 실험을 할 것 아닌가?”

“실험?”

“그래, 너도 알다시피 이곳은 초능력자들이 모인 부대, 그 초능력에 대한 연구는 필수지. 하지만 초능력자들은 매우 귀중한 인재인데다, 무척이나 적기 때문에 기본적인 실험이 다였지. 그러다 보니 진전이 별로 없단 말이야. 그래서 생각해 냈지. 초능력을 범죄에 사용한 자들을 대상으로 그 죗값을 대신해 실험으로 때우는 방법을.”

“아, 그러니까 나를 상대로 여러 가지 위험한 실험들을 하겠다? 내가 동의 안 하면?”

“아니, 의사는 상관없어. 범죄를 저지른 초능력자들은 무조건 실험에 동참해야 하는 거니까. 대신 형기가 무척이나 짧아지지. 너에게도 참 좋은 일이지. 고문에 가까운 실험들을 참아 내야 하지만. 크크.”

재미있다는 표정으로 시현을 쳐다보며 기분 나쁘게 웃는 장종현의 태도에 시현의 주먹에 힘이 들어갔다.

“아, 너 혼자만 실험에 참가하면 외로울 테니 사진의 여자도 특별히 실험에 참가시켜 주지. 어때, 고맙지. 응?”

계속되는 비아냥 끝에 아체까지 끌어들이자 시현은 더 이상 참지 않았다.

퍼억!

순식간이었다, 시현이 소파에서 일어나 장종현의 얼굴에 정확히 주먹을 날린 것은. 그 행동이 워낙 신속하고 빨라 장종현을 지키기 위해 양쪽에 서 있던 두 사내는 장종현이 의자째 뒤로 넘어가고 나서야 반응을 할 수 있었다.

"으아아악!"

고통에 두 손으로 얼굴을 감싸며 몸부림치는 장종현의 모습을 본 시현은 방금 장종현을 때린 손을 툭툭 털며 후련한 표정을 지었다.

"좀 후련하군."

철컥!

"꼼짝 마!"

뒤늦게나마 두 사내 중 하나가 총을 꺼내 겨누자, 시현은 가만히 양 손바닥을 들어 올렸다.

"큭! 이 새끼, 두고 보자. 꼭 그년을……."

부축을 받아 일어서며 시현에게 복수를 다짐하는 장종현의 말은 끝까지 이어지지 못했다.

퍼억!

시현이 그년이라는 단어가 나오자마자 다시 손을 썼기 때문이다.

"으아아악!"

다시 장종현은 뒤로 나가떨어지며 고통에 몸부림쳤다.

"꼬, 꼼짝 마!"

시현에게 총을 겨눈 사내의 손이 떨려왔다. 어찌나 빠른지 대비를 하고 있었음에도 손을 쓰는 것을 제대로 볼 수 없었기 때문이다.

"야, 참어. 그러다가 큰일나면 어쩌려고."

보다 못한 김세원이 나서며 시현을 말렸다.

"너도 들었잖아, 이 새끼가 감히 아체를!"

시현이 성질을 못 이겨 재차 장종현에게 달려들려고 하자 김세원이 그에게 매달렸다.

"참아, 너 이러다가 정말 큰일나."

김세원의 걱정 어린 어조에 시현은 애써 화를 누그러뜨렸다, 나중에 확실히 손을 쓰기로 다짐하며.

지하에 위치한 감옥은 초능력자를 가두기 위해 만들어진 감옥이다 보니 보통의 감옥과는 달랐다. 겉모양은 일반 감옥과 같았지만 재질이 특수합금으로 되어 있었기 때문에 아무리 육체적 능력에 특화된 능력자라고 해도 이 감옥을 부수고 나오기란 하늘에 별 따기 만큼이나 어려웠다.

그 튼튼한 감옥의 안에는 현재 시현이 자리를 차지하고 있었다.

이렇게 감옥에 그것도 고문에 가까운 실험을 당하게 될지도 모르는 처지이지만, 시현의 표정에는 일말의 걱정도 없었다.

'아체가 걱정하겠다. 연락해 봐야지.'

시현은 왼손 약지에 낀 커플링을 보며 역시 만들어놓기를 잘했다고 생각했다. 아체와 자신을 위해 준비한 한 쌍의 커플링에는 한 가지 마법이 부여되어 있었다.

그 마법은 바로 착용자끼리 의사를 전할 수 있는 통신 마법이었다. 커플링에 꽤나 걸맞은 마법이었다.

시현은 엄지로 반지를 살짝 누르고 마음속으로 말했다.

'아체야, 있니.'

한편 집에서 시현을 전혀 걱정하지 않고 TV를 보고 있던 아체는 갑자기 시현의 목소리가 머릿속에서 울리자 깜짝 놀라며 주위를 둘러보았다.

"오빠?"

하지만 시현의 모습은 보이지 않았다. 당연한 일이었다. 시현은 멀리 떨어진 군부대의 감옥에 잡혀 있으니 말이다.

'아체야, 내 말이 들리면 반지 아랫부분을 손가락으로 누르고 마음속으로 말해봐.'

아체는 머릿속에 울리는 시현의 말대로 반지의 아랫부분에 손가락을 대고 마음속으로 말했다.

'오빠?'

'아, 들었구나.'

'이게 어떻게 된 일이에요?'

'뭐긴 커플링답게 언제 어디서든지 서로 이야기할 수 있게 해주는 통신 마법을 걸어놓았지. 어때?'

'너무 좋아요!'

혹시 별로 좋아하지 않으면 어쩌나 걱정을 했던 시현은 아체의 목소리에 기쁨이 배어 나오자 얼굴에 절로 미소가 지어졌다.

'그런데 어디예요?'

'왜, 걱정돼?'

'아뇨. 이 세상에서 오빠를 해칠 수 있는 사람이 있을 리가 없잖아요.'

시현에 대한 아체의 믿음은 거의 절대적이었다. 시현은 그런 아체의 믿음이 한편으로 기뻤지만 다른 한편으로는 아쉬움이 있었다.

'좀 걱정해 줘도 좋았을 텐데.'

'헤헤, 사실 조금 걱정도 됐어요.'

'윽!'

마음속으로 그것도 혼자말로 이야기한 게 그대로 아체에게 전해지자 시현이 속으로 비명을 질렀다. 물론 그 또한 아체에게 전해졌다.

'오빠, 무슨 일 있어요?'

머릿속에 울려 퍼지는 아체의 음성에는 걱정이 배어 있었다. 시현은 자신의 실수를 깨닫고 급히 사태 수습에 들어갔다.

'아니야. 어떤 상황에서든지 내 몸 하나는 건사할 수 있으니까 걱정하지 마.'

'예. 그런데 언제 오실 거예요?'

'응, 꽤 늦을 거 같아.'

'무슨 일 있어요?'

아까와 같은 질문이었지만, 아까처럼 걱정이 아닌 궁금함이 묻어나는 음성이었다.

'아, 아주 보고 싶었던 사람을 만나서 말이야.'

'헤, 친구 분이라도 만났나 봐요?'

'친구는 아니고 그보다 더 보고 싶었던 사람이야.'

'누구예요? 궁금해요.'

시현은 굳이 장종현에 관한 이야기를 하고 싶지 않았기에 말을 돌리며 본론으로 들어갔다.

'그보다 아체야, 너 내가 부모님께 드린다고 만들어놓은 것들 잘 가지고 있지.'

아체는 시현이 만든 마법 목걸이들 중 특별히 공들여 만든 두 개의 목걸이를 떠올리며 대답했다.

'예.'

'그것들 부모님께 하나씩 네가 직접 걸어드려. 그리고 항상 몸에서 떼지 마시라고 말씀드리고. 너도 반지랑 목걸이 꼭 차고 다니고.'

'오빠, 정말 아무 일 없는 거죠?'

'걱정 마, 오늘 아침에 일도 있곤 해서 혹시라도 모르니 방비를 해두자는 것뿐이니까. 그리고 혹시라도 수상한 사람이 접근하면 본때를 보여줘.'

'걱정 마세요. 저도 마법사라고요.'

아체도 이미 3서클을 돌파한 정식 마법사였기에 보통 사람들은 그녀에게 상대가 되지 않았다. 오늘 시현과 싸운 한 중위의 능력이라면 그녀에게 위협이 될 수는 있겠으나, 시현이 만들어준 마법 물품을 착용하고 있는 한 한 중위도 아체의 상대가 아니었다.

'그럼, 이만 끊는다. 무슨 일 있으면 연락해.'

'예. 오빠도 무슨 일 있으면 연락하세요.'

시현은 통신을 끊었다. 멀리서 희미하게 발걸음 소리가 났기 때문이다.

곧 문이 열리고 한 사람이 들어왔다. 코에 반창고를 잔뜩 붙인 채 얼굴을 찡그리고 있는 그 사람은 바로 장종현이었다.

"그래, 감옥 생활은 좀 어때?"

감옥에 갇힌 시현을 보고 한결 기분이 나아진 장종현이 웃으며 말했다.

"뭐, 그럭저럭. 그런데 코는 좀 어때?"

"뭐, 이 개새끼가!"

시현의 장종현의 말투를 흉내 내며 되묻자 장종현은 시현에게 욕을 하며 화를 내었다. 그러나 그것도 잠시 장종현은 마음을 진정시키고 오히려 웃으며 말했다.

"아무리 그래 봤자 너는 잡힌 몸이야. 두고 보라고. 아주 천천히 피를 말려 죽여줄 테니까?"

장종현의 말에는 단순히 '너 죽는다' 식의 협박이 아닌 정말 죽이겠다는 의지가 엿보였다.

"날 죽이겠다니? 그런 짓을 하면 너도 무사하지 못할 텐데."

"크크, 너 같은 놈 몰래 죽이는 건 일도 아니야."

태도를 보니 이미 이런 식으로 사람을 죽인 경험이 있는 모양이었다. 시현은 어처구니없다는 표정으로 말을 이어갔다.

"하? 소령 자리도 그런 식으로 얻었냐? 아니, 그 잘난 사단장 아버지께서 내려주신 것인지도 모르겠군."

"닥쳐! 이건 내 순수한 능력으로 얻은 것이다!"

시현의 비아냥거림에 장종현은 시현이 본 그 어느 때보다도 화를 내며 시현이 갇혀 있는 감옥의 창살을 걷어찼다. 만약 시현이 감옥에 갇혀 있지 않다면 당장이라도 시현을 패 죽일 기세였다.

그렇게 한참을 창살을 걷어차며 화를 내던 장종현은 뜸해지는 듯싶더니 갑자기 웃음을 터뜨렸다.

"하하하하!"

"미쳤냐?"

"아, 고마워서 그런다. 네놈에게."

시현은 정말 미친놈 보듯 장종현을 쳐다보았다.

"내가 이 자리까지 올라오게 된 게 네놈 덕도 있으니 고맙지 않을 수가 없지."

"내 덕이라니?"

"거미에게 빨려서 죽은 후인가?"

장종현은 오래전 시현의 꿈속에서 거미에게 빨려 죽은 기억을 되살리고 몸서리쳤다. 꽤 오랜 시간이 지났건만 그때의 그

끔찍한 느낌은 지금도 생생했기 때문이다.

"견딜 수가 없었지. 지금도 그때 생각을 하면 몸서리쳐지니. 그때는 제정신이 아니었지. 그래서 도망쳤지. 그렇게 며칠이 지나자 좀 안정이 되더군."

장종현은 좌우로 서성이며 말을 계속 이어갔다.

"그 후 정말 악몽인가, 아니면 네놈이 저지른 짓인가를 알아보기 위해 너에 대해 조사를 했지. 바로 답이 나오더군. 신병 훈련 시절에 너와 같은 내무반을 썼던 훈련병들이 모조리 악몽을 꾸었다지."

시현은 장종현의 말을 들으며 마른침을 삼켰다. 곧 이어질 이야기는 바로 장종현이 자신을 함정에 빠뜨릴 부분일 게 분명했기 때문이다.

하지만 시현의 예상과는 달리 장종현은 그 부분은 그냥 넘어갔다.

"내가 하사로 지원하고 거의 1년이란 시간이 흐른 후였지. 초능력 붐이 일더군. TV에서는 각종 초능력 특집 프로그램을 방송했고, 대거 초능력자들이 나타나기 시작했지. 다들 조작으로 생각했지만 나는 아니었어. 네놈에게 당한 경험이 있으니까 초능력이란 게 정말 존재한다는 것을 알거든."

잠시 이야기를 멈춘 장종현은 품에서 담배는 꺼내 불을 붙힌 후 한 모금 깊게 빨아들였다.

"때마침 초능력 부대에 관한 연구가 한창이었지. 부대에 2명이나 되는 초능력자가 발견되었거든. 그래서 난 바로 그곳에 지원했지. 네놈에게 당한 뒤로 초능력이란 것에 관심이 많았거든. 부대에 들어오고 보니 그 초능력자들이 네놈이랑 내무반을 쓰던 동기였더란 말이지. 어때? 우연치고는 너무 이상하지 않아?"

장종현은 시현에게 손가락 여섯 개를 펴 보였다.

"무려 6명이나 되더군, 네놈이랑 같이 내무반을 쓴 동기 중에 초능력자가. 그 덕분에 난 4명이나 되는 초능력자를 찾아내었다는 공로로 상사로 특진했지."

시현은 장종현의 어깨에 달린 계급장을 보았다. 그곳에는 소령을 나타내는 계급장이 떡하니 붙어 있었다.

장종현은 시현의 시선을 눈치 채고 자랑이라도 하려는 듯 계급장을 더 잘 보이게끔 몸을 움직이며 이야기를 계속했다.

"지금 능력자들을 가장 많이 보유하고 있는 나라가 어디라고 생각하냐? 세계 최강의 미국? 아니면 유럽의 강국인 영국? 사람이 많은 중국? 아니지. 바로 우리나라다. 모두 내가 이루어낸 일이지. 다른 사람, 다른 나라보다 조금 더 일찍 악몽과 초능력의 관계에 대해서 알아냈거든. 그걸 알아내자마자 바로 정신병원의 치료 기록을 뒤졌지. 그 악몽이란 게 도저히 제정신으로 견딜 수 있는 게 아니라서 말이야."

시현은 장종현의 말에 자신도 모르게 고개를 끄덕였다. 자신도 처음에는 반쯤 미치다시피 하지 않았던가.

"악몽으로 병원에 치료를 받으러 오거나 입원한 사람들 위주로 조사를 하니 바로 나오더군. 일단 누가 초능력자인지 알게 되면 포섭은 쉬운 일이지. 그런 식으로 전 세계에서 초능력자들을 끌어 모았지. 그 결과가 바로 여기다.”

장종현의 얼굴에는 자부심이 가득했다.

“그래, 너 잘났다.”

시현이 그 꼴을 보기가 싫어 비아냥거리자, 장종현이 미소를 지으며 말했다.

“나에게 그런 말을 해도 될까?”

“흥, 내가 무슨 말을 하던 네놈은 나를 가만 두지 않겠지.”

“아, 당연하지. 하지만 말이야. 네놈의 태도에 따라서 이 여자의 운명이 달라지지 않겠어?”

장종현은 시현과 함께 사진에 찍힌 아체를 가리키며 말을 이어갔다.

“어떻게 해줄까? 잡아들여서 실험을 핑계로 고문을 할까? 아, 미모가 제법 괜찮은데 내가 한번 품어볼까?”

쾅!

아체를 들먹이는 것에 흥분한 시현이 창살을 양손으로 세게 잡았다. 당장이라도 뚫고 나갈 듯한 태세다.

“아체의 머리카락 한 올이라도 다치면 네놈을 절대 가만 두지 않겠다.”

급히 창살에서 물러선 장종현의 얼굴에 만족스런 미소가 떠올랐다.

“그 감옥 안에서 어쩔 건데? 한 올이라도 다치면 가만 안 둔다고? 좋아, 내 친히 그년을 이곳까지 데려와 니 앞에서 머리카락 하나하나 뽑아주지. 어떻게 하나 보자고."

시현이 흥분하는 모습을 보고 웃으며 말하는 장종현은 정말로 그 말대로 할 기세인지 몸을 돌려 감옥을 나서려 했다.

'이제 듣든 안 듣든 상관없어!'

아체를 들먹이는 장종현의 태도에 시현은 마지막으로 한 번을 묻고, 그 대답에 상관없이 장종현에게 복수를 하기로 결심했다.

"그 조폭들, 니가 보냈지?"

시현의 물음에 장종현이 막 감옥을 나가려던 걸음을 멈추고 뒤를 돌아보며 대답했다.

"크큭, 당연히 내가 보냈지."

장종현은 혹시라도 밖에서 감옥을 지키는 병사들이 들을세라 작게 이야기했지만, 시현의 귓속에는 그 어느 때보다 또렷이, 그리고 크게 들렸다.

씨익!

시현의 입가에 미소가 맺혀졌다.

"그 말 기다렸다."

환희와 분노가 공존하는 목소리, 그 목소리를 들은 장종현은 시현이 감옥에 갇혀 있음에도 불구하고 웬지 모를 불안감에 뒷걸음질쳤다.

쾅!!!

거센 진동과 함께 굉음이 감옥 안에서 울려 퍼지자, 밖에서 감옥을 지키던 병사 둘은 급히 감옥 문을 열었다.

감옥 안에는 자욱한 먼지로 가득 차 있었다. 한 치 앞도 내다볼 수 없을 정도였다.

그 자욱한 먼지 속에서 장종현의 다급한 목소리가 들려왔다.

"쿨럭! 쿨럭! 경비! 쿨럭! 경비!!"

자욱한 먼지 때문에 둘은 잠시 망설였으나, 곧 자욱한 먼지로 가득 찬 방 안으로 뛰어들기 위해 숨을 한껏 들이켰다.

그때였다.

"합!"

짧은 기합 소리와 함께 먼지를 동반한 거센 바람이 문에서부터 쏟아져 나왔다.

"욱!"

막 감옥 안으로 뛰어들려고 했던 둘은 그 순간에 맞춰 쏟아져 나오는 먼지 바람에 뛰어들지 못하고 눈을 감아야만 했다. 그리고 잠시 후 먼지 바람이 잦아들고 눈을 떴을 때 그들은 생각지도 못한 광경에 놀라 입을 다물지 못했다.

절대 망가질 리가 없다고 여겼던 특수합금 재질의 창살이 완전히 박살나 있었다. 엿가락처럼 휘어진 것도 있었고, 조각조각 난 것도 있었다.

그리고 그 창살의 잔해 한가운데에 시현이 장종현의 멱살을 잡아 들어 올리고 있었다.

"컥! 경비! 컥컥!"

멱살이 잡혀 숨이 갑갑한 와중에도 장종현은 있는 힘껏 경

비를 불렀다. 그 소리를 듣고 정신을 차린 경비들은 급히 허리
에 찬 권총을 꺼내 들어 시현을 조준했다.

"그분을 놓아드려라. 안 그러면 발포하겠다."

두 정의 권총이 겨누어져 있음에도 불구하고 시현은 태연한
표정으로 두 경비를 쳐다보았다.

"쏘면 이놈이 맞을 수도 있는데 한번 쏴보던가?"

태연한 시현의 대답에 두 군인은 이를 악물었다. 시현의 말
대로 자신들의 상관인 장종현이 맞을 수도 있기 때문이다.

"자, 총을 내려놓고 비켜주실까. 안 그러면 이놈의 목을 부
러뜨릴 테니."

두 경비는 망설였으나 시현이 장종현의 목을 쥔 손에 힘을
주자, 분한 표정으로 권총을 내려놓고는 문에서 물러났다.

"자, 기대하라고. 곧 재미있는 쇼가 펼쳐질 테니."

장종현을 들은 채로 두 경비를 지나친 시현은 빠른 속도로
건물을 빠져나가기 시작했다.

삐! 삐! 삐!

뒤늦게 시끄러운 경보음과 함께 빨간등이 점멸했지만 시현
은 이미 건물을 거의 다 빠져나간 상태였다.

위이이잉! 쿵!

모터 소리와 함께 입구에 강철 문이 닫혔다.

"크큭!"

시현의 손에 잡혀 있는 장종현이 문이 닫히는 것을 보고 웃
었다. 이곳을 탈출하려는 시현의 시도가 좌절되었다고 여기는

듯했다.

하지만 시현은 장종현의 미소에도 아랑곳하지 않고 문 앞에
서서 손날을 세웠다. 손에는 푸르스름한 오러가 뚜렷한 칼날
의 형태를 이루고 있었다.

시현은 가차없이 강철 문을 향해 손을 휘둘렀다.

서걱. 서걱.

칼로 종이를 써는 것 같은 절삭음이 몇 차례 일었다.

쿵! 쿠쿠궁!

장종현의 두 눈이 크게 부릅떠졌다. 두께 10㎝의 강철 문이
조각조각 나서 그대로 무너졌기 때문이다.

'아, 안 돼!'

장종현은 속으로 비명을 질렀다. 시현의 능력 중 하나가 비
행 능력이 아니던가? 만약 이대로 밖으로 나간다면 시현이 탈
출함은 물론 자신마저 끌려갈 것이 분명했기 때문이다.

하지만 장종현의 우려와는 다르게 건물을 빠져나온 시현은
부대 한쪽에 마련되어 있는 연병장으로 천천히 걸음을 옮겼
다. 마치 산책이라도 하는 사람처럼 느긋하게.

"무슨 꿍꿍이지?"

시현이 예상외의 행동을 보이자, 장종현이 물었다.

하지만 시현은 아무런 대답도 하지 않고 연병장 한가운데로
이동했다. 그리고 잡은 장종현의 멱살을 놔주었다.

"무슨 꿍꿍이냐?"

목을 쓰다듬으며 다시 한 번 장종현이 물었지만 대답 대신

장종현의 무릎을 향해 가볍게 발을 뻗었다.

"으아아아악!"

장종현은 그대로 바닥에 뒹굴며 비명을 질렀다. 가볍게 날린 두 번의 발차기였지만 그로 인해 그의 무릎이 완전히 부러진 것이다.

비명이 사방으로 울려 퍼지자, 사람들이 모이기 시작했다.

곧 시현의 주위로 원형을 그리며 군인들이 소총을 겨누며 포위하기 시작했다. 하지만 아무도 그에게 접근하는 사람은 없었다. 바로 시현의 발치에 널브러져 있는 장종현 때문이었다.

"이게 무슨 짓이냐!"

시현을 포위한 군인들 중 대위의 계급장을 달고 있는 30대 초반의 사내가 앞으로 나서며 성난 목소리로 외쳤다. 이 부대에 소속된 능력자의 실제적인 지휘를 맞고 있는 심인성 대위였다.

"아, 이놈이랑 원한이 있어서 말이지요."

시현은 수십 정의 소총이 자신을 향하고 있음에도 불구하고 태연하게 심 대위의 말에 대꾸하며 무릎을 감싼 채 신음을 흘리고 있는 장종현을 발로 툭툭 찼다.

부상자를 저렇게 놀리듯 발로 툭툭 차는 모습에 심 대위의 얼굴이 구겨졌다.

"아무리 원한이 있다 해도 이건 좀 심하지 않나!"

"이놈이 나에게 한 짓에 비하면 이건 약과입니다만."

심 대위는 시현이 장종현을 쉽게 풀어줄것 같지 않자, 최대한 시간을 끌기로 했다.

"무슨 일인데 그러나? 내 들어줄 테니 소령님을 그만 차고 한번 이야기나 해보지."

시현은 발길질을 멈추었다. 그렇지 않아도 이놈으로 인해 당했던 억울한 사연을 사람들에게 이야기하고 싶었기 때문이다.

"그게 그러니까 말이지요. 군에 들어간 지 거의 1년이 다 되어 갈 때였어요."

시현의 입에서 장종현이 어떤 놈이었는지. 그리고 자신을 어떻게 함정에 몰아넣었는지에 대한 이야기가 흘러나왔다. 물론 그로 인해 다른 세상으로 가야 했던 이야기는 빼고 말이다.

"거짓말이야."

이야기가 끝날 때쯤 시현의 발치에 쓰러져 있는 장종현이 신경질적으로 외쳤다.

"넌, 내가 말하랄 때까지 입이나 닥치고 있어."

시현은 그대로 장종현의 부서진 무릎을 가볍게 쳤다.

"아아아악!"

무릎에서 몰려오는 통증에 다시 장종현이 바닥을 구르며 비명을 질렀다.

"그만! 부탁이다. 더 이상 소령님을 욕보이지 말아라."

보다 못한 심 대위가 간절한 어조로 시현을 말렸다.

"죄송합니다만, 이제부터 그동안의 원한을 갚아줄 거라서 그 부탁을 들어줄 순 없겠군요.”

이제부터 본격적으로 구타를 하기 위해 시현이 몸을 구부려 장종현을 잡으려 하자 심 대위는 어쩔 수 없다는 표정으로 귀에 끼고 있는 이어폰형 무전기에 대고 말했다.

“쏴라!”

탕!

총소리가 연병장을 울렸다. 대위가 시간을 끄는 동안 자리를 잡은 저격수가 시현에게 총을 쏜 것이었다.

아무리 보통 사람의 영역을 훌쩍 넘어버린 능력자이지만, 멀리서 총으로 저격해 오는 것을 피할 수는 없었다. 게다가 지금처럼 이렇게 몸을 구부린 상황에서는 말이다.

대위는 시현이 총에 맞아 쓰러질 것이라고 확신을 했다.

하지만 대위의 확신과는 다르게 시현은 멀쩡했다.

“어, 어떻게!”

대위는 믿을 수 없다는 표정으로 시현을 쳐다보고 있었다. 대위뿐만이 아니었다. 다른 사람들 모두 경악에 찬 표정으로 시현을 쳐다보고 있었다.

시현의 몸에서 조금 떨어진 부근에 총알이 멈춰 있었다. 아니, 정확히는 박혀 있었다고 봐야 했다. 보이지 않는 무언가에 말이다.

탕! 탕!

재차 두 발의 총성이 더 울려 퍼졌다.

하지만 모두 시현의 근처에서 멈추고 말았다.

시현은 장종현에게 뻗던 손을 거두고 허공에 안 보이는 무언가에 박혀 있는 총알을 확인했다.

안 보이는 무언가는 바로 시현이 차고 있는 마법 물품이 생성해 낸 실드였다. 총알이 무서운 속도로 시현을 향해 날아오자, 목에 건 마법 목걸이가 이를 감지하고 실드를 생성해 낸 것이었다.

더 이상 공격이 없자 실드가 사라지면서 총알이 바닥에 떨어졌다.

"자, 이제 또 뭐든 해보시지."

시현의 당당한 말투에 심 대위는 허리에 찬 권총으로 손을 가져갔다. 하지만 권총을 뽑진 못했다. 이곳에서 일종의 연구를 하고 있다는 것은 부대원들이 전부가 알고 있지만, 정확히 초능력을 연구하고 초능력자들로 구성된 부대를 운용하고 있다는 것은 소수만 알고 있는 비밀이었다.

"어떻게 저럴 수가 있지?"

"총알을 막았어!"

부대원들 사이에서 동요가 일고 있었다. 하지만 대위는 신경 쓰지 않았다. 저 정도야 새로운 장비라는 식으로 얼마든지 무마가 가능하다.

하지만 자신의 능력을 썼다가는 무마 자체가 불가능하다.

"크윽."

대위는 분함에 몸을 떨며 큰 소리로 외쳤다.

"원하는 것이 무엇이냐!"

“물론 복수지. 아까 내가 이놈에게 원한이 있다고 말했잖
아.”

시현의 말투는 어느새 반말로 변해 있었다. 총을 쏘라고 지
시한 것에 대한 일종의 반발이었다.

“그렇다고 죽일 것은 없지 않느냐.”

시현은 심 대위의 착각을 교정해 줄 필요성을 느꼈다. 자신
은 절대 장종현을 죽일 생각이 없었다.

“누가 죽인대? 죽일 생각은 없어. 다만 좀 패고 싶을 뿐이
지.”

말을 끝으로 시현은 바로 장종현의 멱살을 잡아 들었다. 그
리고 가볍게 따귀를 올려쳤다.

짜악!

장난하듯이 가볍게 치는 것 같았지만 그 안에 담긴 힘은 가
벼움과는 거리가 멀었다. 단 한 방에 장종현의 입술이 터져 피
가 튀었다.

짜악! 짜악!

시현은 계속 장종현의 따귀를 올려쳤다.

“커억! 살려! 컥!”

짜악! 소리가 울려 퍼질수록 점점 많은 피가 튀었다. 그리고
급기야 그 피와 함께 하얀 조각들이 장종현의 입에서 튀어나
오기 시작했다. 바로 이빨 조각들이었다.

“그, 그만!”

더 이상 했다가는 장종현이 죽을 것 같아 심 대위가 크게 소

리치자, 시현의 움직임이 한순간 멎었다.

'큰일 날 뻔했군.'

오랫동안 마음속에 쌓아온 원한이었던 터라 자신도 모르게 손이 과했다. 아마 대위가 말리지 않았다면 죽였을지도 몰랐다.

시현은 자신의 손에 잡힌 채로 축 늘어져 있는 장종현을 쳐다보았다. 얼굴은 그의 부모가 와도 못 알아볼 정도로 망가져 있었다.

그 꼴을 보니 괜히 마음이 약해졌지만, 시현은 이를 악물었다.

'오랫동안 결심해 온 거야. 겨우 이런 모습에 약해질 순 없어!'

마음을 독하게 먹은 시현은 바로 치유 마법을 장종현에게 시전했다.

"힐!"

손에서 은은한 빛이 장종현의 얼굴에 뿜어지며 완전히 망가져 있었던 장종현의 얼굴이 점차 회복되어 갔다.

"으으. 사, 사려줘."

하지만 부서져 조각조각 나버린 이빨까지는 고치지 못했는지 정신을 차린 장종현의 말투는 어눌했다.

"말해!"

시현이 장종현의 얼굴을 쏘아보며 말하자, 장종현은 어눌한 발음으로 말하기 시작했다.

"내가 그래서, 모드 거 내가 그래서."

그다지 크지 않은 목소리였지만, 모두 숨을 죽이고 쳐다보고 있었기에 시현을 포위하고 있던 사람들은 똑똑히 들을 수 있었다.

이렇게 고문이나 협박에 의한 진술은 증거로 채택되지 않는다. 시현도 그 사실은 잘 알고 있었지만, 그의 얼굴에는 한가닥 미소가 서려 있었다. 사람들에게 자신의 결백을 알렸으니 말이다. 물론 믿고 안 믿고는 자유지만, 표정을 보아하니 모두 믿는 눈치였다.

'여전히 못된 짓을 일삼았나 보군.'

기분이 좋아진 시현은 장종현의 얼굴을 다시 쳐다보았다. 장종현의 얼굴은 완전히 형태가 변해 있었다. 바로 치유 마법 때문이었다.

치유 마법이라고 만능이 아니었다. 뼈가 부러진 곳에 치유 마법을 사용하면 바로 낫지만 뼈를 제대로 맞추지 않고 사용하면 잘못 아물어 불구가 되는 경우가 허다하다. 장종현의 경우도 그랬다.

앞으로 저 얼굴로 살 것을 생각하니 자꾸 시현의 마음이 약해졌다. 본디 성격이 독하지 못했던 시현으로서는 당연한 현상이었다.

'안 돼!'

시현은 고개를 세차게 흔들었다. 이대로 이놈을 놓아줄 수는 없었다. 이미 한번 격었듯이 복수하려고 할 게 분명했기 때문이다.

그 대상이 자신으로 끝나면 모르겠지만, 장종현이 하는 짓으로 보아서는 아체, 그리고 부모님, 어쩌면 오랜 친구들에게까지 미칠지도 몰랐다.

그런 복수조차도 할 수 없게 철저히 부숴놓아야만 했다.

시현은 기억을 떠올렸다. 자신을 워커 발로 걷어차며 웃던 모습, 함정에 빠져서 경찰에게 쫓겨야만 했던 비참한 기억, 또 아체를 들먹이던 히히덕거리던 모습.

머릿속에서 여러 가지 기억들이 떠오르자 시현의 마음속에 장종현에 대한 동정심이 사라지고 그 대신 분노라는 감정이 차올랐다.

'그래, 복수를 하려면 철저히 해야지!'

시현은 장종현의 멱살을 잡은 채로 다른 한 손을 장종현의 어깨로 가져갔다.

우득!

"크아아악!"

어깨의 관절이 시현의 손에 산산이 부서지자 장종현이 몸부림치며 비명을 질렀다. 하지만 시현은 그에 아랑곳 않고 남은 쪽 어깨의 관절마저 부숴 버리려 했다.

"제길!"

더 이상 보고 있을 수가 없었던 심 대위는 권총을 꺼내 들었다. 더 이상 가만히 두었다가는 차라리 죽은 게 더 나은 꼴이 될 것이기 때문이다.

팟!

급격한 공기의 움직임과 함께 심 대위가 그 자리에서 사라졌다.

'사라졌다?'

시현은 장종현을 망가뜨리는 와중에도 주변의 경계를 소홀히 하지 않았기에 심 대위가 순식간에 사라진 것을 알아챌 수 있었다.

'위험해!'

그리고 그와 동시에 뒤쪽에서 섬뜩한 느낌이 들자, 시현은 본능적으로 몸을 숙였다.

탕!

총성과 함께 시현은 뒷머리에 불로 지지는 것과 같은 통증을 느꼈다. 총에서 나간 총알이 시현의 뒷머리를 아슬아슬하게 스쳐 지나간 것이다.

'어떻게!'

두근두근두근.

너무나 놀란 나머지 시현의 심장이 거세게 뛰었다. 한순간에 머리가 총알에 꿰 뚫려 죽을 뻔한 것이다. 얼마나 놀랐는지 장종현을 잡고 있던 손을 풀었다는 것도 모르고 있었다.

하지만 놀란 것과는 별개로 시현은 몸은 이미 뒤에서 자신에게 총을 쏜 상대를 향해 움직이고 있었다.

후웅!

아래에서 사선으로 휘둘러지는 시현의 주먹에는 엄청난 힘이 담겨져 있었다. 이런 주먹에 맞았다가는 일반인이라면 바로 죽음이었다.

팟!

하지만 주먹은 허공을 갈랐다. 방금 전까지만 해도 그곳에 사람이 있었지만, 어느새 사라진 것이다.

'어디냐!'

곧 시현의 감각에 한 인영이 포착되었다. 그것도 바로 옆, 시현이 자신도 모르게 멱살을 풀어주자 그대로 허물어지듯 쓰러진 장종현이 있는 곳이었다.

"이익!"

인영의 정체는 바로 심 대위였다. 심 대위가 장종현을 구출하기 위해 그를 둘러업자, 시현은 바로 심 대위를 잡기 위해 손을 뻗었다. 하지만,

팟!

공기의 급격한 일렁임과 함께 시현의 손에는 아무것도 잡히지 않았다. 장종현을 둘러업은 심 대위가 말 그대로 사라져 버린 것이다.

'텔레포트!'

시현은 좀 전의 일들이 이해가 갔다. 마법 목걸이는 일정 속도 이상으로 날아오는 물체를 감지하고 실드를 펼쳐 사용자를 보호하게 되어 있었다. 방금 전과 같이 텔레포트해, 실드가 생성되는 범위 안에서 쏘아대면 무용지물이었다.

시현의 머릿속에 김세원과의 대화 중 일부가 떠올랐다. 세

계에서 단둘뿐인 텔레포트 능력자 중 하나가 이 부대에 있다는 부분이 말이다.

곧 심 대위가 진형을 짜고 있는 군인들 뒤에 장종현을 둘러업은 채로 나타났다.

"헉, 헉, 헉."

심 대위는 상당히 지쳐 있었다. 텔레포트 능력 자체가 체력 소모가 상당하거나, 장종현을 같이 이동시킨 대가이거나, 아니면 둘 다일지도 몰랐다.

"내놔!"

시현이 심 대위를 향해 광포한 기세를 흘리며 소리쳤다. 시현은 화가 나 있었다. 오랫동안 기다려 왔던 달콤한 복수의 순간을 방해받았기 때문이다.

그리고 뒤통수에 느껴지는 통증이 방금 전 죽을 뻔했다는 것을 다시금 실감시켜 주었기 때문이기도 했다.

당장이라도 시현은 심 대위를 향해 달려들 태세였다.

"쏴라!"

심 대위 명령이 떨어졌다.

방금 전 일어난 상식 밖의 일들로 제정신이 아닌 병사들 중 1명이 심 대위의 명령이 떨어지자, 마치 조종당하는 인형처럼 명령에 반응해 서로 총을 당겼다.

탕! 타타타타타타당!

그 한 발을 시작으로 병사들 저마다 방아쇠를 걸은 손가락에 힘을 주었다.

시현을 향해 총알들이 음속을 넘어 다가오자, 바로 마법 목걸이가 반응하여 실드를 생성시켰다.

푹! 푹! 푹! 푹! 푹!

총알이 투명한 실드에 차례차례 박히기 시작했다. 마치 허공에 하나하나 점을 찍어놓는 듯했다.

철컥! 철컥!

총알을 다 소진하고 격발 소리만이 울렸다. 매캐한 화약 냄새와 격발 소리, 그리고 허공에 무수히 떠 있는 총알들.

그것을 본 심 대위의 얼굴이 급격히 일그러졌다. 설마 저 많은 총알을 모조리 막아낼 줄은 몰랐던 것이다.

후두두두둑!

더 이상 총알아 날아오지 않자, 다시 실드가 사라지며 허공에 무수히 떠 있던 총알들이 떨어져 내렸다.

"이 정도일 줄은 몰랐는데."

이 정도의 성능을 바라고 만든 것이 아니었다. 미처 대비하지 못할 공격에 대해 보험으로 만든 마법 물품이었기 때문이다. 하지만 실제로 사용해 보니 시현의 예상을 훨씬 뛰어넘는 성능을 보여주었다. 시현은 목걸이를 슬쩍 만져 보며 목걸이에 얼마나 마나가 남아 있나 가늠해 보았다.

'앞으로 한두 번은 더 막을 수 있겠군.'

이것 역시 예상을 뛰어넘는 수준이었다.

자신이 만든 마법 물품의 성능이 생각 외로 뛰어나다는 것을 알게 되자 분노로 가득 차 있던 시현의 기분이 나아졌다.

"내놔!"

아까보다는 목소리가 부드러워졌다. 그것을 느낀 심 대위가 시현과 대화를 시도해 보려 했다.

"굳이 이럴 거까지는 없지 않습니까. 당신의 억울함은 잘 알 겠으니, 내가 상부에 잘 보고해 보겠소. 아마 상부에서도 당신 과 같은 능력자와는 척을 지려 하지 않을 것이오."

엄청난 힘과 비행 능력, 게다가 무수한 총알마저 무력화시 키는 능력까지 이 정도라면 어떤 죄를 저질렀더라도 상부에서 무마해 줄 것이 분명했기에 심 대위의 음성에는 자신감이 차 있었다.

심 대위의 제의에 시현은 한순간 갈등했다. 심 대위가 말한 것이야말로 이곳에 오기 전까지 간절히 원하던 것이기 때문이 다.

하지만 시현은 곧 그 마음을 접고 고개를 절레절레 흔들었 다.

정신을 잃은 채 심 대위에게 둘러업혀 있는 저 장종현이 무 슨 야료를 부릴지도 몰랐다. 아니, 야료를 부릴 것이 분명했 다. 게다가 저 장종현의 아비라는 사람은 스타가 아니던가, 장 종현을 건드리기 전이라면 협상의 여지가 있을지 몰랐으나, 지금이라면 나중에 탈이 나도 단단히 날 것이 분명했다.

"죽이진 않을 테니 그냥 내놓으세요."

심 대위를 대하는 시현의 태도가 정중해졌다. 자신의 억울 함을 알겠다는 조금 전의 대화 때문이었다. 하지만 한층 부드러워진 시현의 말에도 심 대위는 인상이 좋지 못했다.

급기야 심 대위는 장종현을 둘러업은 상태 그대로 뒤로 돌아 달리기 시작했다.

"막아!"

병사들에게 시현을 막으라는 명령 한마디만을 남긴 채.

총도 소용없는 저 괴물을 막으라니, 병사들은 한순간 어찌해야 할 바를 몰랐다. 아니, 정확히는 어찌할 수가 없었다. 자신들로서는 저 괴물을 막을 방법이 아예 존재하지 않기 때문이다.

"씨발!"

시현이 욕설과 함께 땅을 박차고 도약했다. 복수의 순간을 방해한 것도 참고 존댓말까지 해주었는데 저렇게 자신의 믿음(?)을 배신하고 도망치니 다시 화가 난 것이다.

단 한 번의 도약으로 병사들의 대열을 넘어선 시현은 땅에 착지하자마자 무서운 속도로 심 대위를 향해 질주했다.

시현의 육체는 이미 인간의 한계를 넘어선 상태, 거기에 마나까지 사용하자 순식간에 둘의 거리가 손만 뻗으면 닿을 위치까지 좁혀졌다.

"잡았……."

팟!

막 심 대위가 둘러업고 있는 장종현을 잡으려던 순간 공기의 급격한 움직임과 함께 심 대위와 장종현이 사라지고, 곧 20여 미터가 떨어진 곳에 둘이 나타났다.

“헉헉헉헉!”

심 대위는 거친 숨을 내쉬며 뒤를 돌아보았다. 그곳에는 길길이 화를 내며 급속히 거리를 좁혀오는 시현이 있었다. 도저히 인간이라고 생각하기 힘든 속도였다.

“괴물 새끼.”

시현에 대해 한차례 욕설을 내뱉으며 심 대위는 다시 텔레포트를 했다.

팟!

심 대위가 나타난 곳은 바로 시현이 빠져나온 건물 앞이었다. 연속으로 두 번의 텔레포트를 해서 거리가 제법 벌어졌지만, 그만큼 숨이 가빠왔다.

“헉헉헉, 모두들, 헉헉, 어디냐.”

“무기고 앞입니다.”

이어폰형 무전기에 대고 심 대위가 말하자, 곧 응답이 왔다.

“헉헉, 대비하고 있어라. 헉헉, 상대는 괴물이다.”

심 대위는 다시 장종현과 함께 텔레포트했다. 그 짧은 시간에 벌써 시현이 바로 앞까지 거리를 좁혀왔기 때문이다.

이번에 텔레포트한 곳은 건물 안, 심 대위는 장종현을 내려놓고 숨을 가다듬었다. 건물의 벽은 1m 두께의 강화 철근 콘크리트로 되어 있었다. 탱크가 전속력으로 박아도 뚫리지 않는 벽이었기에 심 대위는 안심할 수 있었다.

한편 심 대위를 거의 다 잡았다 생각한 시현은 심 대위가 벽 넘어로 사라지자 잔뜩 흥분한 상태였다.

‘그냥 뚫고 나가 버린다.’

평소라면 멈추어서서 오러로 벽을 조각내고 들어가겠지만, 잔뜩 흥분한 시현에게는 그 시간마저 아까웠다.

시현의 몸에서 푸른 기운이 넘실넘실 흘러나오기 시작하더니 이내 온몸을 뒤덮었다. 점차 점차 푸른색이 짙어져 감에 따라 돌진하는 속도 또한 급격히 빨라졌다.

그 모습은 마치 하나의 푸른 총알과도 같았다.

콰앙!

5층짜리 거대한 건물이 지진을 만난 듯이 흔들렸다.

“뭐야?!”

숨을 돌리고 있던 심 대위는 마치 포격이라도 맞은 것 같은 충격이 건물에 가해지자, 불안한 눈으로 방금 전 통과한 벽을 바라보았다.

콰앙!

재차 충격이 전해져 왔다. 이 강력한 진동의 시작은 바로 심 대위가 보고 있는 벽 쪽에서 시작되었다.

“설마!”

설마가 사람 잡는다고, 곧 그 사실이 증명되었다. 벽에 균열이 가기 시작한 것이다.

“제길!”

심 대위는 장종현을 다시 둘러업었다. 저 벽이 뚫리는 순간 다시 텔레포트를 하기 위해서였다.

콰앙!

다시 충돌음과 함께 벽이 산산이 부서져 나갔다.

단 세 번의 충돌에 탱크로 돌진해도 부서지지 않는 1m 두께의 강화 콘크리트 벽이 뚫린 것이다.

"콜록! 콜록! 졸라 두껍네."

콘크리트 잔해를 헤치고 시현이 모습을 들어냈다.

"여기 있었군."

"이, 괴물 녀석."

설마 저 벽을 뚫을 줄이야. 심 대위는 정말 시현이 괴물처럼 느껴졌다.

시현은 괴물이라는 말에 별 반응이 없었다. 사실 자신이 객관적으로 봐도 괴물 소리를 들을 만하다고 생각했기 때문이다.

"그놈 여전히 성격 드러운 것 같던데, 그런 놈 때문에 고생할 필요가 있겠어?"

계속되는 텔레포트로 심 대위의 안색은 마치 시체처럼 창백했다. 저 상태로 보아 앞으로 텔레포트를 하더라도 한두 번(?) 시현은 다 잡았다고 생각하고 여유있게 말했다.

여유있는 시현의 모습에 심 대위는 그 창백한 얼굴로 자조의 미소를 지어 보이며 대답했다.

"알다시피 군대라는 게 하기 싫어도 해야 되는 일이 많지."

팟!

대답과 동시에 심 대위가 사라졌다. 다시 텔레포트한 것이다.

시현은 급하게 쫓아가지 않았다. 벽을 부수며 한 가지 생각
이 떠올랐기 때문이다.

"클레보이언스!"

클레보이언스, 장소나 어떤 대상을 시전자에게 보여주는 마
법으로 3서클이지만 마나의 소모가 거리에 따라서 천차만별로
달라지는 마법이었다.

'이렇게 가까운 거리라면 몇 시간이고 쓸 수 있지.'

잠시 후 시현의 머릿속에 힘겨운 걸음으로 이동하고 있는
심 대위를 볼 수 있었다. 목표는 건물 뒤쪽의 무기고였다.

"이 건물 뒤쪽인가?"

시현은 클레보이언스 마법을 유지한 채 뚫고 들어온 곳으로
나갔다.

"응?"

계속 심 대위를 감시 중이던 시현은 무기고 앞에 대기하고
있는 6명의 사람을 볼 수 있었다. 그중 김세원과 한 중위가 있
는 걸로 봐서는 이곳에 소속되어 있는 초능력자들인 것 같았
다.

"저건 박격포인가?"

그중 한 사내가 들고 있는 물건이 유독 눈에 띄었다. 바로
박격포, 아무래도 총이 소용없자 준비한 물건 같았다.

"조심해야겠군."

멀지 않은 거리였기에 곧 시현은 무기고 앞에 도착했다.

"시현아!"

시현을 본 김세원이 시현을 설득하려는지 앞으로 나서며 시현을 불렀지만, 곧 한 중위에 의해 제지당했다.

심 대위는 동료들을 쳐다보았다. 자신까지 합해 7명, 모두 초능력자이다. 원래 이곳에 등록되어 있는 초능력자들은 훨씬 많았지만, 모두 다른 곳으로 파견 나갔거나, 비번이라 집에서 쉬고 있는 중이었다.

"모두 조심해라, 우리 7명으로도 무리일지도 모른다."

일반 병사들의 지원을 받으면 좋겠지만, 아까 장종현을 구출하기 위해 사용한 것만으로도 이미 감당할 수 있는 선을 넘었다. 더 이상 초능력이 일반 병사들에게 공개되서는 안 되었다.

"시작해."

심 대위의 명령이 떨어짐과 동시에 박격포가 발사되었다. 시현이 오면 바로 발사할 수 있게끔 장전해 놓은 것이다.

슈우웅!

포탄이 시현을 향해 날아왔지만 맞출 만큼 빠르지는 못했다. 시현은 옆으로 두 발자국 움직여 박격포가 날아오는 궤적을 벗어났다.

"뭐, 뭐야?"

한번 쏘아진 포탄은 직진하거나 또는 포물선을 그리게 마련이다. 도중에 궤도를 수정하는 일 따위는 절대 없었다. 하지만 시현의 앞에서 불가능한 일이 벌어지고 있었다.

날아오던 포탄이 시현의 앞에서 순식간에 방향을 튼 것이다.

포탄을 감지한 마법 목걸이가 실드를 쳐 포탄을 막아갔다.

"제길!"

시현은 포탄을 피하기에는 늦었다는 것을 깨닫고 마나를 끌어올려 몸을 보호했다.

콰앙!

포탄이 터지며 폭파가 일었다. 실드가 목걸이의 마나를 계속 끌어들여 버티는 듯했으나 곧 목걸이에 축적된 마나가 사라지면서 실드가 산산이 부서져 시현을 덮쳤다.

심 대위는 침을 꿀꺽 삼켰다. 총을 쏘고 박격포까지 쏘았다. 이제는 완전히 건널 수 없는 다리를 건넌 것과 같았다. 이렇게 된 이상 반드시 상대를 죽여야만 했다.

시현 같은 엄청난 능력자와 원한을 맺는 것은 세계에서 단 둘뿐인 텔레포트 능력자인 그로서도 두려운 일이었다.

"이럴 필요까지는 없지 않습니까!"

김세원이 심 대위를 보며 소리쳤다.

"장 소령님이 우리 부대에 중요한 인물인 걸 알지 않나. 그를 노리는 이상 어쩔 수 없네."

"하지만."

김세원은 말을 잇지 못했다. 폭파로 인해 자욱했던 먼지가 바람에 쓸려 나가고 있기 때문이다.

"시현아!"

완전히 먼지가 쓸려 나가고 시현의 모습이 드러나자, 김세원이 시현의 이름을 외치며 달려갔다. 한 중위가 급히 제지하려 했지만 이미 늦었다.

시현의 모습은 엉망이었다. 옷은 넝마가 되어 있었고, 머리카락은 그슬려서 푸석푸석했다. 그리고 몸 구석구석에는 포탄의 파편이 박혀 있었다.

척 보면 심각한 부상을 당한 것 같지만 시현의 부상은 생각외로 가벼웠다. 마법 목걸이가 많은 충격을 감소시켜 주었기에 가능한 일이었다.

시현의 앞까지 달려온 김세원은 피를 흘리고 있는 시현에게 걱정이 가득한 표정으로 말했다.

"괜찮……."

시현에게 괜찮냐고 물으려던 김세원은 그대로 땅에 쓰러졌다. 바로 시현의 슬립 마법에 의해서 말이다.

곧 있을 싸움에서 자신을 걱정해 주는 동기인 김세원을 제외하려는 시현의 배려였다.

김세원이 쓰러짐과 동시에 시현이 심 대위를 포함한 6명에게 달려들었다. 사태가 이 지경이 된 이상 더는 대화가 필요없었다.

시현의 앞을 한 중위와 다른 1명의 사내가 막아섰다. 다른 1명역시 몸놀림이 예사롭지 않은 것을 보아 한 중위처럼 육체강화능력자인 모양이다.

곧 그 둘과 시현이 부딪쳤다. 2:1의 상황, 하지만 튕겨 나간것은 한 중위와 사내 쪽이었다. 아무리 둘이라지만 그들과 시현의 힘의 차이가 너무나 컸다.

둘을 튕겨 내고 나머지 인원들에게 달려가는 순간, 시현은 보이지 않는 힘이 자신에게 다가오는 것을 느꼈다.

그 보이지 않는 힘에 의해 시현이 둥실 떠올랐다. 힘을 따라가 보니 한 여자가 정신을 집중하고 있는 것이 보였다.

시현은 이 힘의 정체를 금세 파악할 수 있었다.

'염동력.'

손을 대지 않고 정신력만으로 물건을 움직일 수 있는 능력, 그리고 보니 좀 전의 포탄이 휘어진 곳도 그녀의 능력인 모양이었다.

'하지만 너무 약해.'

자신을 공중에 잡아두었다지만 힘의 강도가 너무나 약했다. 이 정도쯤이야 언제든지 풀어버릴 수 있었다.

"하압!"

단 한 번의 기합과 함께 뿜어져 나온 마나의 방출은 시현을 옭아매던 힘을 완전히 흩뜨렸다.

당황한 여자가 다시 염동력을 사용해 시현을 구속해 보려 했지만, 시현이 먼저였다.

"매직 미사일."

시현이 사용한 매직 미사일은 그대로 여자의 복부를 강타했다.

"아악!"

여인은 비명을 지르며 무기고를 감싸고 있는 철창에 그대로 처박혔다.

"이 새끼가 우리 혜영이한테!"

날려 버린 여자와 꽤 친한 듯한 2명이 화를 내며 시현을 향해 총을 겨누었다.

시현은 허공에 뜬 상태 그대로 마나를 뿜어내 그 둘에게 날아갔다.

"헛!"

순식간에 거리를 좁히며 접근하는 시현의 모습에 급히 총을 쏘려 했지만 이미 시현의 양손은 그들의 목을 거머쥐고 있었다.

"커억! 이 새끼!"

둘 중 한 사내가 자신의 목을 죄고 있는 시현의 손을 잡았다.

지지직!

사내의 손으로부터 강력한 전기가 흘렀다. 하지만 마나를 끌어올려 몸을 보호하고 있는 시현에게는 단지 짜릿함뿐이었다.

"큭!"

시현의 입에서 짧은 신음 소리가 흘러나왔다. 마치 머리를 둔기로 내려친 것처럼 아파왔기 때문이다. 아무래도 다른 손에 잡힌 쪽의 능력인 모양이었다.

깨질 듯한 두통에 시현은 자신도 모르게 머리를 감싸쥐었다. 당연히 시현의 손에 잡혔던 둘은 풀려날 수 있었다.

이때를 놓치지 않겠다는 듯이 첫 번째 충돌로 튕겨 나갔던 한 중위와 사내가 시현을 양쪽에서 덮쳐 눌렀다.

하지만 오우거조차도 힘으로 무릎 꿇릴 수 있는 시현이었다. 둘로서 시현을 제압하기에는 무리였다.

"합!"

한 번의 기합과 함께 시현이 몸을 일으키자, 둘이 다시 나가 떨어졌다.

"큭!"

재차 두통이 몰려왔다.

"이게! 매직 미사일!"

혜영이라는 이름을 가진 여자에게 사용한 매직 미사일은 단순한 것이 아니었다. 시현이 개량해서 숫자를 늘린 개량형 매직 미사일이었다.

족히 스무 발이나 되는 매직 미사일이 참을 수 없는 두통을 유발하는 사내에게 쏟아졌다.

퍼퍼퍼퍼퍽!

한 사람을 충분히 기절시킬 수 있는 위력을 담은 매직 미사일이 쏟아지자, 사내는 그대로 실신해 버렸다.

탕!

한 발의 총성이 울림과 동시에 시현이 손을 들어 얼굴을 보호했다.

타격을 주기 위해 쏜 것이 아니었다. 단지 시현의 신경을 조금이라도 이쪽으로 돌리기 위한 심 대위의 노력이었다.

"맞았다?"

믿기지 않는다는 표정으로 말하는 심 대위의 두 눈에는 똑똑히 보였다, 시현의 팔에서 주루룩 흘러내리는 붉은 피를.

"하하. 그랬군, 박격포가 효과가 없는 게 아니었어."

단숨에 상황을 눈치 챈 심 대위가 웃으며 외쳤다.

심 대위의 말을 듣고 상황을 깨달은 대원들이 총을 꺼내 시현을 겨누었다. 사방으로 5정의 총에 포위된 상태, 심 대위는 승리를 자신했다.

"자, 너를 지켜주던 정체 불명의 방어막도 없다."

"흥, 그게 어쨌다는 거지."

일반인에게 권총은 치명적인 위력을 발휘하지만 마나를 운용하고 있는 시현의 몸에는 기껏해야 약간의 피육을 뚫고 총알이 박히는 게 전부였다. 그 증거로 시현이 팔에 힘을 주자 근육이 총알을 팔 밖으로 밀어내었다.

"쏴라!"

심 대위의 명령이 떨어짐과 동시에 시현이 움직였다. 얼마나 빠른지 심 대위와 부하들의 눈에는 마치 시현이 눈앞에서 사라져 버린 것으로 보였다.

"커흑!"

한 중위가 비명을 질렀다. 어느새 시현이 그의 앞에 나타나 복부를 향해 주먹을 힘껏 내지른 것이었다. 시현의 주먹에는 지금까지와는 비교도 안 되는 힘이 실려 있었다. 그 증거로 몇 차례나 시현에게 맞고도 버티던 한 중위가 단 한 방에 전투 불능 상태에 빠져 버린 것이다.

그대로 배를 움켜쥐고 앞으로 꼬꾸라지는 한 중위를 내버려 둔 채 시현은 다시 몸을 움직였다.

탕탕탕!

나머지 4명이 총을 쏘았으나 시현은 지그재그로 움직이며 총알을 모조리 피해 버렸다.

"컥!"

다음 희생자는 한 중위와 같이 덤벼들었던 사내였다. 사내 역시 단 한 번의 주먹으로 인해 정신을 놓으며 쓰러졌다.

"너무 빠르잖아!"

혜영이라 불린 여자가 경악 어린 외침과 함께, 자신의 능력 인 염동력을 사용했다. 시현의 움직임을 봉쇄하고 총을 쏘아 맞추기 위함이었다.

곧 보이지 않는 힘이 시현을 옭아매기 위해 움직였다. 하지 만 시현은 신경 쓰지 않았다. 가만히 있는 상태라면 충분히 자 신의 몸을 띄워 잠시나마 움직임을 멈출 수 있겠지만, 이렇게 힘있게 움직이고 있는 상황이라면 저 정도의 힘은 아무런 영 향도 끼치지 못하기 때문이다.

"까악!"

자신의 염동력을 튕겨내고 쇄도하는 시현의 모습에 겁이 질 린 혜영이 비명을 지르며 눈을 감았다.

시현은 비명을 지르는 혜영의 뒷목을 가볍게 쳐 기절시켰 다. 한 중위와 사내는 맷집이 워낙 강하기에 단숨에 제압하기 위해서는 과감하게 힘을 쓸 필요가 있었으나 이런 연약한 여자에게는 단순히 뒷목을 가볍게 치는 것만으로도 제압이 가능했다.

털썩!

탕탕탕탕탕!

혜영이 땅바닥에 쓰러짐과 동시에 심 대위와 나머지 한 대원이 시현을 향해 총을 쏘았다.

하지만 시현은 이번에는 굳이 피하려 하지 않았다. 대신 양손에 가득 오러를 두르고는 날아오는 총알을 향해 손을 뻗었다.

숙숙숙숙!

시현의 손이 빠르게 움직였다. 마치 손이 여러 개로 늘어난 것 같았다.

철컥! 철컥!

더 이상 총알이 남은 것이 없는지 격발 소리만 들리자 시현은 손을 멈추고 천천히 손바닥을 폈다.

손바닥을 펴자 그곳에서 총알이 후두둑 떨어졌다.

"이 괴물 자식!"

몸에서 전기를 내뿜는 남자가 빈 권총을 버리고 시현에게 맨손으로 달려들었다. 남아 있는 힘을 모조리 끌어올린 것인지 시현을 향해 달려오는 그의 몸에서는 지직 스파크가 튀었다.

저 정도의 전기로는 자신을 해할 수 없었으나 전기에 감전

되어 깜짝 놀라는 느낌은 무척이나 불쾌했기 때문에 시현은 직접 손을 쓰지 않고 마법을 사용했다.

"디그!"

땅을 파는 기초적인 마법이 시현의 손에서 펼쳐지자, 곧 앞에 거대한 구덩이가 생겨났다.

"어어!"

있는 힘껏 기세좋게 달려오던 남자는 그 구덩이를 보고 급히 달리는 것을 멈추려 했으나 너무 늦었다.

쿵!

족히 6m가 넘는 구덩이 그곳에 빠진 남자는 찍소리도 못하고 그대로 구덩이 속의 벽에 부딪쳐 그대로 기절해 버렸다.

시현은 홀로 남은 심 대위를 쳐다보았다. 심 대위는 시현이 전기 남자를 처리하는 짧은 시간 사이에 탄창을 갈아 끼우고 시현을 겨누고 있었다.

탕!

심 대위가 총을 쏘자 시현은 정확히 총알을 잡아내었다.

'응, 없다! 텔레포트한 것인가?

총알을 잡는 사이 심 대위의 모습이 사라졌다.

'위.'

탕탕!

곧 심 대위가 시현의 머리 위에 모습을 드러냄과 동시에 총을 쏘았다.

머리 위에서 심 대위의 기척이 느껴짐과 동시에 시현은 몸을 움직였다. 위에서부터 내리찍듯 발사된 두 발의 총알은 애꿎은 허공만 가를 뿐이었다.

총알을 피해낸 시현은 허공에서 떨어져 내리는 심 대위를 향해 주먹을 날렸다.

팟!

하지만 그 주먹이 채 닿기 전 다시 심 대위가 사라졌다. 그리고 느껴지는 기척. 이번에는 뒤였다.

시현은 그대로 몸을 돌리며 기척이 느껴지는 곳을 향해 발을 뻗었다. 깔끔한 뒤돌려차기. 하지만 그의 발에 느껴지는 감촉은 사람의 것이 아니었다.

"총!"

그것은 지금까지 심 대위가 들고 있던 총이었다.

동시에 오른쪽에서 인기척이 느껴졌다. 심 대위였다. 그는 정신을 잃은 혜영이란 여자에게서 총을 뺏아서 시현을 겨누고 있었다.

탕, 탕, 탕!

바로 시현을 향해 쏘아지는 3발의 총알, 막 뒤돌려차기를 하느라 자세가 흐트러진 상태였기에 꼼짝없이 총알에 맞을 판이었다. 시현은 재빨리 마나를 끌어올리며 외쳤다.

"실드!"

마나를 다 사용해 기능을 잃었던 목걸이가 시현의 몸에서 넘치는 마나에 반응해 순간적으로 실드를 생성해 내었다.

시현의 주위로 족히 반경이 3m에 이르는 거대한 실드가 형성되며 총알을 막아내었다. 급박한 상황에서 너무 많은 마나를 끌어올렸기에 벌어진 일이었다.

심 대위도 그것을 느꼈다.

'좋아. 안으로 텔레포트한다.'

다시 심 대위의 모습이 사라졌다. 실드 안으로 텔레포트해 계속 몰아붙이기 위해서였다. 하지만…….

"큭!"

사라졌던 심 대위가 시현의 앞에 얼굴을 부여잡으며 나타났다. 그의 얼굴은 고통과 당혹으로 물들어 있었다.

"통과할 수 없다니!"

'하아!'

심 대위의 모습을 본 시현은 단숨에 상황을 알아차렸다. 만능으로 보이던 저 텔레포트 기술에도 약점이 있는 것이었다. 바로 마나로 만들어진 실드를 통과할 수 없다는 것.

"실드!"

시현은 당혹감에 물들어 있는 심 대위를 향해 실드를 펼쳤다. 하지만 자신이 아닌, 어떤 대상을 상대로 실드를 펼쳐 본 적이 없었던 터라 시전이 조금 느렸다. 심 대위는 그 틈을 놓치지 않았다.

팟!

심 대위는 사라졌다가 시현에게서 제법 떨어진 곳에서 나타났다.

'제길, 어쩔 수 없군.'

능력자들이 전혀 통하지 않고, 자신의 능력마저 봉쇄할 수 있는 상대, 심 대위는 승산이 없음을 깨닫고 장종현이 있는 쪽을 쳐다보며 자신의 몸 상태를 살폈다.

'좋아. 이 정도면 그럭저럭 버틸 수 있어.'

사람을 데리고 텔레포트하는 것은 상당한 체력 소모가 있는 일이지만 지금이라면 몇 번 더 사용이 가능했다.

팟!

그는 다시 장종현을 업고 도망갈 생각으로 장종현이 있는 쪽으로 텔레포트했다.

그것을 눈치 챈 시현은 쓰러져 있는 장종현을 향해 손을 뻗었다.

"실드!"

이미 한 번의 경험이 있기에 아까와는 달리 시전 속도가 빨랐다. 막 장종현의 옆으로 텔레포트하려던 심 대위는 그대로 장종현을 둘러싼 실드에 충돌했다.

"크윽!"

심 대위의 모습이 드러나자 시현은 이때를 놓치지 않고 다시 마법을 사용했다.

"실드!"

실드는 정확히 심 대위를 감싸았다.

팟!

"큭!"

실드를 빠져나가기 위해 심 대위가 텔레포트를 사용했다.

하지만 곧 실드에 부딪쳐서 그 모습을 드러냈다.

"제길!"

몇 차례 다시 시도했지만, 결과는 마찬가지였다. 심 대위는 결국 포기하고 시현 쪽을 쳐다보았다.

"아, 정말 골치 아픈 능력이야. 텔레포트라니."

심 대위를 포획한 시현은 여유가 넘쳤다.

"이제 어떻게 할 셈이지?"

"어떻게 하긴, 복수하던 것을 계속해야지."

심 대위의 질문에 시현은 장종현을 쳐다보며 말했다.

"죽이지는 않을 테니 걱정 말라고."

심 대위를 둘러싸고 있는 실드를 유지한 채 시현은 장종현의 앞에 섰다. 이미 장종현을 둘러싸고 있던 실드는 사라지고 없었다.

장종현의 발목 부분에 발을 대었다. 그리고 그대로 힘껏 밟았다.

"크아아악!"

발목이 부서지는 끔찍한 고통에 기절해 있던 장종현이 비명을 지르며 깨어났다. 시현은 장종현이 비명을 지르든 말든 상관하지 않고 나머지 발목 쪽으로 발을 가져갔다.

뿌드득!

"아아악!"

"크크큭!"

시현은 웃었다. 오랫동안 벼렸던 복수를 하고 있음에도 마음이 편하지 않아 일부러 웃은 것이다.

발목 관절이 부서지는 섬뜩한 소리와 이어지는 비명 소리.

그렇게 시현은 장종현의 관절 하나하나를 부숴갔다.

더 이상 비명 소리는 들리지 않았다. 계속되는 끔찍한 고통에 장종현이 다시 기절한 것이다.

아직 왼쪽 팔이 남았지만 더 이상 손을 쓰고 싶지가 않았다.

'뭐, 밥 먹을 손은 남겨둬야지.'

"힐!"

시현은 자신이 부러뜨린 관절에 힐을 사용했다. 이렇게 뼈를 맞추지 않고 바로 힐을 사용했기에 아마도 평생 저 관절들을 사용하지 못할 것이다.

"쩝!"

앞으로 평생 동안 불구로 살게끔 복수를 했지만, 웬지 후련하지 못했다. 어서 이곳을 떠나고 싶은 마음뿐이었다.

시현은 장종현을 땅에 내팽개치고는 몸을 공중에 띄워 부대를 벗어났다.

Chapter 6
경매

부대에서의 난동, 건물 파괴, 그리고 상해.

이렇게까지 한바탕 일을 벌인 이상 도피를 해야만 했다. 물론 부모님과 함께 말이다. 언제 두 분을 인질로 잡을지도 모르기 때문이다.

"그런데 어디로 가지?"

딱히 갈 곳이 없었다. 친척집은 조사만 조금 하면 바로 밝혀질 테니 신세지는 것도 무리였다.

"선배에게 신세를 지는 수밖에 없나?"

시현은 품 안 주머니에서 핸드폰을 꺼냈다. 신정훈이 연락용으로 사준 핸드폰이었다.

전화를 걸자 익숙한 노래가 흘러나온다.

"히야, 아직도 이 노래 안 바꿨네."

대학시절 신정훈에게 전화를 걸면 벨소리 대신 항상 들려오던 노래였다.

"여보세요?"

"선배, 저예요, 시현이."

"아, 시현아, 마침 잘됐다. 그렇지 않아도 연락하려고 했는데."

"무슨 일이에요?"

"내가 마법 벨트를 그 삼합회 차기 보스 후보에게 준다고 했었지?"

"예."

"그 보스 후보가 네 벨트 덕에 몇 번이나 생명을 건졌단다. 그래서 감사의 뜻으로 선물을 보내왔어."

"선물이요?"

"놀라지 마라, 무려 100만 달러라는 거금을 보내왔다."

100만 달러, 한마디로 우리나라 돈으로 10억에 가까운 돈이었다.

"정말요?"

시현은 이렇게 쉽게 돈이 들어오는 게 믿기지 않는지 재차 물었다.

“물론이지. 난 돈 가지고 거짓말 안 한다.”

“호오, 그럼 반반씩 나누는 거예요?”

“아니, 이건 너한테 보내는 선물이고 나한테는 따로 보냈다. 그리고 지금 난리가 아니다.”

“무슨 일 있어요?”

“흐흐, 삼합회 쪽에서 약속대로 선전을 잘해줬는지. 경매에 참가하겠다는 거부들이 한둘이 아니야.”

“정말 잘됐네요.”

“그래서 말인데. 너 물건을 몇 개나 만들었냐?”

원래 만들기로 한 것은 한 달에 5개지만 시현은 그 세 배인 15개를 만들어놓았다. 그중 2개는 부모님이, 1개는 아체가 그리고 1개는 자신이 사용하고 있었다. 시현은 사용하고 있는 4개를 뺀 숫자를 말했다.

“11개요.”

“그렇게나 많이? 흠… 이거 고민인데.”

“뭐가요?”

시현이 물었음에도 신정훈은 한참을 고민하다가 대답했다.

“예정대로 5개만 팔아야겠어.”

“11개 전부 다 팔면 더 좋지 않아요?”

“일단 숫자가 적어야 가격이 치솟지. 그리고 내가 삼합회 쪽에서 들은 이야기로는 이 물건의 성능이 너무 뛰어나더라. 만약 이 물건을 많이 풀었다가 누가 그것을 이용해 부대라도 만들면 큰일이지."

"확실히 그렇긴 한데. 만약 5개를 한꺼번에 한 사람이 다 사 가서 그걸로 작은 부대를 만들면은요?"

"그걸 방지하기 위해서 한 개인이나 단체 당 1개씩만 낙찰 되게끔 할 거야."

"좋은 방법이네요. 그런데 6개나 남네요. 괜히 많이 만들었 나? 아! 이 기회에 하나 드릴까요?"

"진짜?"

"예, 만드는데 돈이 그렇게 드는 것도 아니고, 혹시라도 선 배에게 무슨 일이라도 생기면 제가 곤란하니까요."

"정말 고맙다. 내가 후배 하나는 잘 두었다니까. 아참, 그런 데 너 부탁할 게 있다고 하지 않았어?"

"그게 있잖아요. 제가 사고를 쳤거든요."

시현은 조용히 있어야 할 처지에 사고를 친 게 부끄러운지 뜸을 들였다.

"사실 제가 부대 하나를 뒤집어놓았거든요."

"뭐!"

"그게 그러니까. 일부러 할려고 한 건 아닌데."

"야, 너 제정신이야? 조용히 있어야 할 놈이 사고를 치면 어 떻게 해!"

화가 난 신정훈을 진정시키기 위해 시현은 사고를 치게 된 경위를 자세히 설명하기 시작했다.

"……그게 그렇게 된 거예요."

“뭐, 이렇게 된 이상 어쩔 수 없지. 그런데 복수하고 나니까 좀 어떠냐? 시원하냐?”

“그게, 기분 좋을 줄 알았는데 영 찝찝하네요.”

“후회하냐?”

“아니요. 기분이 찝찝하지만 절대 후회는 없어요.”

“그럼 됐지. 뭘 바래. 그래, 내가 어떻게 해줬으면 좋겠냐?”

“아무래도 숨을 곳이 필요해요. 저뿐만 아니라 저희 부모님과 아체까지도요.”

“흠, 알았어. 내가 알아봐 줄 테니 일단 집에 가면 바로 최대한 간단하게 짐부터 챙겨.”

“예, 부탁해요.”

“걱정 마라, 나만 믿으라고.”

신정훈은 믿으라는 말이 끝나기 무섭게 전화를 끊었다. 조금이라도 빨리 숨을 곳을 알아보기 위함이었다.

신정훈이 전화를 끊자 시현은 다시 전화 버튼을 누르기 시작했다. 집에 전화해서 짐을 꾸리라고 전하기 위해서였다.

“잠깐?”

막 통화 버튼을 누르려던 시현은 버튼에서 손을 떼었다.

“통화 기록이 남을 텐데. 그럼 선배가 나랑 연관이 있다는 걸 알게 될 거 아냐?”

핸드폰이 신정훈의 명의로 되어 있기 때문에 집으로 통화를 한다면 자신과 신정훈의 연관성을 알게 될 것이 분명했다.

“그럼 안 되지.”

시현은 핸드폰을 집어넣었다. 그리고 대신 손가락에 낀 반지로 시선을 돌렸다.

"아체에게 부탁해야겠다."

시현은 반지의 아랫부분에 엄지손가락 갖다 대었다.

'아체야, 들리니?'

'예, 오빠.'

한번 이 반지로 대화를 한 터라 아체는 능숙하게 반지를 사용해 대답했다.

'일단 어머니께 당장 필요한 것 위주로 짐을 꾸리라고 말씀드려. 그리고 아버지께 전화해서 가게에서 필요한 것만 가지고 집으로 돌아오시라 하시고.'

'무슨 일인데요?'

'급하니까 나중에 말해줄게'

'알았어요.'

잠시 대화가 끊겼다. 시현의 어머니 김선혜에게 이야기하기 위해 아체가 반지에서 손을 뗀 것이다.

잠시 후 아체의 목소리가 들려왔다.

'오빠?'

'아 어떻게 됐어?'

'어머님께서 지금 짐을 챙기고 계세요. 아버님도 들어온다고 하시고요.'

'응, 다행이다. 너도 어머니 도와드려, 곧 나도 가서 거들게. 그리고 설명은 그때 가서 해줄게.'

'예.'

아체와의 대화를 끝낸 시현은 저 멀리 보이는 도시를 향해 전력을 다해 달렸다.

부모님이 놀라지 않게, 자잘한 부상들은 힐로 치료하고 옷을 사서 갈아입은 후 집으로 돌아왔다. 시현은 거실에 놓여져 있는 짐 꾸러미와 걱정스러운 표정으로 막 들어온 시현을 쳐다보고 있는 부모님과 아체를 볼 수 있었다. 빨리 오느냐고 왔는데 이미 다 짐 정리를 끝낸 모양이었다.

"어찌 된 일이냐?"

유현진이 막 헐떡이는 숨을 돌리는 시현을 향해 물었다.

"후우, 그게 우리 이사를 가야 할 것 같아요."

"짐을 싸라기에 짐작은 했다만, 우리까지 가야 하느냐?"

"그게 어떻게 된 거냐면요."

시현은 자신이 벌인 일에 대해 차근차근 설명하기 시작했다. 물론 부모님이 걱정하실 것 같아 총알 세례나 박격포를 맞았다는 대목 같은 건 빼고 말이다.

설명을 다 들은 유현진이 시현의 어깨를 두드리며 말했다.

"잘했다! 사랑하는 여자를 건드린다는데 가만히 있으면 남자가 아니지."

'아체를 끌고 와서 실험에 쓰겠다는 대목에서 유독 화를 내시더니, 아체가 마음에 쏙 드시나 보네.'

"감히 그놈이 우리 며느리를⋯ 콱 그냥 죽여 버리지 그랬냐."

딱.

유현진이 필요 이상으로 흥분하자 옆에서 가만히 지켜보던 김선혜가 유현진의 등을 세게 치며 말했다.

"그만 좀 해요. 애들 앞에서 이게 무슨 짓이에욧! 부끄럽지도 않아요!"

"뭐, 부끄러울 것……."

"여봇!"

한마디로 유현진을 침묵시킨 김선혜는 곧 시현에게 이것저것 묻기 시작했다.

"그래, 숨을 곳은 있고?"

"예, 지금 알아봐 준다니까 곧 연락이 올 거예요."

"알아봐 준다고?"

"동업자가 있거든요. 그 사람 돈이 엄청 많아요."

"그렇다면 다행이다만, 앞으로 도망 다녀야 하니 이 일을 어쩌니."

김선혜는 앞으로 도망자 생활을 할 것을 생각하니 걱정이 태산이었다.

"어머니, 걱정 마세요. 제가 꼭 원래대로 되돌릴 거예요."

"그래, 내가 우리 아들 아니면 누굴 믿겠니. 시현아, 난 너만 믿는단다."

"예, 제가 꼭 원래대로 되돌릴게요."

김선혜를 안심시키기 위해 여전히 웃는 얼굴로 말하는 시현은 주먹을 꽉 주고 속으로 결심했다.

'무슨 수를 써서라도 되돌린다!'

시현은 아체를 통해 전해준 마법 목걸이와 현재 자신이 계획 중인 사업에 대해 이야기했다.

또한 부모님께 드린 마법 목걸이에 대해 설명하기 시작했다.

"아버지, 어머니, 아체가 드린 목걸이 가지고 계세요?"

"그럼, 여기에 차고 있지 않니."

김선혜가 자랑하듯 목에 찬 목걸이를 보여주자 시현은 시선을 유현진에게로 향했다.

"아버지는요?"

시현의 질문에 유현진은 집에 돌아온 후 옷걸이에 걸어놓았던 잠바 안쪽 주머니에서 목걸이를 꺼내 보여주었다.

"자, 여기 있다."

"아버지, 아체가 말씀 안 드렸어요? 꼭 차고 계시라고 했잖아요."

"그게, 남자가 목걸이를 걸고 있는 게 좀 그렇잖냐."

남녀공용으로 쓸 수 있게 수수하게 만들어진 목걸이였지만 50줄에 든 남자에게는 솔직히 어울리지 않는 물건이었다.

"그래도 꼭 걸고 계셔야 해요."

"굳이 그럴 것까진."

시현이 정색을 하며 말했지만, 여전히 유현진은 이 목걸이를 거는 게 탐탁지 않은 모양이었다.

“이 목걸이는 마법 목걸이예요.”

“마법?”

시현이 마법을 사용할 수 있다는 것을 알고 있기 때문에 유현진과 김선혜는 호기심 어린 얼굴로 목걸이를 쳐다보았다.

“예, 저번에 제가 보여준 실드 마법 아시죠?”

“아! 그 미사일에도 끄떡없다던 그거 말이냐?”

시현은 부모님을 안심시키기 위해 심하게 과장되게 한 말을 유현진이 기억하고 말하자 살짝 얼굴이 붉어졌다.

“아버지, 그건 솔직히 좀 뻥이 들어갔구요. 사실 K2나 M16 정도의 소총 정도는 수백 발을 막을 수 있어요.”

시현의 말이 끝나자 유현진은 시현을 물끄러미 쳐다보았다.

“어째 말이 묘하게 구체적이다?”

유현진의 날카로운 지적에 시현은 자신도 모르게 움찔거렸다.

“하하, 그냥 그렇다는 거죠.”

시현이 웃음으로 얼버무려 보았지만 20년 동안 시현을 키워온 유현진의 눈을 속여 넘길 수는 없었다. 결국 시현은 걱정할까 봐 빼놓은 부분을 말하기 시작했다.

“사실 그때 그놈을 혼내주면서 총알 세례를 받았거든요.”

“시현아, 괜찮니!”

시현의 말이 끝나기가 무섭게 김선혜가 시현의 몸을 이리저리 살폈다.

"어머니 괜찮아요. 저 한 발도 안 맞았어요. 자, 이것 보세요. 멀쩡하잖아요."

몸을 이리저리 움직여 김선혜를 안심시킨 시현은 자신이 걸고 있는 목걸이를 보여주며 설명을 계속했다.

"모두 이 마법 목걸이 덕분이에요. 이 마법 목걸이는 어떤 물건이나 무기 같은 것이 빠른 속도로 날아오면 실드를 쳐서 막아주거든요."

"이 조그만 목걸이에 그런 능력이 있다니 믿기 어렵구나."

김선혜가 믿기 어렵다는 표정으로 목에 건 목걸이를 집어 유심히 살펴보았다. 어딜 보더라도 평범한 목걸이로 보였다.

"믿기 어렵더라도 꼭 차고 계세요. 혹시라도 어떤 일이 있을지 모르니까요. 특히 아버지! 꼭 차고 계세요."

"알았다. 내 꼭 차고 있으마."

"그리고 앞으로 제가 다른 종류의 마법 물품들도 몇 개 더 만들어 드릴 테니까. 그것들도 꼭 차고……."

지이이잉.

다시 한 번 꼭 차고 다니시라고 주의를 주던 중에 품에 있던 휴대폰이 진동하기 시작했다. 신정훈에게서 전화가 온 것이다.

"잠깐만요. 전화가 온 모양이에요."

시현이 전화를 받자, 곧 신정훈의 목소리가 들려왔다. 목소리가 밝은 것을 보니 일이 잘된 모양이었다.

"시현아, 나다."

“예, 선배.”

“집 구했다. 원래는 아버지께서 서울로 출장가셨을 때 사용하던 집인데, 내가 허락받아 놓았으니까 얼마든지 사용해. 관리하는 사람이 있으니까 특별히 가져갈 건 없고, 앞으로 입을 옷가지랑 일상 생활 용품만 가져가면 돼.”

“고마워요, 선배. 그런데 주소가 어떻게 되요?”

“아, 주소는 서울 xx구 xxx동에 1382—13이야.”

“잠깐 xxx동이면 옆 동네잖아요.”

신정훈이 알아봐준다는 도피처가 설마 옆 동네인 줄은 몰랐던 터라 시현이 깜짝 놀라며 소리쳤다.

“자고로 등잔 밑이 어둡다고 했다. 설마 옆 동네로 도망갔으리라고 생각이나 하겠냐?”

“하긴.”

시현은 신정훈의 말에 수긍했다. 자신도 신정훈이 옆 동네에 도피처를 알아봐 줄 거라는 것을 생각조차 못했기 때문이다.

게다가 앞으로 1주일 정도의 시간만 있으면 들켜도 상관없었다.

“선배, 고마워요.”

“뭘 이런 걸 가지고. 지금 니 덕에 내가 아주 살판났다. 이런 것쯤이야 아무것도 아니야.”

“그래도 고마운 건 고마운 거죠.”

“그래그래. 아참, 그곳을 관리하는 사람이 너희 집에 찾아갈 테니까 조금만 기다려. 그리고 경매 준비가 끝나면 연락할 테니까 핸드폰 꼭 가지고 다녀라. 그럼 이만 끊는다. 수고해라.”

“예, 선배도 수고하세요.”

신정훈과의 통화를 끝낸 지 10여 분이 지나 찾아온 관리인의 안내로 가족들과 함께 도피처를 찾은 시현은 탄성을 질렀다.

“와아!”

단순히 오피스텔 같은 것을 생각했던 시현의 생각과는 달리 관리인이 안내한 곳은 아기자기한 2층 집에 잘 꾸며진 정원이 딸린 집이기 때문이었다.

“히야, 부잣집은 뭐가 달라도 다르구나.”

단순히 출장 나왔을 때만 사용하기에는 너무나도 아까운 집이었다.

“오빠, 저기 봐요. 연못도 있어요.”

밖이 훤히 보이도록 한쪽 벽 전체가 유리창으로 되어 있는 거실의 앞마당에는 색색의 물고기가 헤엄치고 있는 연못이 있었고, 정원 곳곳에 잘 손질된 상록수들이 조화롭게 초록빛을 뽐내고 있었다.

“마음에 드십니까?”

이곳의 관리자이자 정원사이기도 한 서윤석이 자부심 가득한 미소를 지으며 물었다.

"예, 정말 좋은데요. 출장 올 때만 쓴다고 해서 그냥 오피스텔 같은 걸 기대했었는데, 이건 정말 한 폭의 그림 같네요."

시현의 칭찬에 서윤석은 만족한 미소를 지었다. 이 모든 것이 바로 그의 작품이기 때문이었다.

집 안은 먼지 하나 없이 깔끔히 청소되어 있었고, 물건 하나하나가 쓰기 쉽게, 또 보기 좋게 가지런히 정리되어 있었다. 남자의 것이라고 보기에는 어려운 섬세함이 집 안 곳곳에 배어 있었다.

"이것도 직접 다 하신 거예요?"

"하하, 설마요. 제 아내가 했습니다."

말이 떨어지기 무섭게 집 안쪽에서 두 사람이 모습을 드러냈다.

앞치마 차림을 한 30대 중반의 주부와 초등학교에 입학할 법한 남자 아이였다.

"소개해 드리죠. 이 집을 같이 관리하고 있는 제 아내와 아들입니다."

"안녕하세요. 앞으로 잘 부탁드립니다."

"아, 안녕하세요. 저도 잘 부탁드립니다."

서윤석의 아내가 허리를 90도로 굽히며 깍듯이 인사를 하자, 옆에 서 있던 남자 아이도 따라 인사를 했다.

"저도 잘 부탁드립니다. 제 이름은 유시현이구요. 여기는 아체, 그리고 이쪽 두 분은 저희 부모님이세요."

“잘 부탁드려요.”

서로의 소개와 인사가 끝나고 곧 집 안을 구경하기 시작했다.

“어머!”

“호오!”

집이 마음에 드는지 유현진과 김선혜의 입에서 감탄사가 끊이지 않았다.

‘그나마 다행인 건가?’

새로운 집을 마음에 들어하는 두 부모님을 보자 조금이나마 마음이 가벼워지는 시현이었다.

인천국제공항에서 10분 거리에 있는 피스페리스 호텔. 그 근처에서 가장 시설이 좋고 큰 호텔인지라 평소 경비가 제법 삼엄하다지만 오늘 따라 분위기가 심상치 않았다.

검은색 선글라스에 검은색 양복 차림으로 마치 호텔 그 자체를 경호하듯 그 주위를 물샐틈없이 감시하는 사람들이 스물이 넘었고, 호텔 안에서도 날카로운 눈빛을 검은 선글라스 아래에 숨긴 채 수상한 사람이 없나 감시하는 사람들이 곳곳에 있었다.

“이거 너무 한 거 아니에요?”

공포 분위기를 조성하는 검은색 일색의 떡대들을 보며 시현이 투덜거렸다.

“조금 심한감이 있긴 하지만 이 정도는 해야지. 혹시라도 물건을 훔쳐 가면 손해가 얼만데.”

“내가 가지고 있는 한, 도둑맞을 걱정은 없다니까요.”

시현이 손에 들고 있는 검은색의 서류 가방을 살짝 들어 올리며 말하자, 신정훈은 한숨을 내쉬었다.

“하아, 그걸 꼭 가지고 다녀야겠냐. 금고에 넣어놓으면 얼마나 좋아.”

신정훈의 표정에는 걱정이 가득했다. 혹시라도 시현의 손에 든 가방에 오늘 경매될 그 물품들이 있다는 걸 다른 사람들이 눈치 채기라도 한다면 한바탕 소란이 일지도 모른다. 오늘 참가한 이들 중에는 위험한 사람들이 꽤 있으니 말이다.

“아, 걱정 마시라니까요.”

반면 시현의 얼굴에는 걱정이라고는 한 점도 찾아볼 수 없었다. 설사 이곳에 있는 사람들 전부가 이 가방을 뺏으려고 해도 절대 뺏기지 않을 자신과 실력이 있기 때문이다.

하지만 그것을 모르는 신정훈은 시현이 도착한 이래로 계속 걱정으로 인해 시현 근처를 떠나지 못하고 있었다.

“선배, 그보다 괜찮겠어요?”

시현이 걱정스런 표정으로 신정훈을 보며 물었다.

“좀 떨리지만, 괜찮아.”

말과는 다르게 신정훈의 표정은 심각했다.

“다른 사람에게 시키죠. 아니면 제가 하던지.”

“아니야. 주최자인 내가 해야 효과가 제일 높지. 그리고 넌 쫓기는 몸이잖아. 자각 좀 해라. 그리고 선글라스 좀 제대로 써. 얼굴 다 보이잖아.”

신정훈은 시현의 얼굴에 쓴 선글라스를 교정해 주며 또 한 숨을 내쉬었다.

"뭐, 이런 차림이면 경비원으로 볼 텐데요."

시현은 자신이 입고 있는 옷을 내려다보았다. 검은색 양복 차림에 검은 선글라스는 신경을 곤두세우고 주위를 경계하고 있는 사람들과 복장이 똑같았다.

"그래도 될 수 있는 한, 나서지 않는 게 좋아."

"예예."

신정훈의 말에 건성으로 대답한 시현은 크리스털 홀이라고 이름 부쳐진 거대한 홀 안을 쭈욱 둘러보았다.

신정훈이 선전이 잘되었다기에 기껏해야 이삼십 명 정도 모일 것이라고 생각했지만, 예상과는 다르게 이 넓은 크리스털 홀이 북적북적할 정도로 많은 사람들이 모였다.

"선배, 심심한데 누가 누구인지 좀 알려줘 봐요."

"나도 몰라."

"엥? 모르면서 초대했어요?"

"저기 있는 사람들 중 대부분은 대리인이야. 세계에서 내로라하는 부자들이 한곳에 모이면 표적이 되기 싫거든, 그래서 모두 대리인을 내세워서 경매에 참가하는 거지."

시현에게 모른다고 한 이유를 설명해 주던 신정훈의 시선이 막 홀 안으로 들어오고 있는 사내에게 향했다.

"뭐, 예외인 사람도 있지만 말이야."

신정훈은 막 홀 안으로 들어온 그 사내와 그 사내의 개인 경호원으로 보이는 둘을 반갑게 맞았다.

'누구지?'

신정훈의 입에서 유창한 중국말이 쏟아졌지만 시현은 아무 것도 알아들을 수가 없었다. 다만 그 사내가 중국인이라는 것만은 눈치 챌 수 있었다.

"누구예요?"

중국인 사내를 안으로 들여보낸 후 시현 물었다.

"아, 저번에 말한 삽합회 차기 보스."

"엑! 저 사람이 바로 그 사람이에요?"

"응."

"중국 마피아라고 하기에는 너무 평범해 보이던데."

시현이 작게 중얼거리자, 신정훈이 고개를 끄덕였다. 자신이 보기에도 저 사람은 너무나도 평범해 보였으니 말이다.

"선물 잘 받았다고 인사라도 해야 하는 거 아니에요?"

"내가 고마워하더라고 말해놓았으니까, 인사할 건 없어. 그리고 네 정체가 드러나 봐야 좋을 게 하나도 없으니까 좀 가만히 좀 있어라."

"지루해서 그렇지요. 지금 몇 시간째예요. 진짜 아체를 안 데려오길 잘했지."

"조금만 더 참아, 얼마 안 남았으니까."

시간이 흘러 약속된 시간이 가까이 오자 홀에서 가볍게 식사와 음료를 즐기던 사람들이 하나둘 경매장으로 이동하기 시작했다.

경매장 안에는 각각 번호표가 달려 있는 좌석이 마련되어 있었다. 사람들은 하나둘 자신에게 맞는 자리를 찾아가자 신정훈과 시현 또한 곧 있을 경매를 준비하기 위해 이동했다.

"아, 이거 정말 떨리네."

신정훈이 목에 맨 넥타이를 조금 느슨하게 하며 고개를 좌우로 한 번씩 꺾었다. 신정훈 나름의 긴장을 푸는 방법이다.

"연습은 해봤어요?"

"연습할 겨를이 있었냐. 이걸 받은 게 몇 시간밖에 안 됐는데."

신정훈은 목에 걸고 있는 목걸이를 가리켰다. 바로 이번에 경매 상품으로 내놓을 마법 목걸이와 똑같은 목걸이었다.

"제가 할까요?"

"아니, 아까도 말했다시피 이건 주최자인 내가 하는 게 효과가 커."

자신이 한다고 굳게 결심을 하며 말했지만, 신정훈은 계속 불안하지 애꿎은 넥타이만 풀어헤쳤다.

"이거 정말 괜찮은 거지?"

시현은 신정훈이 불안한 얼굴로 묻자 실소를 머금었다.

"그렇게 걱정되세요?"

"당연하지, 이거 뚫리면 무슨 쪽팔… 이 아니라, 죽는 거잖아!"

"절대 그런 일은 없으니까 걱정 마세요."

시현은 신정훈을 안심시키며 경매장 안쪽을 슬쩍 훔쳐보

왔다.

경매장 안에서는 경매를 진행할 사회자가 오늘 경매될 이 마법 목걸이에 대해서 침을 튀기며 설명하고 있었다.

"자, 그럼 경매의 주최자인 신정훈 사장님께서 직접 시범을 보여주시겠습니다."

"선배, 힘내요."

시현의 응원을 받으며 신정훈은 경매장에 마련된 무대 위로 올라섰다.

짝짝짝짝!

박수 소리와 함께 무대 위로 오른 신정훈의 얼굴에는 조금 전과는 달리 한 치의 불안도 보이지 않았다. 오히려 한가닥 미소마저 어려 있었다.

"안녕하십니까, 여러분! 이렇게 경매에 참가해 주셔서 감사드린다는 인사를 하고 싶군요. 모두 소문을 접하고 이곳에 오셨을 겁니다."

사회자에게 마이크를 넘겨받은 신정훈이 인사를 시작으로 이야기를 시작하자, 곧 통역사들이 각 언어로 통역해 참가자들에게 방송했다.

"그래서 경매될 그 물건이 어떤 가치를 가지고 있는지, 직접 보여 드리기 위해 제가 시범을 보이기로 하겠습니다. 이 시범에는 M16A1소총이 사용되오니 모두 소총이 등장하더라도 놀라지 마시기 바랍니다."

신정훈이 이야기를 끝내자, 8명의 건장한 장정이 힘겹게 미리 준비된 유리의 방을 무대 위로 옮겼다. 혹시라도 총알이 튈 염려가 있어 준비한 방탄 필름이 코팅되어 있는 유리로 만든 작은 방이었다.

방 안에는 밖에서 안으로 총을 쏠 수 있게끔 작은 구멍이 있었고, 그 구멍에 M16A1소총이 움직이지 않게 고정되어 있었다.

그리고 그 안에는 사람 모양의 인형이 고정되어 있었다.

곧 방송용으로 보이는 카메라들이 잇따라 등장했다. 시범 장면을 경매장 한쪽에 준비된 거대한 스크린을 이용해 자세히 보여주기 위해서였다.

신정훈은 유리방에 고정되어 있는 M16A1소총 앞에 서자, 곧 경비원들 중 1명이 실탄이 가득 들어 있는 여러 개의 탄창을 들고 신정훈의 앞에 섰다.

신정훈은 그중 하나를 집어 들고는 유리방에 고정되어 있는 M16A1소총에 손을 가져갔다.

철컥.

대한민국의 건장한 남성으로서 군대를 다녀왔기에 신정훈은 탄창을 총에 결합시키고 익숙한 솜씨로 장전했다.

경매장 안은 쥐 죽은 듯이 조용해졌다. 무대가 잘 보일 정도로 앞에 위치한 사람들은 무대를 주시했고, 나머지 사람들은 거대한 스크린에 주목했다.

타다다다다다당!

시끄러운 총 소리가 경매장 안에 울렸다. 유리방 안에 세워

놓은 인형이 걸레로 화한 것은 순식간이었다. 신정훈이 좀 더 효과를 극대하기 위해 조종관을 자동으로 놓고 방아쇠를 당긴 덕이었다.

순식간에 탄창에 장전된 20발이 소모되고 남은 것은 소총의 위력에 의해 갈가리 찢겨진 인형의 잔해뿐이었다.

"뭐야! 이거?"

"우리를 놀린 거 아냐?"

참가자들 사이에서 약간의 소란이 일었다. 시범을 보인다고 하더니 실상 보여준 것은 아무것도 없었기 때문이다.

"자, 여러분. 지금 장면은 소총과 실탄이 진짜임을 보여주기 위한 시범이었습니다. 이제 곧 그 물건에 대한 시범이 시작될 것이오니, 모두 잠시만 기다려 주십시오."

사회자가 소란을 진정시키기 위해 상황을 설명하자 곧 소란은 사라졌다.

신정훈이 소총에서 탄창을 분리하자, 곧 이 유리방을 옮겼던 사람들 중 일부가 안에 들어가 인형의 잔해를 치우고 다시 인형을 세워놓았다.

참가자들은 저 인형을 대상으로 이제 제대로 된 시범을 볼 수 있을 것이라고 생각했다. 하지만 준비는 여기서 끝난 것이 아니었다.

신정훈이 유리방의 문을 열고 안에 들어갔기 때문이다.

"저 사람, 저긴 왜 들어가?"

신정훈이 안에 들어가 인형의 뒤에 좀 떨어진 곳에 자리를 잡고 서자, 모두 의아한 눈빛으로 그를 쳐다보았다.

신정훈이 준비를 마치자 탄창을 들고 있던 경비원이 소총 앞에 섰다. 그리고 총에 탄창을 결합하고는 사격 자세를 잡았다.

"맙소사!"

"저런!"

곧 신정훈이 하려는 일을 깨달은 참가자들 사이에서 소란이 일었다.

방아쇠에 손가락을 건 경비원은 망설였다. 어떤 사태가 일어나도 잘못이 아니라는 각서까지 받았고, 또 많은 돈을 받았지만 사람에게 총을 쏜다는 것이 두려웠기 때문이었다.

망설이는 그를 향해 신정훈이 눈짓으로 빨리 쏘라는 신호를 보냈다.

꿀꺽.

마른침을 삼킨 경비원은 눈을 질끈 감았다. 그리고 방아쇠에 건 손가락에 있는 힘껏 힘을 주었다.

타다다다다다당!

"꺄아아아악!."

다시 총성이 경매장에 울려 퍼지자 참가자들 중 몇몇은 비명을 질렀다.

"……"

"……"

그것도 잠시 경매장 안에는 순식간에 침묵에 휩싸였다.

이상함을 느낀 경비원이 눈을 조심스럽게 떴다.

역시나 좀 전과 같이 갈가리 찢겨진 인형의 잔해들이 눈에 보였다. 하지만 생각과는 조금 달랐다. 피가 보이지 않은 것이다.

눈을 완전히 뜨자 그는 볼 수 있었다. 안도의 한숨을 내쉬고 있는 신정훈을 말이다.

'응? 저건 뭐지?'

경비원은 신정훈의 앞에 허공에 이상한 검은 점을 발견하고는 의아한 표정을 지었다. 허공에 점이라니.

'내 눈에 뭐가 들어갔나?'

"헛!"

눈을 한차례 비비고 다시 뚫어지게 그 점들을 쳐다본 경비원은 곧 그 점들의 정체를 알아차리고는 자신도 모르게 숨을 들이켰다.

바로 그 점들의 정체는 총알이었던 것이다.

놀라고 있는 경비원을 향해 신정훈이 다시 눈치를 보냈다. 재차 총을 쏘라는 의미였다.

신정훈의 눈짓에 경비원은 자신이 해야 할 일을 기억해 내고는 재빨리 탄창을 갈아 끼웠다. 그리고는 망설임없이 총을 쏘았다.

따다다다다다당!

이번에는 아무도 눈을 감거나 돌리지 않았다. 모두 어떤 일이 일어나는지를 똑똑히 보기 위해 눈을 부릅떴고 모두 볼 수 있었다.

신정훈에게 아무런 피해를 입히지 못하고 허공에 떠 있는 스무 발의 총알을 말이다.

"대, 대단해!"

"미라클!"

짝짝짝짝!

찬사와 함께 박수가 쏟아졌다. 그 찬사와 박수를 받으며 신정훈은 유리방을 나섰다.

"오오!"

신정훈이 움직이자 실드에 박혀 있는 총알들 또한 움직였다. 그것을 본 사람들의 입에서 탄성이 흘러나왔다.

"부탁한 페인트 뿌려줘요."

신정훈은 자신감에 찬 표정으로 조금 전 총을 쏜 경비원에게 부탁했다.

곧 경비원이 한쪽에 준비해 놓은 페인트를 신정훈에게 뿌렸다. 그러자 페인트에 의해 실드의 모습이 드러났다.

참가자들은 저마다 탄성을 지르며 다른 한편으로는 품 안에서 핸드폰을 꺼내 전화하기에 바빴다. 바로 자신들을 이곳에 보낸 고용주에게로.

"그럼, 시범을 이로써 마치고 앞으로 30분 후 경매를 시작하겠습니다."

신정훈이 시범을 마치고 인사를 했지만, 신경 쓰는 사람은 극히 적었다. 그들 모두 통화중이였기 때문이다.

"저, 저럴 수가!"

제임스 기어, 미국 CIA 정보부의 지부장 중 1명인 그는 대형 스크린에서 반복적으로 보여주는 시범 장면을 눈을 크게 뜨고 쳐다보았다.

그가 이곳 경매에 참가하게 된 것은 묘한 소문 때문이었다.

소문은 그 세부 내용이 조금씩 달랐지만 단 한 가지 확실히 공통적으로 들어가는 내용이 있었다. '어떤 상황에서도 목숨을 지켜주는 획기적인 물건이 있다' 가 바로 그 내용이었다.

소문이 너무나 무성했기에 제임스는 곧 추적에 나섰다. 그리고 그 소문의 진원지를 어렵지 않게 찾아낼 수 있었다. 바로 삼합회에서 차기 보스로 가장 유력한 리샤핑이 소문의 진원지였다.

'그러고 보니 최근 리샤핑이 몇 번이나 기적적으로 목숨을 건졌다고 했지. 아무래도 뭔가 있다.'

단순한 소문이 아님을 느낀 제임스는 바로 조사에 나섰다. 그리고 곧 리샤핑을 몇 번이나 구해준 물건이 경매에 부쳐진다는 정보를 입수할 수 있었고, 국장의 허락을 받아 이곳 대한민국에 올 수 있었다.

소문의 실체는 기대 이상이었다. M16A1소총을 완벽하게 방어해 내는 저 성능은 지금껏 개발한 어떤 방어구로도 따라갈 수 없었다. 게다가 저렇게 작다니.

‘이건 반드시 손에 넣어야 해.’

제임스는 국장에게 전화를 걸었다. 이 물건을 손에 넣기 위해서는 그가 사용할 수 있는 금액의 한도를 크게 늘릴 필요가 있기 때문이었다.

30분이라는 기다림이 끝나고, 무대에 올라간 사회자가 마이크를 집어 들었다.

“자, 이제 경매를 시작하겠습니다. 먼저 경매에 시작되기에 앞서 이 물건은 5개뿐이기에 한 번 낙찰을 받으신 분은 더 이상 경매에 참가할 수 없음을 알려 드립니다.”

“뭐!”

5개 모두 낙찰을 받으려 했던 제임스는 사회자의 청천벽력과도 같은 말에 자신도 모르게 자리에서 벌떡 일어났다.

아니, 제임스만 벌떡 일어난 게 아니였다. 제임스가 앉은 자리에서 조금 떨어진 곳에 잘 차려입은 사내도 일어난 것이다.

‘저놈은!’

제임스는 상대를 알아보았다. 영국 정보부에 속한 남자 요원으로서 써니라는 여성 이름을 가지고 있었기에 기억에 유독 남는 상대였다.

‘어찌, 저놈이.’

상대도 제임스를 알아보았는지 안색이 좋지 못했다.

“자, 두 분 자리에 앉아주시겠습니까? 이제 곧 경매를 시작하겠습니다.”

“흠흠.”

제임스와 써니가 자리에 앉자 경매가 시작되었다. 모두 이 마법 목걸이의 성능에 탐을 내고 있었기에 경매는 시작하자마자 치열했다.

“150만 달러!”

“39번 손님 150만 달러로 시작하셨습니다. 200만, 200만 없으십니까?”

“200만!”

“240!!”

“500!”

150만 달러로 시작된 경매가 금세 그 세 배가 넘는 500만 달러가 되었지만, 가격은 여전히 치솟고 있었다.

“2,000만 달러!”

“자, 62번 손님 2,000만 달러 나왔습니다. 2,000만 달러 나왔습니다. 2,100! 2,100! 없으십니까?”

사회자는 경매에서 상상 이상의 금액이 나오기 시작하자 열성적으로 목소리를 토해가며 경매를 이끌어갔다.

“2,100!”

“자 42번…….”

“2,500만!”

경매는 점점 열기를 더해가 사회자가 말할 새도 없이 서로 가격을 높여갔다.

“선배, 이거 꿈이죠?”

천정부지로 치솟는 가격을 보며 시현이 얼빠진 표정으로 신정훈에게 물었다. 하지만 믿기지 않는 건 신정훈 또한 마찬가지였다.

“나도 믿기지가 않는다. 이렇게 가격이 오를 줄이야.”

“선배, 이건 돈이, 돈이 아니에요.”

“동감이다.”

시현과 신정훈이 얼이 빠져 있는 동안 어느새 가격은 3천만 달러를 돌파하고 있었다. 300억이라는 엄청난 거금임에도 불구하고 가격은 계속 올라갈 추세였다.

4,000!

4,500!

이익 4,700!

점차 가격이 올라감에 따라 하나둘 고개를 설레설레 흔들며 포기하기 시작했지만, 제임스와 써니는 포기할 생각이 없었다.

아무리 부자라도 5천만 달러라는 돈은 부담이 되지만 그것은 개인에게 국한된 것일 뿐, 세계에서 알아주는 선진국의 입장에서는 그리 부담이 가는 금액이 아니었다.

물론 5천만 달러 이상의 돈을 개인의 보호 장비에 사용하는 것은 분명 낭비이지만, 그럼에도 제임스와 써니가 목걸이를 낙찰받으려고 하는 것은 바로 그 목걸이를 만든 기술 때문이었다.

　목걸이를 조사해 거기에 들어간 기술을 얻어낸다면, 매년 연구비로 지출되는 수십 억 달러를 절감할 수 있기 때문이다.

　물론 마법이라는 과학과는 전혀 다른 방식으로 만들어진 목걸이었기에 그들로서는 어떤 것도 얻지 못하겠지만 말이다.

　결국 5,300만 달러라는 거금에 1번째 목걸이가 낙찰되었고, 두 번째는 5,000만 세 번째부터 각기 4,700. 4,900. 5,500이라는 거금에 낙찰되었다.

　총합 2억 5천 400만 달러.

　우리나라 돈으로 2,500억이 넘는 금액이 생긴 것이다.

＊　　　　＊　　　　＊

　경매가 끝난 날로부터 한 달 후.

　미국의 한 연구소에서는 마법 목걸이에 사용된 기술을 알아내기 위해 1주일째 전 연구원들이 그것에만 매달려 있었지만 아무런 성과가 없었다.

　"그게 말이 되는가! 지금껏 아무것도 밝혀내지 못했다니."

　연구소의 책임자인 말로프에게 보고를 받은 그라함 장군이 책상을 내려치며 화를 내었다.

　말로프는 아무런 말도 하지 못했다. 일주일 동안 전력을 기울였음에도 알아낸 것은 성능과 재료뿐이었다. 그 정도는 누구라도 가능했다.

　"죄송합니다."

말로프가 고개를 숙이자, 그라함 장군은 화를 가라앉혔다. 그의 잘못이 아니라는 것을 알기 때문이었다. 지금까지 네 군대의 연구소를 거쳤지만 알아낸 것은 목걸이의 성능과 수은과 납으로 되어 있다는 것이 전부였다.

"이 아이기스의 목걸이는 지금까지와는 전혀 다른 방식의 기술이 사용된 것 같습니다. 보시면 아시겠지만 기하학적인 문양으로 홈이 파여 있는데 그 안을 수은이 채우고 있다는 점 외에는 특이한 점을 찾을 수가 없습니다. 이건 마치."

"마치?"

"주술이나 마법 같습니다."

"다른 곳에서는 외계 기술이 아니냐고 생각하더군."

그라함 장군은 말로프의 마지막 말에 신경 쓰지 않았다. 정말 주술이나 마법을 뜻하는 것이 아니라 그만큼 알 수 없는 물건이라는 뜻이었기에.

곧 말로프가 방을 나서자, 혼자 남은 그라함 장군은 작은 목소리로 중얼거렸다.

"결국 제작자를 찾는 수밖에 없는 건가?"

＊　　　＊　　　＊

첫 경매가 열리고 한 달 뒤에 열린 두 번째 경매는 첫 번째와 비교되지 않을 정도로 성황이었다. 어느새 아이기스의 목걸이라는 이름이 붙은 마법 목걸이의 성능이 첫 경매에서 낙찰받은 사람들에 의해 은밀히 퍼졌기 때문이다.

낙찰받은 나라, 단체, 그리고 개인은 목걸이를 복제하기 위해 전력을 기울였다. 하지만 복제는커녕 목걸이가 작동하는 원리조차 알아내지 못하자, 다른 곳으로 시선을 돌렸다.

제작자를 찾아라!

대한민국에 전 세계의 이목이 쏠리기 시작했다.

Chapter 7

미래를 위한 준비

엄청난 돈이 생겼지만, 시현의 생활은 별로 달라진 것이 없었다.

평소 아침에 일찍 일어나 가벼운 운동과 함께 명상을 즐겼고, 오후에는 아체와 데이트를 즐겼다.

최근 들어 바뀐 게 있다면 그건 돈에 관한 것이 아니라 사람에 관한 것이었다.

시현이 현재 살고 있는 집을 관리인 서윤석의 아들 서준혁은 아침마다 정원에서 가볍게 몸을 풀고 명상을 하는 시현이 멋져 보였는지, 아직 여섯 살의 나이임에도 불구하고 아침 일찍 일어나 시현의 행동을 흉내 내기 시작했다.

"얍! 얍!"

나름 열심히 기합 소리를 내며 시현을 따라 주먹을 내지르는 준혁이를 보며 시현은 미소를 지었다.

"꼬맹아, 그렇게 하면 안 된다니까. 정확히 일직선으로 질러야지."

"칫! 나 꼬맹이 아니에요."

시현이 잘못된 점을 지적하며 꼬맹이라고 하자, 준혁이는 투덜거리면서도 시현의 말대로 자세를 교정했다.

"사부, 이렇게 하는 거 맞아요?"

어느새 시현을 사부라고 부르는 준혁이는 시현의 앞에서 한 주먹 한 주먹 자세를 신경 쓰며 최선을 다해 주먹을 내질렀다.

"그래그래."

시현은 그 모습을 보며 흐뭇한 미소를 지었다.

가르치는 대로 하나하나 열심히 배우는 모습에 재미가 쏠쏠해 계속 가르치다 보니 어느새 한 달이 훌쩍 넘어 두 달이 다 되었다.

'저 정도면 심성도 괜찮고, 재능도 있고.'

시현은 준혁이의 이마를 유심히 주시했다. 준혁이의 이마에서 시현은 142라는 하얀 숫자를 볼 수 있었다. 바로 준혁이의 월 포인트와 성향이었다.

142은 가이아에서는 조금 높은 숫자이지만, 이곳 지구에서는 달랐다. 인구가 너무 많아서인지 보통 70대의 월 포인트를 가지고 있었다.

그리고 가이아에 비해 색깔 또한 검은색에 가까운 사람들이 대부분이었다. 기껏 초등학생으로 보이는 어린애마저 대부분 회색에 가까운 색을 띠고 있었다.

'진짜 타락했다니까, 그에 비하면 이 녀석은 조금 타락해도 될 텐데.'

시현은 열심히 주먹질을 하는 준혁이를 보며 얼굴을 찡그렸다. 이 녀석은 한마디로 순둥이였다. 누가 때려도 화를 내지 않고 실실 웃을 뿐이다. 아니, 화를 내고 싸움을 하더라도 한 대를 치면 화가 다 풀리는지, 더 이상 때리지 못하고 얻어터지기 일쑤였다.

그 때문에 가르치기 시작했지만, 제법 자세가 잡혔음에도 여전히 그 순둥이 기질을 못 버리기 때문에 답답했다.

"꼬맹아."

"아이, 꼬맹이 아니라니까요, 사부."

꼬맹이라는 말에 발끈하면서도 꼬박꼬박 사부라 부르는 모습이 귀엽다. 아들이 있다면 이런 기분일 것이라 생각하며 시현은 넌지시 물었다.

"너, 내 제자 할래?"

시현의 질문에 준혁이는 양손을 허리에 붙이고 쌍심지를 치켜뜨며 '나 화났어요' 라는 분위기를 연출했지만 시현의 눈에는 그저 귀여울 따름이었다.

"사부, 난 이미 사부 제자잖아요."

시현은 준혁이의 머리를 쓰다듬어 헝클어뜨렸다. 시현 나름의 애정 표현이었다.

"아이 사부, 머리 만지지 말라니까요. 키 안 큰대요."

머리를 만지만 키가 안 큰다는 말을 정말로 믿는지 준혁이의 반항은 필사적이었다.

"꼬맹아."

"왜요!"

머리를 만졌기 때문일까? 말에 화가 난 투가 역력하다.

"사실 말이다. 내가 마법사란다."

"치, 사부 제가 이래 봬도 여섯 살이라고요. 그런 말에 속아 넘어갈 줄 알아요? 세상에 마법이 어디에 있어요? 마술이라면 모를까?"

"진짜인데."

"그럼 보여줘 봐요."

"그래 볼까?"

시현은 간단히 준혁이의 얼굴 앞에 손을 내밀고 마나를 움직였다.

"라이트."

외침과 동시에 시현의 손에서 떠오르는 새하얀 빛의 구, 눈앞에서 갑자기 밝은 빛이 터지자 준혁이는 놀라 엉덩방아를 찧었다.

"우와!"

꽤 세게 엉덩방아를 찧었음에도 불구하고 눈앞에 펼쳐진 신기한 광경에 고통마저 잊어버렸는지 준혁이는 눈을 크게 뜨고 탄성을 내질렀다.

“이거 어떻게 한 거예요?”

준혁이는 시현의 손에서 새하얗게 빛나고 있는 라이트에 조심스럽게 손을 가져갔다.

흠칫!

살짝 손을 대었다가 느껴지는 온기에 움츠렸지만, 이내 따스한 정도라는 것을 깨닫고 준혁이는 마음껏 라이트를 만져보기 시작했다.

손에 잡히지는 않았지만, 약간의 저항감과 따스한 느낌이 손에 전해졌다.

“정말, 마법이에요?”

‘이 순둥이가 의심은 많아 가지고.’

좀 더 강력한 것으로 보여주어야겠다고 마음먹은 시현은 라이트에 소멸시키고 바로 준혁이를 잡아 들었다.

“어! 어어어!”

서서히 떠오르는 시현의 몸. 그에 따라 시현에게 잡힌 준혁이의 몸도 떠올랐다.

사람들의 시선을 의식해 밖에서 보이지 않게끔 1m 정도 떠오른 채로 시현이 말했다.

“어때?”

“사부, 이거 꿈 아니죠?”

시현은 여전히 의심하고 있는 요 순둥이가 얄미워 다른 손으로 준혁이의 볼을 꼬집었다.

“아얏!”

“자, 아프니까 꿈 아니지?”

평상시라면 불만을 토했겠지만, 현재 준혁이에게는 그럴 겨를이 없었다.

“사부, 나도 나를 수 있어요?”

“물론이지. 단 열심히 한다는 가정하에.”

“정말 가르쳐 줄 거예요?”

“그럴려고 했는데 네 녀석의 태도가 영…….”

시현이 짐짓 마음에 내키지 않는다는 태도를 겉으로 들어내자, 준혁이의 마음이 다급해졌다.

“아잉, 사부우웅, 그러지 말고 가르쳐 줘요옹~”

지금까지 전혀 볼 수 없었던 아양까지 떨어대자, 시현은 흡족한 마음으로 승낙하기로 했다. 아니, 이미 마음속으로는 가르치기로 마음먹고 있었기에 승낙이고 뭐고 없었다.

“좋아, 대신에 열심히 해야 한다.”

“감사합니다. 사부 스승님.”

호칭이 사부에다가 스승까지 더해지자, 시현이 의아한 표정으로 물었다.

“사부면 사부고 스승이면 스승이지, 왜 사부 스승이냐?”

“무술은 사부, 마법은 스승님, 그러니까 사부 스승님. 어때요? 저 머리좋죠!”

“뭐어!”

자랑스럽게 가슴을 내미는 모습에 어이가 없었지만, 한편으로는 그 모습이 귀엽고 순진해 보여 시현의 입가에 미소가 맺혔다.

그렇게 시현에게 첫 번째 제자가 생겼다.

＊　　　＊　　　＊

M복지 재단 법인, 매달마다 들어오는 엄청난 돈을 이용해 시현이 만든 재단법인이다.

M복지 재단법인에서 하는 일은 바로 사회 복지에 관한 일, 그중 부모를 잃은 어린아이들을 대상으로 한 고아원 운영이 주를 이루었다.

고아원이라지만 일반 고아원과는 차원을 달리했다.

2명당 한 개의 방이 돌아가는 기숙 시설, 넓은 운동장과 정원, 그리고 아이들을 가르치는 사설 교육 시설까지.

식사 또한 보통의 가정을 가진 집 아이들 못지않게 잘 나오고 간식 또한 마찬가지였다.

이 사실이 밝혀지자 단숨에 세상의 주목을 받았다.

일반적의 고아원 시설이라기에는 너무나 과했기 때문이다.

인터넷과 신문에는 각종 추측이 난무했다.

국가에서 앞으로 써먹기 위해 아이들을 키우는 시설. 인재에 목마른 대기업이 인재를 키워보려는 계획. 대기업에서 아이들을 대상으로 인체 실험 중 등 별별 말이 떠돌았지만 딱히 밝혀지는 것은 없었고 소문만이 무성했다.

"흐흠, 이 사람 족집게라고 해야 하나?"

인터넷을 검색하던 시현이 한 블로그를 보며 입을 열었다.

'M재단의 고아원은 대기업의 인재양성소' 라는 제목의 블로그에는 장황하게 그런 추측한 이유가 적혀 있었다.

"틀린 말도 아니지."

대기업이라는 것만 빼고는 모두 맞는 말이었다. 사실 M재단을 세운 이유는 매달마다 들어오는 평생 써도 남을 거금을 좋은 일에 써보자는 의의도 있었지만, 가장 큰 이유는 바로 인재의 양성, 정확히는 마법사가 될 인재의 양성이었다.

M고아원이라고 이름 지어진 고아원에는 356명의 아이가 자라고 있었다. 모두 시현이 전국에 퍼져 있는 고아원에 돈을 기부하면서 데려온 아이들이었다.

수많은 아이들 중 356명의 아이를 고른 기준은 간단했다. 이마에 보이는 숫자의 색깔, 즉 성향이 제일 우선시 되었고, 그 다음이 월 포인트의 크기였다.

성향을 우선시 한 이유는 마법이라는 거대한 힘을 얻게 됨에 따라 일으킬 수 있는 문제를 최대한 예방하기 위해서였다. 그 때문에 M고아원에서 가장 비중있는 과목은 바로 도덕이었다.

"제대로 자라주어야 할 텐데."

356명 모두 마법사가 될 귀한 인재들이었다. 수습에서 정식으로 넘어가는 험난한 관문이 있지만, 시현에게는 그것을 넘어서게 해줄 수 있는 능력이 있었다.

그것은 바로 꿈이었다.

"한 10년 뒤쯤 몇 명씩 조를 짜서 직접 가르쳐야지."

꿈속에서의 가르침, 그것은 정신적 육체적으로 엄청난 고통을 수반하지만 효과 하나만큼은 확실했다. 다만, 아이들이 그것을 견딜 수 있느냐가 문제인데, 시현은 모두 무리없이 통과할 것이라고 믿었다.

마법을 사용하는 데에는 마나만 필요한 것이 아니라 정신력 또한 필요했다. 자연히 마법을 사용하다 보면 정신력이 강해진다.

장장 10년, 아니, 기초적인 것들을 배우고 수학을 공부하는 것까지 감안한다면 5년 정도, 그 긴 시간을 마법을 사용하다 보면 자연히 꿈속에서 받는 거칠은 수업을 견딜 수 있는 정신력이 길러질 것이다. 게다가,

"육체적으로도 확실히 단련시킬 거니까."

아직 평균 7, 8세의 어린 나이의 아이들이었다. 지금부터 체계적으로 단련시킨다면 10년 뒤에는 운동선수들 못지않은 체력을 가질 수 있을 터였다.

이렇게 10년 동안 공을 들이면 중간에 사고가 있지 않는 이상 모두 마법사가 될 수 있을 게 분명했다. 356명, 아니, 시현이 제일 먼저 제자로 받아들인 준혁이를 포함하면 357명의 아이들이 10년 뒤 마법사가 되어 있을 것이다.

이것으로 끝나는 게 아니다. 그 357명의 아이들은 다시 제자를 받아들일 테고, 그러면 기하급수적으로 마법사들의 수가 늘어날 것이다. 지구에 재앙이 닥칠 시점에는 수백만 어쩌면

수천만이 될지도 몰랐다. 지구의 인구는 가이아의 인구에 비해 몇십 배나 많으니 말이다.

"이것만으로는 부족해."

지구에는 가이아에 존재했던 마나의 흐름으로 만들어진 마법진도 없었고, 또 세계수라는 존재 또한 없었다.

지구 상공에 흐르는 마나의 흐름은 그냥 일정하게 흘러갈 뿐이었고, 만약 세계수가 있었다면 감출 수 없는 그 거대한 크기로 인해 이미 유명해져 있어야만 했다.

세계수도 마법진도 없다.

그러면 그것을 대신할 것을 만들어야만 했다. 하지만 아무리 생각해 봐도 마법만으로는 무리였다. 과학의 힘이 필요했다.

"그러려면 일단 재앙이 온다는 것을 믿게 만들어야 하는데."

과연 믿어 줄지가 의문이었다. 직접 꿈으로 끌고 들어가 그 상황을 보여준다고 해도 믿을 거라는 보장이 없었다.

"믿지 않는다면 억지로라도 믿게 해야지. 그러기 위해선……."

그러기 위해선 힘이 필요했다. 지금도 개인으로서는 대단한 힘을 가지고 있었지만, 그것만으로는 힘들었다. 개인을 뛰어넘어 국가에도 영향을 끼칠 수 있는 힘이 말이다.

"이러고 있을 때가 아니지. 연구해야지, 연구."

집을 나와 시현이 향한 곳은 서울 외곽에 위치해 있는 작은 발전소였다. 직원 9명이 전부인 소규모 발전소로 첫 경매가 끝난 지 일주일 후부터 건설을 시작해 2주 전 완공을 마친 곳이었다.

“오셨습니까, 사장님!”

“예, 수고하세요.”

문 앞을 지키는 경비원을 지나쳐 발전소 안으로 들어선 시현은 곧 연구실로 향했다.

시현 자신 외에는 아무도 들어갈 수 없게 마법으로 굳게 잠가놓은 연구실. 그 안으로 들어서자, 바닥에 그려진 거대한 마법진이 그를 반겼다.

하지만 마법진은 평상시와는 조금 달랐다. 평소 홈을 파서 그 안에 수은을 채우는 방식으로 마법진을 그리는데, 바닥에 그려져 있는 마법진은 전기가 잘 통하는 구리로 되어 있었다.

알다시피 지구에서 가장 널리 사용되는 에너지는 바로 전기였다. 가장 흔하면서도 가장 유용한 전기 에너지. 시현은 이 전기 에너지를 이용하고 싶었다.

마나는 마법에 의해 갖가지 다른 에너지로 변한다. 그중 하나가 바로 라이트닝 계열의 마법이다. 바로 마나를 전기로 바꾸는 마법.

그럼 그 반대의 경우는 어떨까? 전기를 마나로 바꾼다.

전기를 석유 같은 물질로 바꾸는 것은 불가능한 일이었지만, 마나는 그 자체로 하나의 에너지였기에 충분히 가능성이 있었다.

시현은 바로 이것을 연구 중이었고, 또 제법 성과를 거두고 있었다.

"이번에는 좀 더 나아져야 할 텐데."

시현은 마법진을 조금씩 고치기 시작했다. 라이트닝 마법진을 역전시켜 만들어낸 마법진에 갖가지 보조 마법진들을 첨가시켰다. 이 마법진만으로는 작동을 하지 않았다. 매개체가 필요하기 때문이다.

전기를 동력으로 바꾸기 위해서 모터가 필요하듯이 전기를 마나로 바꾸기 위해서도 모터와 같은 매개체가 필요했다.

그리고 그것은 마법사 바로 자신이었다.

시현은 마법진 중앙의 원 안에 올라섰다. 그리고 스위치를 향해 손가락을 튕겨 작은 마나탄을 쏘아보냈다.

지지직.

많은 양의 전기가 공급되자, 마치 마법진 곳곳에서 스파크가 튀었다.

"으갸갸갸!"

온몸이 찌릿하다. 각종 마법진으로 전기에 대한 내성을 올려줬기에 이 정도지 아니면 끔찍한 고통을 맛봐야 했다.

"매직 미사일."

시동어와 함께 허공에 매직 미사일 한 개가 떠올랐다. 족히 본래 크기의 열 배나 되는 매직 미사일, 바로 이 마법진으로 공급받은 마나만을 이용해 만든 매직 미사일이었다.

"너무 적어."

공급되고 있는 마나의 양은 딱 파이어 볼을 쓸 수 있는 양이었다. 대략 3서클 유저의 능력을 가지고 있는 것이다.

시현은 현재 6서클을 넘보고 있는 상태, 이런 마법진은 있으니만 못했다.

"너무 효율이 안 좋아."

소모하는 전력량에 비해 효율이 너무 좋지 않았다. 정확히 측정할 수는 없지만 대략 5% 정도밖에 되지 않는 듯했다.

"그렇다고 보호 마법진을 빼놓을 수도 없고."

효율이 5%밖에 되지 않는 이유 중 가장 큰 것이 바로 전기로부터 시현을 보호해 주는 마법진이었다. 워낙 많은 전기가 흐르니 자연 그 마법진에 사용되는 마나도 상당했다. 그러다 보니 기껏 5%라는 효율밖에 얻지 못하고 있는 것이다.

"내가 참을 수 있다면 되는데."

시현은 예전 꿈속에서 보호 마법진을 제외하고 가동시켰다가 죽었던 일을 생각해 내고 고개를 저었다. 일단 약한 전기가 흐르며 찌릿함을 느끼게 된다. 그리고 점차 그 전기가 세어지면 그때부터 고통이 시작된다. 마치 온몸 구석구석을 쉬지 않고 몽둥이에 두드려 맞는 듯한 느낌에 온몸의 근육들이 경직되고 몸이 비명을 지른다. 그리고 몸이 점차 뜨거워지며 마치 용암 속에 들어간 것 같은 고통을 느낀다. 그다음은 바로 새까맣게 타버리는 것이다.

꿈에서 실험 삼아 해봤다가 온몸이 타 들어가는 고통을 경험한 시현은 도저히 다시 시도해 볼 용기가 나지 않았다. 이미 죽음의 고통에 익숙해진 시현으로서도 그 고통은 도저히 다시 겪고 싶지 않았다.

"뭐, 조금씩 개선시키면 되겠지. 지금도 처음에는 1서클 마법이나 겨우 사용할 수 있는 정도였으니."

앞으로 시간은 많았다. 6개월 동안 1서클에서 3서클까지 늘렸으니 시간만 충분하다면 더 늘릴 수도 있을 것이다. 게다가 아주 조금씩이지만 전기에 대한 내성이 늘어가는 듯했다. 아무래도 계속 전기를 접하자 조금씩 조금씩 몸이 적응해 가는 것 같았다.

마법진이 개선되고 그리고 이 마법진을 완전히 사용할 수 있도록 적응이 되면 자신의 능력이상의 마법을 사용할 수 있었다. 6서클은 물론 7서클, 어쩌면 8서클까지도 그렇게만 된다면…….

"아무것도 두려울 게 없지."

그리만 된다면 정말 아무것도 두려울 게 없었다.

시현이 제자를 가르치고, 연구를 하며 또 아체와의 데이트를 즐기는 동안, 신정훈은 지난 8개월 동안 죽을 맛이었다.

아이기스의 목걸이라 이름 지어진 목걸이 외에도, 주위의 상대를 순식간에 전기충격으로 기절시키는 토르의 팔찌, 공중 부양을 가능케 해주는 우라노스의 팔찌 등 여러 가지 마법 물품들을 내놓자 각 나라들은 경쟁적으로 물건을 낙찰받아 그 비밀을 밝혀내려 했다.

하지만 과학과는 전혀 다른 마법으로 만들어낸 물품들이기에 아무도 그 비밀을 밝혀내지 못했다.

자연히 '아티펙터'라 불리고 있는 제작자를 포섭하기 위해 각 나라들이 움직였고, 그 제작자를 알고 있을 거라 추정되는 유일한 인물인 신정훈에게 시선이 모였다.

그동안 신정훈은 43차례의 제의를 받았고 또 납치시도도 14차례나 있었다. 시현이 특별히 만들어준 여러 가지 마법 아이템이 없었으면 아마도 어디론가 납치되어 시현에 대해 술술 불고 있을 것이 분명했다.

"이로써 15번째군."

15번째 납치 시도에서 빠져나온 신정훈은 넥타이를 풀어젖혔다.

"제길, 돈도 좋지만 더 이상 못해 먹겠네."

시현과 동업하면서 수천 억 대의 부자가 되었지만, 이렇게 쫓겨 다니는 것도 질렸다. 시현이 만들어준 마법 물품들로 인해 매번 위기를 넘기고 그 덕에 광고 효과까지 톡톡히 보았지만, 이제는 정말 그만 두고 싶을 정도였다.

신정훈은 품 안에서 핸드폰을 꺼냈다. 어디엔가 화풀이라도 해야 지금 짜증나는 기분이 풀릴 것 같았다. 물론 그 대상은 이 상황의 원인인 시현이었다.

"여보세요?"

핸드폰에서 익숙한 목소리가 들리자, 신정훈이 흥분한 목소리로 말했다.

"아, 시현이냐? 나다, 신정훈."

"어, 선배, 이 늦은 저녁에 웬일이세요?"

"방금 또 납치당할 뻔했다."

"에! 또요?"

"그래, 인마. 얼마나 힘들었는 줄 알아? 오늘 데이트도 있었
는데, 제길."

"그놈들 정말 징하네요. 그리 실패하고 또 도전을 하고."

"내가 무슨 관문이냐 도전하게? 아, 나 더 이상 못해 먹겠다.
여섯 달 동안 15번이다, 15번. 한 달에 2.5번 꼴이야. 내가 무
슨 영화의 주인공도 아니고. 도대체⋯⋯."

30분 동안 신정훈의 하소연이 계속되었다. 했던 이야기를
되풀이하고 또 되풀이했지만, 시현은 짜증내지 않았다.

"선배, 미안해요."

"에휴 어쩌겠냐, 이게 다 내 팔자지. 그래도 하소연 좀 했더
니 괜찮아졌다."

괜찮아졌다지만 요즘 신정훈의 몸 상태가 말이 아니라는 것
을 알고 있었기에 시현의 머릿속에는 신정훈에 대한 걱정이
가득했다.

"선배, 며칠만 참으세요. 잘하면 방법이 있을지도 모르겠어
요."

"정말?"

신정훈이 괜찮다고 하면서도 바로 반응을 보이자 시현은 쓴
웃음을 지었다.

"예, 이번 납치 시도가 실패로 돌아갔으니까 최소한 일주일은 잠잠할 테니 그때까지 방법을 찾을게요."

"고맙다. 그래도 무리는 하지 마라."

"걱정 마세요."

시현은 고민에 잠겼다. 치안이 잘되어 있는 이 나라에서 부대 하나를 발칵 뒤집은 지 6개월 동안 이렇게 숨을 수 있었던 것은 신정훈의 덕이 컸다. 경매에서 벌어들인 돈과 인맥으로 신정훈이 조치를 취한 것이다. 하지만 이제 그것도 한계가 보였다.

"이대로는 안 되겠어 어떻게든 결판을 지어야겠어."

그동안 이것저것을 핑계로 이 골치 아픈 문제를 차일피일 기피해 왔지만 이제는 더 이상은 안 됐다. 아니, 진작에 해결했어야 할 문제였다.

"역시 단판을 지으려면 제일 높은 사람이랑 해야겠지."

현 대한민국의 대통령 박권훈, 역대 대통령 중 가장 결단력이 강하기로 소문이 난 대통령이었다. 그 때문에 전 세계에 박권훈 대통령을 탐탁지 않게 보는 나라가 많았지만, 그 과감한 결단력으로 나라에 이로운 일을 많이 이루어냈기에 대한민국 국민에게는 환영받는 대통령이었다.

박권훈 대통령은 평상시처럼 간단한 운동으로 아침을 시작하고 있었다.

'이렇게 빨리 찾을 줄은 몰랐는걸.'

　대통령의 얼굴은 이미 TV에서 많이 접했기에 시현은 청와
대에서 떡대 경비원 둘을 데리고 조깅을 하고 있는 50대 중반
의 사람이 바로 대통령이라는 것을 알 수 있었다.

　시현은 현재 대통령과 10m 떨어진 곳에 있었다. 경비가 삼
엄한 청와대에 아무런 제지를 받지 않고 그가 이렇게 서 있을
수 있는 이유는 바로 인비저블이라는 투명화 마법 덕분이었
다.

　눈앞에 목표인 대통령이 있음에도 불구하고 시현은 기다리
기로 했다. 저 경비원 둘쯤이야 언제든지 무력화시킬 수 있지
만, 지금 대통령이 운동을 하고 있는 곳은 주위가 훤히 드러난
곳이기에 조용히 이야기를 나누기란 불가능했다.

　'조금 더 참자.'

　시현은 적당한 장소에 도착할 때까지 대통령의 뒤를 조심스
럽게 따랐다. 하지만 좀체 기회를 잡을 수 없었다. 대통령의
경호는 그만큼 철저했기 때문이었다.

　결국 시현이 대통령과 단둘이 있을 기회를 가질 수 있게 된
것은 한참 시간이 지나서 대통령이 집무실에 들어갔을 때였
다.

　집무실의 문이 열릴 때 조심스럽게 따라 들어간 시현은 경
비원들이 문밖으로 나가자 책상에 앉아 집무를 보기 시작하는
대통령의 뒤로 가서 섰다.

　"응?"

　시현이 뒤에 서자, 집무를 보던 대통령은 인기척을 느꼈는

지 고개를 갸웃거리고는 뒤를 쳐다보았다. 하지만 뒤에는 아무도 없었다. 그저 익숙한 색깔의 벽지만 보일 뿐이었다.

시현은 다시 대통령이 집무를 보기 위해 고개를 돌리자, 조심스럽게 그의 입을 막았다.

"읍읍!!"

대통령은 고함을 쳐 경비원을 부르려 했지만 시현의 손이 입을 막고 있었기에 고함 소리는 입 밖으로 나오지 못했다.

"대통령 각하, 죄송합니다. 나쁜 의도로 침입한 것은 아니니 진정하십시오."

공손한 어조에 시현의 손에서 빠져나오려던 대통령의 움직임이 멎었다.

"손을 놓아드릴 테니 경비원들을 부르지 마시고 잠시 제 이야기를 들어주십시오."

대통령이 고개를 끄덕이자 시현은 손을 놓았다.

"……."

시현의 의도대로 대통령은 고함을 지르지 않고, 침착한 표정으로 고개를 돌려 시현을 쳐다보았다.

"안녕하십니까. 전 유시현이라고 합니다."

"난 박권훈이라고 하네. 그렇게 서 있지 말고 저기 소파에라도 앉지."

과연 일국의 대통령답게 박권훈은 이 상황에서도 침착하게 인사를 나누며 자리에 앉기를 권했다.

"감사합니다. 그렇지 않아도 일어서서 이야기하기가 좀 그랬는데. 다행이군요.”

“그래, 무슨 일인가?”

대통령은 신중하게 용건만을 물었다. 속으로는 ‘만약 시시한 것이면 가만두지 않겠다’ 라고 말하고 싶은 마음이 굴뚝같았지만, 상대를 자극해서는 좋을 게 없었다.

“반년 전 초능력을 연구하는 부대가 뒤집어진 일이 있을 겁니다.”

대통령은 고개를 끄덕였다. 세계 1위의 초능력자 보유 국가로서 그 부대에 대한 관심이 컸기 때문이다.

“잠깐, 유시현이라면……!”

대통령은 시현이 반년 전의 사건과 조금 전 유시현이라는 이름을 떠올리고는 바로 눈앞의 침입자가 그 사건의 범인이라는 것을 알아차렸다.

“예. 그때 그게 바로 접니다.”

시현에 대해서는 많은 조사가 되어 있었다. 가족 관계는 물론, 현재 각 국가의 고위층들 사이에서 가장 큰 관심을 끌고 있는 신비한 물품들, 과학으로는 도저히 분석이 불가능해 아티팩트라고 불리는 그 물품들을 경매로 팔고 있는 신정훈과 친했던 후배라는 것, 그리고 부대에서 M16A1소총 세례를 막아낸 게 그 아티팩트 중 하나라는 사실까지 말이다.

“아티펙터와는 무슨 관계인가?”

대통령이 흥분한 목소리로 물었다. 아티펙터의 소재를 찾고 그를 영입하는 것은 지금 각 나라 최대의 관심사였다. 그래서 신정훈을 닦달해 보기도 했지만, 신정훈에게서는 아무것도 얻어낼 수가 없었다.

그런데 눈앞에 그 아티펙터와 관계가 있을 것으로 추정되는 시현이 나타났으니 대통령이 흥분할 만도 했다.

"일단 이 물건들을 보시겠습니까?"

시현은 집에서 준비해 온 가방을 열었다. 그 안에는 10개나 되는 아이기스의 목걸이가 가지런히 놓여 있었다.

"혹시, 이건?"

"예, 아이기스의 목걸이입니다. 전부 다요."

꿀꺽!

처음 몇 달 동안은 각 나라가 서로 연구를 위해 구입하느라 5천만 달러까지 갔지만 연구를 해도 소용이 없다는 것을 깨닫게 되자, 목걸이의 가격이 많이 하락했다.

하지만 여전히 2천만 달러를 호가하는 가격에 거래가 된다. 그것이 10개면 2억 달러, 우리나라 돈으로 거의 2,000억 원에 가까운 돈이었다.

'아티펙터와 관계가 있다!'

매달 열리는 경매에서 판매되는 아티펙트의 수는 종류별로 각 10개씩 그것도 한 사람이나 단체에 단 1개밖에 낙찰을 받지 못한다. 그런데 이렇게 10개나 가지고 왔다는 것은 분명 아티펙터와 관계가 있다는 소리였다.

"선물입니다."

시현은 가방째로 대통령의 책상에 올려놓았다. 2억 달러나

되는 선물을 받았음에도 대통령은 안색 하나 변하지 않았다.

"원하는 게 뭔가?"

대통령은 큰 선물에는 대가가 따른다는 것을 잘 알고 있었다. 또 시현이 원하는 것도 대강은 짐작하고 있었다.

"사면을 원합니다."

"흠."

대통령은 잠시 뜸을 들이다가 입을 열었다.

"먼저 묻겠네. 아티펙터와 자네는 무슨 관계인가?"

"제가, 아티펙터입니다."

대통령의 질문에 시현은 생각해 볼 것도 없이 바로 대답했다. 자신이 아티펙터라는 것을 밝히기로 결심하고 이곳을 찾았기 때문이다.

'설마 본인일 줄이야.'

뜻밖의 대답에 속으로 놀랐지만, 대통령은 내색하지 않고 입을 열었다.

"알겠네. 사면해 주지. 대신에 아티펙트를 만든 기술을 넘겨주게."

"뭐 넘겨 드릴 수는 있습니다마는."

"마는?"

"과연 그걸 만들 수 있는 사람이 있을까요?"

기술을 전해줘도 만들 수 있는 사람이 없다니, 대통령은 시현의 말이 이해가 되질 않았다.

"그게 무슨 소린가?"

“말 그대로입니다. 만드는 방법을 알려줘도 그것을 만들 수 있는 능력이 있는 사람이 없다는 말입니다.”

“대한민국의 기술력을 무시하는 건가!”

대통령은 시현의 말을 기술력이 부족해서 만들지 못한다는 소리로 이해하고 화를 내었다.

똑똑.

“무슨 일이십니까!”

큰 소리가 나자 밖에서 경비를 하던 경호원들이 노크를 하며 안부를 물었다.

“아무것도 아니니 신경 쓰지 말게.”

대통령이 경호원들을 진정시키자, 시현은 오해를 풀기 위해 입을 열었다.

“우리나라를 무시하는 게 아닙니다. 이건 세계 어느 나라를 가도 마찬가지입니다.”

시현의 설명에 대통령의 화가 가라앉는 듯하자, 시현은 계속 말을 이어갔다.

“이 목걸이나 그 외 다른 물건들을 통틀어서 아티펙트라 불리는 건 아시지요? 그리고 그걸 만드는 저를 아티펙터라 부르는 것도 아시고요?”

시현은 대통령이 긍정을 표하던 말던 계속 말했다.

“뭐, 과학으로 도저히 밝혀낼 수 없고, 마치 이야기 속에나 등장하는 신비한 물건들과 비슷하다 보니 아티펙트라고 부르는 거겠지만, 사실 아티펙트가 맞습니다. 마법으로 만들어진 물건이지요."

"지금 농담하는 건가?"

"초능력이 있는데 마법이라고 없을까요?"

생각해 보니 일리있는 말이기에 대통령은 고개를 끄덕였다.

"그럼, 이게 정말 마법으로 작동되는 거란 말인가?"

"예."

"그 마법이란 거 보여줄 수 있겠나?"

대통령의 말이 끝나기가 무섭게 시현은 차례차례 여러 가지 마법을 선보였다. 한 개나 두 개 정도라면 초능력으로 치부할 수 있으나 다양하게 펼쳐지는 마법에 초능력이라고 생각할 수도 없었다.

"정말 대단하군!"

"이제 믿을 수 있으십니까?"

"물론이네."

시현은 자리에서 일어나 대통령에게 손을 뻗었다.

"잠시 실례하겠습니다."

시현의 손이 대통령의 머리를 향해 빠른 속도로 다가오자, 대통령은 반사적으로 눈을 질끈 감았다. 그리고 잠시 후 눈을 떴을 때는 사방이 어둠으로 싸인 곳에 둥실 떠 있었다.

"이것도 마법인가?"

대통령은 갑작스런 환경의 변화에 이리저리 사방을 둘러보다가 옆에 시현이 서 있다는 것을 깨닫고 시현에게 물었다.

"아닙니다. 여긴 제 꿈속입니다. 일단 저기를 보십시오."

시현이 가리킨곳 그곳에는 초록빛을 띠고 있는 별이 보였
다. 지구와 비슷하지만 표면의 대륙과 바다의 모습이 다른 별,
바로 가이아였다.

"저건?"

"가이아라는 별입니다. 바로 제가 마법을 배운 곳이기도 하
지요."

"흠……."

곧 시현의 의지에 따라 장면이 바뀌었다. 두 우주의 충돌,
그로 인한 재앙, 그리고 합심해 그것을 막아낸 장면까지.

"이걸 보여주는 이유가 무엇인가?"

"방금 본 것은 제가 실제로 겪었던 일입니다. 제가 그것을
보여 드리는 이유는 바로 이것과 똑같은 재앙이 지구에도 닥
칠 것이기 때문입니다."

"똑같은 일이?"

"예."

대통령은 시현의 말을 믿는 것인지 안색이 급변해 물었다.

"큰일이군. 시간은 얼마나 남았나?"

"저도 정확히는 알 수 없습니다. 재앙이 닥칠 날이 가까워져
온다면 정확히 알 수 있겠지만, 아직까지 너무 많은 시간이 남
은 터라, 대략 50년 이상, 아니, 100년을 넘길지도 모르겠습니
다."

"그나마 다행이군. 꽤 시간이 남았으니. 충분히 대비할 수
있겠어."

대통령은 안도의 한숨을 내쉬었다.

"그래, 방법은 있나?"

"현재로서는 없습니다만 시간이 있으니 준비를 해야겠지요."

시현의 말이 끝남과 동시에 장면이 바뀌었다. 넓은 운동장과 기숙사, 그리고 아이들을 가르치기 위한 교사까지 지어져 있는 M고아원의 모습이었다.

"총 356명의 아이들이 이곳에서 키워지고 있습니다. 마법사로서 말이죠. 앞으로 10년 후 대한민국에 300명 이상의 마법사가 생깁니다. 그 아이들이 다시 제자를 들일 테니 마법사의 수는 기하급수적으로 늘어날 겁니다. 하지만 이것으로는 부족합니다. 과학의 힘도 필요해질 테고, 또 다른 나라의 힘도 필요해질 겁니다."

"그건 내가 당장 연락을 해서 도움을 요청하겠네."

시현은 고개를 저었다.

"믿지 않을 겁니다."

"흠. 그럴지도."

어느새 꿈에서 나와 대통령의 집무실에 돌아와 있었다. 시현은 대통령에게서 손을 떼며 말했다.

"일단 우주를 관측해 그 재앙이 다가오고 있다는 증거를 찾아주십시오. 도움을 요청하는 것은 그 후의 일입니다."

"좋네. 내 임기 기간 동안 그 증거를 찾을 수 있을지는 모르겠지만, 찾지 못한다하더라도 다음 대통령에게 확실히 주지시

커 놓겠네."

이야기가 잘 되자 시현이 씨익 미소를 지었다. 그리고 그 미소를 본 대통령 또한 미소를 지었다.

"그럼 본론으로 넘어가서."

본론이라니 이것보다 더 중요한 것이 있단 말인가? 대통령은 긴장했다.

"사면해 주실 겁니까?"

그랬다. 현재 시현에게는 먼 미래에 일어날 재앙보다 지금 당장의 일이 더 중요했다.

"그, 그러지."

Chapter 8

즐거운 나날

영천에 자리 잡고 있는 2층짜리 별장, 현재 이곳에서는 장종현이 요양을 하고 있었다.

전자동 휠체어에 몸을 맡기고 있는 장종현의 모습은 다른 사람들이 본다며 혀를 차며 동정할 정도로 비참했다.

얼굴은 일그러져 예전의 모습을 찾을 수가 없었고, 양다리와 한쪽 팔은 사용할 수조차 없었다. 바로 시현이 독하게 손을 쓴 결과였다.

"으아아악! 유시현!!!"

장종현은 남은 한 팔로 주위에 잡히는 것이란 모조리 잡아서 내팽개치며 몸부림쳤다. 자신을 이렇게 만든 시현이 사면되었다는 소식을 접하고 격분한 것이었다.

"이 개새끼! 이 개새끼이!!!"

반년 동안 자신을 불구로 만든 시현을 이를 갈며 찾다가 결국 접한 것이 시현의 사면 소식이었다. 장종현으로서는 격분할 만했다. 그게 비록 자신의 잘못으로 시작된 일이라 해도 말이다.

방 안의 물건이라는 물건은 모조리 던지고 깨뜨리고 나서야 장종현의 움직임이 멎었다.

"크크크!"

너무나도 화가 나 미치기라도 한 것일까? 갑자기 장종현이 낮은 목소리로 웃기 시작했다.

"크하하하하!"

장종현의 웃음 소리는 점차점차 커지더니 이내 방 안을 울릴 정도로 커졌다.

"좋아. 이따위 나라, 더 이상 미련도 없다."

장종현 사지 중 유일하게 멀쩡한 왼쪽 팔로 거칠게 목에 건 핸드폰을 잡아당겨 손에 쥐고는 전화를 걸기 시작했다.

띠리리. 띠리리. 달칵.

"미스터 장, 결정은 하셨습니까?"

핸드폰에서 들려오는 이국적인 목소리의 주인공은 전화를 건 장본인이 장종현이라는 것을 알고 있는지 확인도 안 한 채 바로 질문을 했다.

"좋습니다. 그 제의, 수락하겠습니다."

"그럼 곧 찾아뵙겠습니다."

달칵!

짧은 통화가 끝남과 동시에 방 안에 바람이 불었다. 그리고 나타난 두 사람, 하나는 짧은 금발과 푸른 눈을 가진 전형적인 백인사내였고, 다른 하나는 연한 브론드빛 머리를 허리까지 길게 내린 소녀였다.

"다시 뵙게 되는군요, 미스터 프란츠."

"반갑습니다, 미스터 장."

쥬드 프란츠, 바로 세계에서 단둘밖에 없다는 텔레포트 능력자였다. 그리고 그 능력은 대한민국의 심 대위를 능가한다고 알려져 있었다.

"아, 저 소녀가 바로 그 기적의 손입니까?"

손을 잡는 것으로 어떤 상처, 어떤 병이든 치료할 수 있는 능력을 가지고 있는 소녀, 그 능력이 과장된 점이 좀 있다 싶지만 장종현은 저 소녀가 자신을 치료할 수 있는 유일한 길이라는 것을 알고 있었다.

소녀는 장종현이 관심을 갖자 쥬드의 뒤로 숨었다.

"낯을 많이 가립니다. 이해하십시오. 그런데 약속한 것은 어디에 있습니까?"

"잠깐, 그전에 저 소녀가 제 몸을 치료할 수 있는지 알고 싶습니다만."

"아, 물론이죠."

곧 쥬드가 자신의 뒤에 숨어 있는 소녀에게 영어로 장종현을 치료해 주라고 말하자 잠시 머뭇거리더니 이내 앞으로 나와 뼈가 으스러진 채로 굳어버려 제대로 움직이지 않는 장종현의 손을 잡고는 가만히 눈을 감았다.

그렇게 5분여의 시간이 지났을까? 장종현의 입에서 환호에 찬 목소리가 터져 나왔다.

"오오, 움직인다!"

아무리 노력해도 안 움직이고 오히려 고통만 심하게 느껴졌던 팔이 조금이지만 움직여졌다. 여전히 고통이 있지만 그런 것쯤이야 아무런 문제가 되지 않았다.

"정말 기적의 소녀로군요. 의사들이 절대로 회복될 수 없다고 한 팔인데."

"제가 설마 미스터 장을 상대로 거짓말을 했겠습니까? 다만 상처가 심해 오래 치료를 해야 되니 나머지는 저희 나라로 가서 하시지요. 이의는 없겠지요?"

"물론입니다. 약속한 것은 제 뒤쪽의 금고에 들어 있습니다. 제가 이런 몸이다 보니 미스터 프란츠께서 직접 열어주시겠습니까? 비밀번호는 32, 12, 19, 24입니다."

곧 프란츠가 장종현이 일러준 비밀 번호로 금고를 열었다.

"이것이로군요."

열린 금고 안에는 서류철이 들어 있었다. 서류철의 정체는 바로 대한민국에 속해 있는 능력자들의 신상명세서였다.

"어떻습니까?"

한동안 프란츠가 서류를 훑어보며 말이 없자 장종현이 물었다.

유일하게 자신을 치료할 수 있는 능력자인 기적의 손이 속해 있는 미국, 그들에게 버림받는다면 자신은 영원히 불구로 살아야 했기에 장종현의 말에는 간절함이 묻어 있었다.

"좋군요."

프란츠의 입에서 나온 한마디에 장종현의 얼굴이 활짝 펴졌다.

"그, 그럼."

"예, 약속대로 당신을 치료해 주고, 또 한국에서의 지위 또한 보장하지요."

"감사합니다."

고개를 숙여 프란츠에게 인사를 하는 장종현의 얼굴에는 차가운 미소가 어려 있었다. 저 서류에는 써 있지 않지만, 미국, 아니, 전 세계에서 찾고 있는 아티펙터의 정체를 자신은 알고 있었다. 그것은 바로 찢어 죽여도 시원치 않을 유시현. 미국에서 그 사실을 알게 된다면 분명 어떤 방법을 쓰던 그를 포섭하거나 납치할려고 할 것이 분명했다.

'크크, 그것을 이용해 이 빌어먹을 나라와 유시현 네놈에게 복수해 주지.'

*   *   *

사면 후 시현의 일상에는 많은 변화가 생겼다. 좋은 변화도 있지만, 귀찮은 쪽이 더 많았다. 그중 가장 귀찮은 것을 꼽자면 항상 시현의 뒤를 따라다니는 두 사람이었다.

"아, 그만 좀 따라다니라니까요."

오랜만에 가족끼리의 외출이었다.

아체와 함께 부모님을 모시고 오붓하게 저녁 식사를 하려 하는데 저렇게 눈치없이 따라다니니 짜증이 난 시현이 뒤를 돌아보며 외쳤다.

"저희는 뒤에서 경호만 할 것이니 신경 쓰지 마시고 마음껏 즐기세요."

예전 시현과 싸운 적이 있었던 염동력자인 김혜영이 살짝 미소를 지으며 시현에게 말했다.

"신경 쓰여요."

시현의 팔짱을 끼고 있는 아체가 찡그리며 말했다. 매번 데 이트는 물론, 집에서도 귀찮게 따라다니는 둘이 못마땅해서였 다.

"죄송합니다. 하지만 안전을 위해서라도."

다른 1명이 무뚝뚝한 표정으로 고개를 숙이며 사과했다. 거의 시현과 비슷한 키의 잘 단련된 몸을 가지고 있는 김수한이란 사내로 특별한 초능력 같은 것은 없지만 총과 격투술에 능한 군인이었다.

"어머! 왜 그러니, 나는 든든해서 좋은데."

시현의 어머니인 김선혜는 이렇게 경호원들이 따라붙는 상황이 즐거운지 웃음이 가득했다.

"어머니는 이게 좋아요?"

“물론이지, 이렇게 많은 사람들이 경호해 주니까, 꼭 내가
왕비마마가 된 것 같은 기분인걸.”

김혜선의 말대로 실제로 시현의 가족을 경호하는 것은 김혜
영과 김수한 이 둘뿐이 아니었다. 좀 더 멀찌감치 떨어진 곳에
서 다른 사람들이 눈치 채지 않게 14명이 시현의 가족을 경호
하고 있었다.

“그럼, 난 왕인가? 험험!”

시현의 아버지 유현진은 헛기침을 두어 번 하더니 최대한
위엄있는 표정으로 말했다.

“짐이 무척이나 출출하구나. 어서 태자와 태자비는 음식점
으로 안내를 하도록 하라.”

유현진이 한술 더 뜨자 시현이 한숨을 푹 내쉬었다. 하지만
거기서 끝난 것이 아니다.

“상공, 소녀도 배가 무척이나 고프옵니다.”

태자비라는 대목에 솔깃했는지 아체 또한 사극에서 본 대사
를 흉내 내며 시현을 잡아끌었다.

대세는 사극 놀이, 시현도 거기에 동참하기로 결정했다. 하
지만 사극을 거의 접해보지 않았던 시현은 태자에 어울리는
대사를 떠올릴 수가 없었다. 떠오르는 게 있다면 요상한 대답
소리, 모두들 시현을 물끄러미 쳐다보고 있자 시현은 얼떨결
에 그 대답 소리를 흉내 내며 말했다.

“예이~”

끝이 높게 올라가는 간드러진 대답 소리가 시현의 입에서

흘러나오기가 무섭게 유현진이 시현의 머리를 주먹으로 가볍
게 내려쳤다.

"내시냐?"

그러고 보니 그 목소리는 내시의 대답 소리였다. 특이해서
사극을 거의 접해보지 못했음에도 불구하고 기억하고 있던 것
이었다.

시현은 힐끔 주변을 쳐다보았다. 어머니와 아체는 물론, 뒤
에서 경호를 서는 김수한과 김혜영까지 모조리 웃음을 참고
있었다.

이렇게 된 거 끝까지 망가지자, 라고 생각하며 시현은 아버
지의 물음에 다시 한 번 똑같은 목소리로 대답했다.

"예이~"

그 모습에 주변이 웃음바다가 되었음은 말할 것도 없었다.

시현이 부모님을 안내한 곳은 근처의 유명한 고기집이었다.

건물 안에 들어서자 안내를 맞고 있는 여 종업원이 인사를
깍듯이 인사를 했다.

"안녕하십니까?"

"예, 안녕하세요. 저 유시현이라는 이름으로 예약이 되어 있
을 텐데요."

"아, 어제 예약하신 분이군요. 3층에 준비되어 있으니 계단
을 걸어 올라가시면 됩니다."

종업원의 설명을 들은 시현은 아체에게 시선을 돌리며 말

했다.

"아체야, 아버지, 어머니 모시고 먼저 올라가 있어."

"예."

아체가 부모님을 모시고 올라가자 시현은 건물 안으로 들어오지 않고 밖에서 대기하고 있는 김수한과 김혜영에게로 걸어갔다.

"저, 김수한 대위님."

"예, 무슨 일이십니까?"

시현은 김수한을 대하기가 어려웠다. 바로 열 살이나 많음에도 자신에게 깍듯이 존댓말을 쓰기 때문이다.

"다른 분들과 함께 3층으로 올라가세요. 제가 한턱 쏘겠습니다."

"어머, 정말이요?"

대답을 한 건 옆에 서 있던 김혜영이었다.

"예, 저희 가족들 때문에 고생하시는데 염치없이 저희만 먹을 수 있나요. 게다가 아버지, 어머니께서는 시끌벅적한 것을 좋아하니 같이 드시면 두 분 다 기뻐하실 거예요."

"안 됩니다. 저희는 어디까지나 경호원으로서……."

책임감이 강한 것인지, 아니면 고지식한 것인지 김수한 대위가 시현의 제의를 거절하려 하자 옆에서 안달이 나 있던 김혜영이 움직였다.

"에잇!"

재빨리 양손으로 김수한의 입을 막은 김혜영의 눈앞에 무전기가 둥실 떠올랐다. 김수한의 품에 있던 무전기를 염동력으로 꺼내 든 것이다.

"시현 씨가 한턱 쏜대요. 모두 당장 집합하세요."

김혜영이 무전을 날리기가 무섭게 곳곳에서 사람들이 튀어나왔다. 정말 이 많은 사람들이 어디에 숨어 있었는지 놀라울 정도였다.

"정말 잘 되었네요. 마침 배가 고팠는데."

"감사히 먹겠습니다."

14명의 경호원이 시현에게 잘 먹겠다는, 또는 고맙다는 인사를 하며 김혜영에게 잘했다는 표시로 살짝 윙크를 했다.

사태가 여기까지 벌어지자 김수한은 어쩔 수 없다는 표정으로 김혜영의 손을 떼어내며 시현에게 고개를 숙이며 말했다.

"감사합니다. 잘 먹도록 하겠습니다."

고기집 3층에서는 잔치가 벌어졌다.

경호원들 모두 한가락 하는 체력을 가지고 있기에 그들이 먹는 고기의 양은 엄청났다. 게다가 그들 모두 물주인 시현이 겉모습은 소박해 보이지만 엄청난 부자라는 것을 알고 있기에 눈치 보지 않고 양껏 먹었다.

"자자, 이것들 좀 드시면서 잡수세요. 서비스입니다."

3층에서만 벌써 하루치 매상을 벌어들여 기분이 좋아진 주인이 소주 10병을 테이블에 올려놓았다.

하지만 시간이 지나도 아무도 소주에 손을 대는 사람은 없었다.

아무리 회식을 하고 있다지만 지금은 경호 임무 중이라는 것을 경호원들 어느 하나도 잊지 않고 있기 때문이다.

그런 경호원들의 모습을 보며 시현은 그들이 믿음직스럽게 느껴졌고 또 한편으로는 고마움도 느꼈다.

"여기, 최상급 한우 등심으로 20분 추가요."

현재 그 고마움에 보답할 수 있는 것은 바로 고기뿐. 시현은 20인분을 더 시키자 모두 환호했다.

3층 전체를 예약하기를 잘했다는 생각이 들 정도로 경호원들의 회식은 왁자지껄 시끄러웠다.

유현진과 김혜선은 이런 왁자지껄한 자리가 좋은지 연신 미소를 짓고 있었다. 그것은 시현의 옆에 앉아 있는 아체도 마찬가지였다.

"이런 분위기가 좋아?"

"예, 고향 생각이 나서 좋아요."

아체의 대답에 시현은 가이아에서 친하게 지냈던 브락 일행이 생각났다. 그러고 보니 브락 일행과 회식을 했을 때는 이것보다 더 했다.

브락 일행과의 즐거웠던 때를 떠올리던 시현은 힐끔 아체를 쳐다보았다. 웃고 있지만 웬지 슬퍼 보인다. 시현은 그 이유를 알 것 같았다.

바로 고향에 대한 그리움. 자신과 부모님이 아무리 잘해준다고 해도 이곳은 그녀에게 있어서 낯선 세상, 고향에 대한 그리움은 당연한 것이었다.

시현은 가만히 아체의 어깨를 끌어당겼다. 그러자 아체가 자연스럽게 시현의 어깨에 기대어왔다.

'그래, 이 일이 끝나면 가이아로 데려갈게.'

가이아에 가면 다시 돌아올 수 없을지도 몰랐다.

그러하기에 이곳에서 모든 준비를 끝내고 더 이상 자신이 필요가 없어졌을 때야 시도할 수가 있다. 20년? 30년? 아니, 더 오랜 시간이 걸릴지도 몰랐다.

하지만 시현은 언젠가 꼭 아체를 다시 가이아에 데려가겠다고 속으로 약속하며 자신의 어깨에 기댄 아체의 이마에 가볍게 키스를 했다.

"헤에!"

"응?

아체의 이마에 가볍게 키스를 해주고 아체의 머리카락을 손으로 쓰다듬어 주던 시현은 흥미로운 것을 발견했다는 감탄사에 소리가 난 쪽을 쳐다보았다.

그곳에는 술 대신 사이다로 기분을 내던 김혜영이 실눈을 뜨고 아체와 시현을 쳐다보고 있었다.

'윽!'

시현은 속으로 비명을 질렀다. 아체도 김혜영의 시선을 느꼈는지 재빨리 시현의 어깨에서 머리를 떼며 자세를 바로 잡았다.

김혜영의 실눈이 더욱 가늘게 변했다. 김혜영의 표정은 마치 재미있는 장난감을 발견한 악동의 그것과도 같았다.

그녀는 소리를 내지 않고 입 모양만으로 시현과 아체에게
천천히 말했다.

어! 머! 뜨! 거! 워! 라!

그 모습을 본 아체는 시선 둘 곳을 찾지 못하고 아래로 고개
를 푹 수그렸다.

"저, 화실 좀 다녀올게요."

급기야 아체가 부끄러움을 감추기 위해 화장실을 핑계로 자
리를 떠났다.

시현도 당장 자리를 뜨고 싶었다. 그때였다.

위이이잉! 위이이잉!

핸드폰의 진동음.

'나이스 타이밍!'

시현은 허겁지겁 주머니 안의 핸드폰을 꺼내 받았다.

"어이, 잘 있었냐? 나다."

"아, 선배."

목소리의 주인은 바로 신정훈이었다.

"5일 뒤에, 경매 있는 거 알지? 준비는 다 됐냐?"

"물론이죠."

엄청난 돈을 벌었지만, 쓰는 돈도 많았기에 시현은 경매 준
비를 소홀히 하지 않고 이번 달 경매에 붙일 물건들을 이미 만
들어놓은 상태였다.

"야, 그런데 혹시 뭐 보안 기능이라던가 그런 것 좀 넣을 수
없냐?"

“왜요?”

“낙찰받은 사람들 중에서 이번 달에 6명이나 아이기스의 목걸이를 도둑맞은 모양이야.”

마법 물품을 팔고 거기서 끝나는 게 아니라 마나가 다 하면 리필해 주는 서비스도 하기 때문에 신정훈은 물건을 사간 고객들에게 정기적으로 연락을 하고 있었다.

그런데 이번 달 정기 연락에서 6명이나 되는 사람들이 도둑맞았다는 사실이 밝혀진 것이었다.

“어떻게 된 거래요?”

“흠, 듣기로는 혼자 있는데 갑자기 어지러움증을 느끼고 정신을 잃었대. 그 후 다시 정신을 차렸을 때는 목걸이가 사라지고 없었다는데.”

“흠, 그렇다며 따로 방법이 없겠는데요.”

“정말?”

“예, 착용자의 몸에서 다른 사람이 벗기지 못하게 하는 방법이 있긴 하지만 착용자가 죽는다면 벗길 수 있거든요. 그런 기능을 넣으면 오히려 착용자를 죽이게 되는 꼴밖에 안 되잖아요.”

“흠, 그런가?”

“예.”

“그럼 낙찰받은 사람들에게 도둑 조심하라고 주의를 주는 수밖에 없겠네.”

“뭐, 그렇죠.”

“그래도 혹시 방법이 있을지도 모르니까 시간 나면 좀 생각해 봐라.”

“예, 알겠어요.”

“그럼 경매 날 보자, 몸 간수 잘 하고.”

“예, 선배도 건강하세요.”

전화를 끊고 핸드폰을 주머니 안에 넣는 시현의 얼굴은 잔뜩 굳어져 있었다. 마법 물품들을 낙찰받아 간 사람들은 모두 권력이나 부를 갖춘 사람들이다. 당연히 도둑에 대한 준비는 철저히 되어 있을 터였다.

그런데 그 사람들에게서 그것도 6명에게서 감쪽같이 물건을 훔쳐가다니 심상치가 않았다.

“단순히 돈인가, 아니면 다른 목적이 있어서?”

“오빠, 무슨 일 있어요?”

시현이 물건을 도둑맞은 사건에 대해 이것저것 생각하며 고민하고 있을 때 어느새 화장실에서 돌아온 아체가 시현의 굳어진 표정을 보고 물었다.

“아니, 정훈 선배에게 경매 일로 전화와서 잠시 생각 좀 하느라고.”

굳이 아체에게 이야기해서 걱정을 끼칠 필요는 없다는 생각에 시현은 대충 얼버무리며 슬쩍 김혜영을 바라보았다. 다행히도 김혜영은 젓가락으로 잘 익은 고기를 집어 김수한에게 먹여주고 있었다. 김혜영의 얼굴에 드러난 짓궂은 미소를 보니 장난의 대상을 김수한으로 바꾼 모양이었다.

하지만 아체는 그 모습이 부러웠는지 익숙지 않은 젓가락 솜씨로 고기를 잡아 장을 듬뿍 묻혀 상추에 싼 뒤, 시현의 입에 천천히 가져다 대었다.

"아!"

시현이 크게 입을 벌리자 아체가 상추쌈을 시현의 입에 넣어주었다.

"맛있어요?"

"우물우물, 네가 싸주어서 그런지, 우물우물, 최고야."

정말 최고의 맛이었다.

요즘 들어 시현과 아체는 매우 바빴다. 정부의 각종 부서에서는 마법을 이용해 이것저것 해보기를 원하는데, 마법을 쓸 수 있는 건 시현과 아체 단둘뿐이었기 때문이다.

마법을 사용하는 건 꽤 정신력을 소모하는 작업이다 보니 하루 종일 연구원들에 요구에 맞춰 마법을 사용하는 시현과 아체가 저녁이 되면 파김치처럼 늘어지기 일수였다.

매일매일 계속되는 지루하고 고된 나날들로 아체의 불평이 이만저만이 아니었다.

시현은 더 이상 참지 못하고 결단을 내렸다.

"앞으로 5일간 쉰다!"

"안 됩니다. 5일간 쉰다니요."

5일간 쉰다는 시현의 일방적인 요청에 마법 연구에 흠뻑 빠져 있던 연구원들이 반대를 하며 나섰다.

"사람 부려 먹는 것도 정도껏 해야죠. 이러다가 피골이 상접할 정도로 말라 버릴 거라구요."

"맞아요. 말라 버려요."

시현의 항의에 아체가 거들며 나섰다.

"안 되네. 이제 성과가 보이기 시작하는 이때에 5일간 쉰다니 허락할 수 없네."

연구원들이 책임자인 한정위 박사까지 나서며 안 된다고 하자, 5일간 쉬겠다는 시현의 결심이 흔들렸다.

"그럼, 3일이라, 악!"

시현이 약한 모습을 보이자 아체가 뒤에서 있는 힘껏 시현의 허리를 꼬집었다.

"박사님이 아무리 안 된다고 해도 무조건 5일간 쉴 거예요."

아체가 나서자 모두들 주춤했다.

연구원들 모두 아체가 착하게 생긴 외모와는 다르게 과격하다는 것을 잘 알고 있었다. 자신에게 치근덕대는 연구원을 향해 파이어 에로우를 사용할 정도로 말이다.

"하지만 아체 양, 이제 성과가 좀 보이기 시작하는데."

"이대로 계속 이렇게 가다가는 실패해서 큰일이 날지도 몰라요."

"큰일?"

"예, 정신적으로 불안한 마법사가 마법에 실패하면 어떻게 되는 줄 아세요? 펑 하면서 터져 버려요. 이런 건물은 순식간에 날아갈걸요?"

　실제로 마법이 실패해도 그럴 확률이 무척이나 낮다는 것을 연구원들도 알고 있지만, 모두 아체가 일부러 저런 상황을 만들지 않을까 하는 생각에 몸을 부르르 떨었다.

　"그럼, 아체 양이 먼저 휴가를 다녀오고 그다음 시현 군이."

　"오빠 없이 무슨 재미로 휴가를 가요."

　한 연구원이 타협 안을 내놓았지만, 아체는 단호했다.

　"아, 알았네. 마침 여름이라 우리도 휴가가 필요했으니. 모두 머리도 식힐 겸 다녀오면 되겠구만."

　결국 그렇게 시현과 아체는 연구원들과 함께 5일의 휴가를 얻었다.

　"와아! 휴가다, 휴가!"

　"영화! 영화!"

　"오빠는 영화는 언제나 볼 수 있잖아요. 여름이니까 바다에 가는 거예요!"

　"오옷, 좋지. 바다!"

　휴가는 바다로 가기로 단숨에 결정되었다.

　"어디로 갈까? 역시 동해 쪽이 좋겠지. 속초, 경포……."

　시현이 어느 해수욕장으로 갈까 생각하던 중. 뒤에서 지켜보던 김혜영이 끼어들었다.

　"정동진, 어때요? 저번에 가보니까 물도 깨끗하고 좋던데."

　"그렇게 좋아요?"

　"예. 가보시면 후회는 안 하실 거예요."

"좋아, 그럼 정동진이다."

"호호, 그럼 호텔을 예약해 놓아야겠네요."

경호원으로 배치받은 김혜영은 어느새 시현의 비서 역할을 하게 되었다. 대한민국에서 시현과 아체를 위협할 만한 사람 자체가 없었고, 보호 대상자가 오히려 경호원인 그녀보다 더 강하기에 벌어진 일이었다.

"그런데 설마 혜영씨 따라올 생각은 아니죠?"

들떠 있는 김혜영의 모습에 시현이 묻자 김혜영은 당당하게 대답했다.

"당연하죠!"

"잠깐, 당연하다니요."

"맞아요. 그런 곳까지 따라오다니."

시현에 이어지는 아체의 항의에 김혜영은 심상치 않은 미소를 지으며 아체를 불렀다.

속닥속닥.

그리고 이어지는 귓속말, 무엇을 말하는지 모르지만 아체가 연신 고개를 끄덕이자 시현의 마음속에 불안감이 싹텄다.

"좋아요. 같이 가요."

아니다 다를까, 아체가 덜컥 허락을 해버렸다.

'이럴 줄 알았으면 엿듣는 건데.'

시현이 도대체 무슨 대화를 나누었을까 궁금해하는 사이 아체가 애교 가득한 모습으로 시현에게 다가오며 시현을 불렀다.

“오빠.”

“응?”

“나, 수영복 없는데.”

당연한 이야기지만 아체에게 수영복이 있을 턱이 없었다. 가이아에는 아에 수영복 자체가 존재하지 않았고, 이곳에 넘어와서 사준 것이라고는 일반 옷밖에 없으니 말이다.

“흠, 그러면 수영복 사러 갈까?”

“예!”

결국 오늘은 여러 가지 쇼핑을 하고 바다는 내일 이른 새벽에 출발하기로 결정하였다.

“우아!”

서울에서 명품으로 유명한 한 백화점, 이런 쪽에 대해서는 무지한 시현이라 김혜영의 조언을 듣고 찾아온 곳이었다.

“자자, 어서 올라가요.”

김혜영을 따라간 곳은 6층 여성 속옷이 주를 이루는 매장이었다. 사방이 여성 속옷으로 장식되어 있는 매장이다 보니 자연히 남자는 거의 없었다.

“미치겠다.”

“동감입니다.”

시현과 김수한은 어디에 눈을 둘지 몰라 난처해하며 김혜영과 아체의 뒤를 따랐다.

속옷 매장들을 지나쳐 도착한 곳은 여성용 수영복만 전문적으로 취급하는 매장이었다. 그곳에 도착하자 시현과 김수한은 조금 한숨을 돌릴 수 있었다.

"오빠, 이것 어때요?"

아체는 수영복 한 벌을 들고 와 자신의 몸에 갖다 대며 시현의 의견을 물었다. 수수한 연한 파랑색의 원피스, 시현은 괜찮다고 생각하며 입을 열었다.

"흠, 괜찮을 것 같은데."

하지만 아체는 시현의 반응이 마음에 들지 않았는지 뚱한 표정을 지었다. 그때 김혜영이 옆으로 다가와 아체의 이마를 손가락으로 툭 치며 말했다.

"바보, 직접 입어서 보여줘야 제대로 평가를 듣지."

"그, 그럴까요?"

"탈의실은 저쪽이니까 어서 갈아 입고 와! 거기 두 분도 어떤 게 좋은지 골라줘야 하니까 이리 오시고요."

그러고 보니 탈의실이 한 개씩 따로 분리되어 있었다. 아무래도 수영복을 고르기 위해 찾은 연인들을 위해 준비된 탈의실인 것 같았다.

"나는 그냥 여기에……."

김수한이 남으려 하자 김혜영이 그에게 찰싹 달라붙어 팔짱을 꼈다.

"헤헤헤, 김 대위님은 제 수영복을 골라줘야죠."

"아니, 내가 왜?"

김수한이 일부러 굳은 표정으로 말하자 김혜영이 좀 더 몸을 밀착하며 애교를 부렸다.

"히잉, 제가 싫은 건가요?"

"아니, 그건 아니지만."

"그럼 들어가요."

여자에 대한 면역이 없던 터라 애교에 단번에 무너진 김수한을 끌고 들어가는 김혜영의 얼굴에 엷게 홍조가 피어올랐다.

아체와 또 김혜영의 수영복 패션쇼(?)는 2시간만에 끝났다. 아체는 2개의 원피스 수영복과 1개의 비키니 수영복, 김혜영은 2개의 비키니 수영복을 사고 유유히 백화점을 나왔다.

"이제 뭐 하지?"

시현의 스스로에게 질문하듯 던진 말에 아체와 김혜영 두 여자가 동시에 대답했다.

"영화요!"

"영화!"

아체와 김혜영의 열화와 같은 성원에 힘입어 넷은 바로 영화관으로 출발했다.

영화관에는 더운 여름이라서 그런지 4개의 상영관 중 2곳이 공포영화를 상영하고 있었다.

"흠. 공포영화보다는 아무래도 로맨스나 액션이 낫겠지?"

시현이 중얼거리며 로맨스냐, 액션이냐. 둘 중 하나를 고르려고 하던 중에 김혜영이 끼어들었다.

"무슨 소리예요? 데이트의 꽃은 바로 이 공포영화라고요."

"맞아요!"

아체가 언제 그리 짝짜꿍이 되었는지 김혜영의 말에 동의하며 나섰다.

"그러면 공포영화로 하지, 뭐"

영화의 제목은 DeadMan' s Blood.

군에서 실험의 실수로 죽게 된 군인의 시체가 되살아나 다른 사람들을 습격해 동족으로 만드는 전형적인 좀비 영화였다.

'별로 재미없겠네.'

시현은 별 기대를 하지 않고 영화관 안으로 들어섰다.

어둑어둑 한 상영관 안에서 음산한 음악이 깔리고 마침내 시체가 되살아나는 장면이었다.

"까아아아악!"

별로 무서운 장면도 아니건만 상영관 안에서 여자들의 비명으로 가득찼다.

'꿀꺽! 주, 죽인다.'

뭐가 죽인다는 걸까? 영화가 무서워서? 아니었다. 시현이 저렇게 속으로 침을 삼키며 죽인다고 한 이유는 아체가 다른 여자들처럼 비명을 지르며 시현에게 덥석 안겨왔기 때문이었다.

시현은 왜 김혜영이 공포영화를 데이트의 꽃이라고 했는지 절실히 느낄 수가 있었다.

"오빠, 무서워요."

시현의 품 안에 안긴 아체가 가녀린 목소리와 함께 시현의 품으로 더욱 파고들었다.

내숭이었다.

가이아에서 블랙라이온 용병단과 시현의 꿈속에서 같이 훈련을 하던 시절, 블랙라이온 용병단원들이 몬스터에게 당해 죽는 처참한 모습을 눈 하나 깜짝 안 하고 지켜보던 아체였다. 그런데 겨우 저 정도 영화로 이렇게 겁에 질려 애처롭게 떨 리가 없었다.

하지만 그렇다고 그런 내숭을 모른 체할 만큼 시현은 바보가 아니었다. 시현은 팔로 아체의 가는 허리를 감싸 안으며 아체에게 조용히 속삭였다.

"걱정 마, 오빠가 있잖아. 오빠, 믿지?"

평소에는 전혀 하지 못할 대사가 술술 나왔다.

그렇게 아체와의 은밀한(?) 데이트를 즐기던 시현은 살짝 곁눈질로 김혜영과 김수한이 앉은 자리를 쳐다보았다.

'풉!'

시현은 분위기를 깨지 않기 위해 웃음이 나오려는 것을 억지로 참았다.

김혜영 역시 꺄악! 꺄악! 비명을 지르며 김수한에게 안겼다. 아무래도 김수한에게 마음이 있는 모양이었다. 하지만 김수한은 김혜영의 육탄공세에 이러지도 저러지도 못하고 굳은 표정과 뻣뻣한 자세로 자리에 앉아 있었다.

‘좀 안아주기라도 하지. 윽!’

허리에서 느껴지는 통증, 시현이 정신을 팔고 있자 아체가
시현의 허리를 꼬집은 것이었다.

“미안, 미안.”

뚱한 표정으로 볼을 잔뜩 부풀리고 올려보는 아체의 이마에
시현이 미안하다고 사과하며 살짝 키스를 해주었다.

때마침 스크린에서는 좀비가 사람을 습격하는 장면이 나오
고 있었다.

“꺄악!”

다시 상영관 안을 울리는 여자들의 비명, 아체도 그에 동참
해 비명을 지르며 시현의 품속으로 다시금 안겨왔다.

그렇게 시현과 아체는 데이트의 꽃이라는 공포영화를 두근
두근한 심정으로 흠뻑 즐겼다.

해수욕장에 늘 빠지지 않고 꼬이는 것 중 하나가 바로 이성
을 헌팅하기 위한 솔로들이었다.

그런 솔로들에게 아체의 인기는 무척이나 높았다.

이국적인 외모에 글래머는 아니지만 잘빠진 몸매, 시현이
잠시 다른 곳에 갔을 때면 언제나 남자 한둘이 아체에게 작업
을 걸고 있을 정도였다.

시원한 팥빙수를 사오던 시현은 그 잠깐 사이에 아체에게
작업을 걸고 있는 두 남자를 보며 한숨을 내쉬었다.

“에휴! 애인이 예뻐도 탈이구만!”

한탄의 소리지만 한편으로는 예쁜 애인이 있다는 일종의 과시욕도 엿보였다.

"아체야, 팥빙수 사왔어."

평소라면 이때쯤이면 애인이 있다는 것을 알고 물러가야 옳았다. 하지만 오늘은 평소와는 다르게 두 남자는 시현이 바로 앞까지 다가왔음에도 떠나지 않았다.

"그러지 말고 우리랑 같이 놀자니까."

"남의 애인한테 무슨 짓입니까?"

시현이 팥빙수를 내려놓으며 두 남자에게 말하자 그제야 두 남자는 시현에게 관심을 갖기 시작했다.

"어쭈, 꼴에 남자라고 쎄게 나오는데?"

전형적인 양아치의 패턴, 시현은 더 이상 말로 하지 않고 주먹으로 대화를 나누기 시작했다.

퍽! 큭! 윽!

"제길, 두고 보자."

두 양아치는 언제나 악당들이 도망칠 때면 사용하는 전형적인 대사를 읊고는 달아났다.

"저런 애들은 네가 혼내주지 그랬어?"

"헤헤, 제가 무슨 힘이 있다구요."

역시 내숭이다. 자꾸 치근덕대는 연구원을 파이어 에로우로 전치 3주의 중상을 입힌 게 2주 전이었다. 저런 양아치들쯤이야 트럭으로 덤벼도 아체에게는 상대가 안 된다.

하지만 시현은 그렇게 내숭을 떠는 아체가 그렇게 예뻐 보일 수가 없었다.

역시 사랑에 빠지면 바보가 되는 모양이었다.

그런 알콩달콩한 분위기를 풍기는 둘을 좋지 않은 눈으로 흘기는 사람이 있었으니, 바로 김혜영이었다.

"쳇! 확 태풍이나 불어라."

실제로 태풍이 오기를 바라는 것이 아니다. 여덟 살 연하인 자신이 이렇게 애정 공세를 펼치는데도 김수한이 아무런 반응이 없자 심술이 난 것이다.

실질적인 원망의 대상인 김수한은 한쪽 구석에서 묵묵히 모습으로 시현과 아체의 주변을 감시하고 있었다.

"어휴, 저 고집불통."

휴가니 쉬라고 자신뿐만이 아니라 경호 대상인 시현과 아체도 몇 번이나 말했지만 여전히 쉬지 않고 경호 중인 김수한의 모습에 김혜영이 분을 터뜨렸다.

김혜영이 김수한을 처음 만난 것은 2년 전 본격적으로 군사 훈련을 받기 시작한 때였다. 김수한은 그때 김혜영과 그녀의 동료들을 담당하던 교관 중 1명이었다.

훈련생 모두가 여자들이기에 교관들 모두 나름대로 잘 보이기 위해 신경을 쓰며 훈련을 진행하였다. 하지만 교관들 중 FM대로 가차없이 훈련을 진행하는 사람이 있었으니 바로 김수한이었다.

모두 김수한에 대한 불평이 가득했다. 나름 항의해 보았지만 씨도 안 먹혔다.

결국 여성 훈련생들은 김수한에 대해 복수를 결심했다. 모두들 한 가지씩 능력을 가지고 있던 터라 그 능력으로 김수한을 골려주기 시작한 것이다.

복수는 가차없었다. 김수한은 매일매일 진흙탕 물을 뒤집어써야 했고, 툭하면 넘어졌고, 심지어 한 여성 텔레파시 능력자가 김수한의 머릿속에 야한 영상을 계속 보내 하루 종일 밖에 나오게 하지 못한 일도 있었다.

하지만 김수한은 여전히 FM대로 훈련을 계속했고, 그런 김수한을 골려주던 김혜영은 어느새 그를 좋아하게 되었다.

무뚝뚝한 성격으로 인해 30대를 훌쩍 넘어섰음에도 김수한에게는 애인이 없었다. 그 성격을 고치지 못한다면 평생 독신으로 살아야 할 처지였다.

"그런 인생을 내가 구제해 주겠다는데 왜 이리 안 넘어와!"

2년간 김혜영은 많은 노력을 했다. 항상 김수한을 곁에 있기 위해 여러 차례 부서를 옮기기도 했고, 직접 도시락을 만들어 갖다 바친 것만 해도 셀 수가 없었다.

아체에게 데이트를 서포트 해주겠다고 꼬셔서 따라온 것도 그런 노력 중의 일환이었다.

효력은 확실히 있었다. 똑 부러지는 김수한의 성격이 김혜영에게는 적용되지 않는다는 것이다. 김수한의 성격상 있을 수 없는 일이기에 김혜영은 더더욱 포기할 수가 없었다.

"흥, 오늘 밤 두고 보라지. 꼭 내 남자로 만들 테니까!"

김수한을 바라보며 단단히 결심을 굳히는 김혜영의 눈빛은

먹이를 앞에 둔 표범의 그것 같았다.

늦은 저녁, 실컷 바다에서 논 넷은 예약해 놓은 호텔로 향했다.

호텔에 들어서자마자 카운터로 가서 카드 키를 받아온 김혜영은 키 하나를 시현에게 건네주었다.

1607호, 김혜영의 것을 슬쩍 보니 1608호다.

'흠, 나랑 김수한 대위랑 한 방을 쓰면 되겠군.'

김혜영의 속셈을 모르는 시현은 단순히 생각하며 엘리베이터로 향했다.

1607호에 도착한 시현은 카드 키로 문을 열었다. 비싼 호텔의 최고급 객실이다 보니 안은 화려했다.

"아, 먼저 샤워 좀 해야지."

문 안으로 들어서자 곧 김수한이 따라 들어갔다. 아니, 들어가려고 했다. 하지만 재빨리 김수한을 젖히고 들어가는 사람이 있었으니 바로 아체였다.

"자, 잠깐."

이 예상치 못한 사태에 당황한 시현과 김수한은 당황한 표정으로 외쳤다.

"자, 김 대위님은 이쪽이랍니다."

하지만 그 외침에 아랑곳하지 않고 김혜영이 김수한의 팔에 팔짱을 끼고는 1608호로 데리고 들어가 버렸다.

바다에서 맞은 첫 밤은 그렇게 흘러가고 있었다.

"그, 그게. 혜영 언니가 그동안 김 대위님을 사모했다면서 어떻게든 이번에 자리를 마련해 달라고 해서."

아체는 시현이 묻지도 않았는데 대답하느라 바빴다.

사실 이번 일은 아체와 김혜영, 두 여자의 합작품이지만 아체는 모조리 김혜영 쪽으로 떠넘기고 있었다. 부끄러움 때문이었다.

아체가 이런저런 변명을 하는 동안, 시현은 표정 하나 바뀌지 않고 태연스럽게 목욕탕의 문을 열며 말했다.

"아, 덥다. 나 먼저 샤워할게."

곧 목욕탕으로 들어와 문을 굳게 닫은 시현의 얼굴이 화악 한순간에 붉어졌다.

"으아, 놀랐다."

솔직히 아체와 3박 4일의 여행을 오면서 어떤 썸씽을 기대하지 않은 것은 아니다.

하지만 막상 이렇게 닥치니 가슴이 두근거려 아체 앞에서 서 있을 수가 없었다.

쏴아아아!

샤워기를 틀자 차가운 물줄기가 시현의 머리 위로 쏟아졌지만 가슴은 좀체 진정이 되지 않았다.

"휴… 침착, 침착."

시현은 멋대로 뛰노는 심장을 진정시키기 위해 심호흡을 했다. 하지만 이내 붉어진 얼굴로 이리저리 변명하느라 정신이

없는 아체의 모습이 머릿속에 떠오르자 다시 심장이 세차게
뛰었다.

"그래, 내가 나이도 많고 남자니까 침착하게 리드하는 거
야."

그로부터 시현이 목욕탕을 나간 것은 30분이 지난 후였다.

덜컥!

목욕탕의 문이 열리자 침대에 앉아 있던 아체가 깜짝 놀라
며 일어났다.

"아, 시원하다. 아체야, 너도 샤워해."

타월을 하나 걸친 몸으로 아체 앞에서 태연하게 이야기하고
있지만 겉과는 다르게 시현의 심장은 두근두근 세차게 뛰고
있었다.

"예."

"후우."

아체가 들어간지 1시간에 다 되어 가는데도 나오지 않자 두
근거림이 많이 사라진 시현의 관심이 김혜영과 김수한에게 쏠
렸다.

"둘 다 잘 되어갈려나? 어디?"

시현은 벽에 귀를 대어보았다. 워낙 방음 처리가 완벽한 고
급 호텔인지라 아무런 소리도 들려오지 않았다.

'좋아.'

귀에 마나를 집중해 청력을 높인 시현이 다시 벽에 귀를 갖
다 대자, 그의 귀에 들려오는 소리가 있었다.

"컥!"

시현은 급히 벽에서 떨어졌다. 그의 얼굴은 붉게 물들어 있었고, 가슴은 세차게 뛰고 있었다. 벽 넘어에서 들려오는 소리 그것은 바로 두 남녀의 거친 신음 소리였다.

'자, 잘되어가는 모양이네.'

시현은 속으로 둘의 결합을 축하하며 다시 침대에 걸터앉아 아체가 나오기를 기다렸다.

끼이익!

조심스럽게 문이 열리며 그 사이로 아체의 모습이 드러났다.

몸에 목욕 타월 하나만을 걸친 아체의 모습은 아찔할 정도였다. 거기에 막 샤워가 끝나 축축한 물기가 감도는 모습까지 더해지자, 시현의 심장은 그 어떤 때보다 거세게 뛰었다.

이러다가 심장이 가슴을 뚫고 튀어나오는 건 아닐까 하는 생각마저 들 정도였다.

아체는 부끄러움에 붉어진 얼굴을 숙이고 조심스럽게 다가와 시현의 옆에 앉았다.

아체에서 풍겨오는 향기가 아찔했다.

두근, 두근.

더욱 거세게 뛰는 심장 소리를 아체가 들을까 두렵기까지 하다.

시현은 마음을 굳게 먹고 손을 뻗었다.

흠칫!

시현이 손을 잡자 아체가 몸을 떨었다. 시현은 하마터면 그대로 손을 놓을 뻔했다.

'후우…….'

속으로 심호흡을 한 시현은 다른 한 손으로 천천히 아체의 머리를 쓸어 올렸다.

아체가 숙였던 고개를 들며 올리자 부끄러움으로 붉게 물든 아체의 얼굴이 훤히 드러났다.

시현은 그 모습을 보고 내심 안심이 되었다. 아체도 자신처럼 긴장하고 또 부끄러워하고 있다는 사실에 안심이 된 것이다.

시현은 머리카락을 쓰다듬었던 손으로 아체의 볼을 천천히 쓰다듬으며 천천히 자신의 얼굴을 아체의 얼굴에 갖다 대었다.

아체가 눈을 가만히 감았다.

"음."

둘의 입에서 기분 좋은 신음 소리가 흘러나왔다.

가볍게 입술을 맞댄 키스, 시현과 아체 둘은 여러 차례 키스를 나누었지만, 이렇게 마음이 차오르고 기분이 좋은 키스는 처음이었다.

떨어지고 싶지 않았다.

그 둘의 기분을 증명하기라도 하듯, 어느새 시현의 손이 아체의 허리를 감고 있었고, 아체의 양손은 시현의 목을 부드럽게 두르고 있었다.

그렇게 한참 동안 둘의 마음을 나누는 키스는 계속되었다.

시현은 조심스럽게 아체의 입술에서 자신의 입술을 떼었다.

곧 아체의 눈이 떠졌다. 아체의 눈에는 아쉬움이 담겨 있었다.

시현 자신도 아쉽기는 마찬가지였다. 하지만 지금 생각나는 말은 꼭 하고 싶었기에 꾹 참고 입을 열었다.

"네가 있어서 난 행복해."

"저, 저도요."

"그러니까, 언제나 꼭, 내 곁에 있어주겠니?"

아체의 눈에 눈물이 맺혔다. 기쁨의 눈물이었다. 아체는 대답 대신 시현에게 키스를 했다.

놓치지 않겠다는 듯 시현의 목에 두른 아체의 팔에 힘이 들어갔다. 아체의 허리를 감은 시현의 손 또한 마찬가지였다.

열정적인 키스, 서로의 사랑을 원하고 확인하는 키스였다.

좀 더. 좀 더. 둘은 서로의 마음을 좀 더 확인하기를 원하며 천천히 침대 위에 몸을 누였다.

다음날.

띵동, 띵동, 쿵쿵쿵, 띵동, 쿵쿵쿵!

아침을 넘어서 정오가 다 되어가는 시간, 시현은 문을 두드리는 소리와 초인종 소리에 잠을 깨었다.

"아으, 시끄러워. 응?"

침대에서 일어나려던 시현은 왼쪽 팔에서 느껴지는 감촉에 일어나는 것을 멈추고 그쪽으로 고개를 돌렸다.

그곳에는 아체가 시현의 왼팔을 껴안은 채로 새근새근 고른 숨소리를 내며 잠들어 있었다.

"아!"

그제야 시현은 어제 일을 기억해 내고는 얼굴을 붉혔다.

시현의 팔을 잡고 잠을 자는 아체의 모습은 그 어느 때보다 평화로워 보였고, 또 사랑스러웠다.

시현은 가만히 고개를 숙여 아체의 이마에 살짝 키스를 해 주었다.

키스를 받으면 깨어나는 백성공주라도 된 걸까?

아체의 눈이 천천히 떠졌다.

"잘 잤어?"

"예, 오빠는요?"

"응, 나도 잘 잤어. 네 덕분에."

시현의 대답에 어제 일이 생각났는지 아체가 얼굴을 붉혔다.

띵동, 띵동, 쿵쿵쿵.

다시 들려오는 초인종 소리와 문 두드리는 소리, 행복한 아침 시간을 방해받은 느낌에 시현은 얼굴을 찡그렸다.

"알았어요. 나가요, 나가."

"꺄!"

시현이 몸을 일으키자, 아체가 짧게 비명을 지르며 양손으로 눈을 가렸다.

‘그러고 보니 알몸이었군.’

"이런 옷을 입어야겠네."

시현이 가지고 온 가방에서 주섬주섬 옷을 찾아 입기 시작했다.

그 순간 살짝 아체의 손가락이 벌어진 것은 아체만의 작은 비밀이었다.

"나가요!"

옷을 입고 문을 열자 곧 시끄럽게 초인종을 누르고 문을 두드리던 사람의 정체를 알 수 있었다.

바로 김혜영과 그 뒤에 서 있는 김수한이었다.

예쁘게 옷을 차려입은 김혜영은 시현을 보자마자 의미심장한 미소를 지으며 말했다.

"헤에, 어젯밤 무엇을 했기에 이렇게 점심이 다 되도록 꿈나라이신가?"

평상시라면 어쩔 줄 몰라 하겠지만 시현에게는 반격할 거리가 있었기에 당황하지 않았다.

"뭐 많은 일들이 있었죠. 그보다 두 분 축하합니다."

"어? 어떻게 알았어? 아, 우리 자기랑 같은 방에서 잤으니까 때려 맞힌 거구나?"

시현은 김혜영의 말에 고개를 좌우로 흔들며 말했다.

"아니요. 다 들리던데요."

"에엑!"

시현의 강력한 반격에 김혜영과 김수한 둘 다 이상한 비명

소리를 내며 얼굴을 붉혔다.

"고급 호텔이라서 방음도 잘 되어 있을 텐데 들릴 줄은 몰랐다니까요."

계속되는 시현의 공격에 돌은 어찌할 바를 몰라했다. 시현은 그 모습이 매우 보기 좋았지만, 슬슬 배가 고파왔기 때문에 장난을 멈추기로 하였다.

"하하, 농담이에요. 설마 들렸겠어요. 그냥 혜영 씨 말씀대로 때려 맞힌 거예요."

"그, 그렇지."

"예. 그런데 배가 고픈데요. 식사는 하셨어요?"

"아니, 너희 기다리느라고 참고 있었어. 어서 준비하고 나와. 오늘부터가 진짜 즐거운 휴가니까."

김혜영의 말대로였다. 좀 더 관계가 진척된 두 커플들에게는 지금부터가 진짜 행복한 휴가였다.

Chapter 9
짧은 전쟁

　동해 쪽의 경비를 책임지고 있는 해군 소속의 닝기스 호, 이틀 뒤 있을 특별 휴가를 앞두고 당직을 서고 있는 노 병장은 바다 위에서의 근무 시간이 빨리 지나가기를 바라며 지루함과 싸우고 있었다.

　"아, 정말 심심해 죽겠네."

　당직 시간이 이틀 뒤에 있을 달콤한 휴가 때문에 더욱 지루하게 느껴졌다.

　노 병장은 슬쩍 옆을 바라보았다.

　당직관은 이미 한쪽 구석에서 자리를 깔고 누워 잠을 청하고 있었고, 같이 당직을 서게 된 김 일병은 의자에 앉아서 꾸벅꾸벅 졸고 있었다.

"빠져 가지고."

졸고 있는 김 일병의 머리를 쥐어박아 깨우려던 노 병장은 고개를 저으며 들어 올렸던 손을 내렸다. 자신도 일병 때 저리 졸았던 기억이 문득 떠올랐기 때문이다.

"하아. 그래 관두자. 말년에 까칠하게 굴 필요야 없지."

김 일병을 깨워 심심함을 달래려던 계획을 포기한 노 병장은 의자를 젖혀 눕고는 눈을 감았다. 약간이나마 잠을 청해보려는 속셈이었다.

하지만 아무리 눈을 감아도 잠이 오질 않았다. 하루하루를 빡세게 살고 있는 김 일병과는 달리 노 병장은 말년이라 낮에도 충분한 휴식을 취했기 때문이다.

"제길 낮에 자지 말걸."

노 병장은 젖혔던 의자를 원상태로 되돌리고 앞에 있는 계기판에 턱을 괴었다. 모든 게 정상이었다, 지루할 만큼.

"제길, 사고라도 안 터질라나? 심심해 죽겠네."

실제로 사고가 터지기를 바라는 것은 아니다. 그냥 지금 느끼고 있는 지루함에 대한 불평일 뿐이다. 하지만 말이 씨가 된다고 했던가? 노 병장의 말이 끝나기가 무섭게 계기판에 변화가 생겼다.

삐. 삐. 삐. 삐빅. 삐삐빅.

이상이 생겼다는 것을 바로 알 수 있는 불규칙적인 소리, 노 병장은 고개를 들어 계기판의 레이더를 쳐다보았다.

"이, 이건!"

노 병장은 자신도 모르게 소리를 질렀다. 소나에는 2년 동안 근무하면서 한 번도 본 적이 없는 거대한 물체가 감지되었기 때문이다.

이른 새벽 청와대가 발칵 뒤집어졌다. 바로 동해에 출현한 항공모함 전단 때문이었다.

"도대체 어떤 나라의 항모 전단입니까?"

박권훈 대통령의 질문에 해군참모총장을 맡고 있는 이수현이 대답했다.

"미국의 니미치 급 항공모함으로 판단됩니다. 지금 미국에 연락하고 있으니 곧 답신이 올 겁니다."

"흐음."

미국의 것이라는 참모총장의 말에 박권훈 대통령이 신음을 흘렸다. 마법에 대한 것들을 넘겨달라는 미국의 요청을 거절한 이후로 미국과의 관계가 좋지 않았다.

"미국에서 무슨 꿍꿍이로……."

그때였다. 한 사내가 헐레벌떡 대통령의 집무실로 뛰어들어왔다.

"미국에서 답신이 왔습니다."

모두의 시선에 사내에게 향했다.

"지금 동해에 있는 항모 전단은 알 수 없는 단체의 의해 탈취당한 것이랍니다."

"허허."

사내의 말을 들은 박권훈 대통령은 그 어이없는 답신에 허탈한 웃음을 지었다.

항모 전단은 단순히 항공모함 하나로 이루어지는 것이 아니다. 항공모함을 지키기 위한 구축함과 이지스 순항함 등 십여 척의 배가 같이 팀을 이루는 게 항모 전단이다.

그런데 그걸 탈취당한다? 말도 안 되는 소리다.

"미국에서 단단히 작정을 한 모양입니다."

모두 대통령의 말에 수긍한다는 표시로 고개를 끄덕였다.

"쓸어버립시다. 아무리 항모 전단이라지만 현재 우리나라의 전력으로 충분히 무찌를 수 있습니다. 미국에서도 탈취했다고 인정했으니 이 기회에 대한민국이 그리 호락호락한 나라가 아니라는 걸 세계에 보여주는 겁니다."

이번에 시현의 도움으로 실드가 장착된 전투기와 폭격기를 입수한 이후로 자신감에 차 있는 공군참모총장이 격분하며 말했다.

"안 됩니다. 피해가 너무 큽니다. 공군의 새로운 기술로 무장된 전투기와 폭격기를 사용한다면 그 피해를 줄일 수는 있겠으나, 만약에 그들이 도시를 목표로 포격을 가한다면 막을 방법이 없습니다. 어떻게든 그들과 협상을 해 돌려보내야 합니다."

"그게 무슨 소리요! 피해가 있더라도 이번에 우리 대한민국이 호락한 나라가 아니라는 걸 보여야 합니다. 만약 이번에 협상을 한다면 우리 대한민국을 우습게보고 다시 이와 같은 일이 벌어질 겁니다."

항모 전단의 위력을 제대로 파악하고 있는 해군참모총장이 반대하며 나서자, 공군참모총장이 반박했다.

"자자, 모두 잠시 숨을 돌리시지요. 아직 저들의 의도도 모르는 상황에서 이렇게 열을 낼 필요가 있겠습니까? 이런 토론은 저들의 의도를 알고 난 후에 하시지요."

격해지려는 대화를 대통령이 나서며 잠재우자, 곧 집무실 안에는 침묵이 감돌았다.

'분명 기술을 넘기려는 소리겠지.'

하지만 기술을 넘길 수는 없다. 기술을 넘기라는 소리는 그 기술을 적용하고 사용하는데 필수인 시현을 넘기라는 소리나 마찬가지였으니.

"저, 대통령 각하, 통신이 들어왔습니다."

"그래, 연결해 주게."

곧 모니터에 나온 사람은 대통령이 익히 알고 있는 인물이었다.

"정종현 소령이 어찌?"

"안녕하십니까. 대통령 각하, 그리고 참모총장님들."

인사는 정중히 하고 있지만, 모니터 속의 장종현은 비릿한 미소를 짓고 있었다. 박권훈 대통령은 그가 좋지 않은 의도를 가지고 있음을 단번에 알아차렸다.

"도대체 자네가 왜 거기에 있는 건가!"

"마침 한국어를 유창하게 구사할 수 있는 사람이 저뿐이라

서요. 게다가 아무래도 익숙한 사람과 대화를 하는 게 좋지 않
겠습니까?"

"네 녀석, 미국의 앞잡이가 된 거냐!"

"아, 미국과는 전혀 관계가 없습니다. 제가 속한 곳은 사이
킥 암즈라는 단체니까요."

사이킥 암즈, 어디서 듣도 보지도 못한 단체였다.

"흥, 우리를 바보로 보는구나."

"아, 뭐 상관없습니다. 믿든 말든 말이지요. 중요한 건 제가
칼자루를 쥐고 있다는 점이지요. 아시다시피 대한민국이 우리
의 공격 범위 안에 있습니다. 저희의 의견이 관철되지 않으면
가장 먼저 서울을 쑥대밭으로 만들어 드리지요."

"네 녀석, 조국에 그런 짓을 하겠다는 거냐!"

가만히 보고 있던 육군참모총장이 화를 내며 소리치자, 장
종현의 예의 비릿한 미소를 지으며 말했다.

"아, 저를 배반하고 나서 잘도 조국이라는 말이 나오는군요.
다시 한 번 그따위 이야기를 한다면 바로 서울을 불바다로 만
들어 드리지요."

"이익!"

모두 이를 악물었다. 당장이라도 장종현을 향해 폭언을 내
뱉고 싶었지만, 그랬다가는 정말 서울을 향해 공격을 개시할
지도 몰랐다.

"조건이 뭔가?"

박권훈 대통령이 화를 참으며 묻자, 장종현은 쪽지 하나를

꺼내 읽기 시작했다.

"우리 사이킥 암즈의 조건은 간단합니다. 지금부터 호명하는 능력자들을 저희에게 넘겨주시면 됩니다. 그럼 이름을 호명하도록 하죠. 김두현, 한정위, 김기태, …… 마지막으로 유시현."

마지막으로 유시현의 이름이 호명되자, 박권훈 대통령은 잔뜩 굳어진 표정으로 말했다.

"역시 목적은 유시현이었던가?"

"당연한 거 아니겠습니까, 저를 불구로 만들어놓았던 그놈에게 복수하는 것은?"

"복수가 아니라 그가 가진 기술이 필요한 거겠지."

"마음대로 생각하십시오. 시간은 오늘 저녁 9시까지로 하지요. 그동안 호명된 사람들을 모두 저희에게 건네주시기 바랍니다. 그리고 저희를 공격하려는 어떤 시도가 포착이라도 된다면 바로 서울을 공격할 것이니 그런 시도는 안 해주셨으면 좋겠군요. 그럼 저녁에 뵙지요."

장종현이 자신이 하고 싶은 말만을 끝내고 바로 통신을 끊어버리자, 그 모습에 격분한 박 대통령이 주먹으로 책상을 내려쳤다.

"이건 미국의 음모입니다."

말을 하지 않아도 모두 알고 있었다.

시현을 내놓으라고 직접 협박을 하지 못하니, 이렇게 급조한 단체와 장종현을 내세워 협박을 하는 것이었다.

"한시라도 빨리 서울 시민들을 대피시켜야 합니다."

"안 됩니다. 그리하면 서울뿐만 아니라 전국이 혼란에 빠질 겁니다. 이 사실을 숨긴 채 조용히 해결해야 합니다. 게다가 저들이 꼭 서울만을 공격할 거라는 보장도 없지 않습니까? 다른 도시들도 위험지역입니다."

"그럼 저들이 원하는 대로 해주란 말이요!"

"설마 공격하기야 하겠소. 그냥 협박만 하겠지."

"그러다 서울이 공격받기라도 한다면 어떻게 할 거요!"

어떻게 대처할 것인가에 대해 딱히 답이 나오지 않고 계속 서로 말다툼만이 계속되자, 한쪽에서 가만히 지켜보고 있던 나이 지긋한 남자가 책상을 힘차게 두 번 때려서 시선을 모았다.

"무슨 좋은 생각이라도 있습니까, 한 박사님?"

기술고문인 한정위 박사는 모두의 시선이 자신에게로 모이자 헛기침을 시작으로 자신의 머리에 떠오른 생각을 말하기 시작했다.

"큼, 서울을 보호할 한 가지 방법이 있습니다."

"정말이요?"

"예. 아시다시피 저희 연구원들은 유시현 군과 새로운 기술인 마법에 대해 연구하고 있습니다. 그중 가장 노력을 쏟고 있는 것이 바로 전기를 이용해 마법의 원료라고 할 수 있는 마나를 생성해 내는 것입니다."

회의실 안은 쥐 죽은 듯이 조용했다. 모두 높은 자리에 있는 만큼 실제로 마법이 존재한다는 것을 보고받았고 또 시현이 직접 시범을 보였음에도 불구하고 여전히 믿기가 힘들었기 때문이다.

"우리는 이 마나를 대량으로 얻어낼 수 있는 방법을 연구했습니다. 아직 초보적인 단계라 그 효율이 좋지 않지만, 서울에서 소모되는 전기의 대부분을 이 연구에 적용한다면 대한민국 전체를 감싸안을 수 있는 보호막을 만들어낼 수 있을 겁니다."

"확실한 것입니까?"

"연구소의 발전기를 풀 가동시켜서 실험해 본 결과 반경 5㎞에 달하는 거대한 보호막을 만들어낼 수 있었습니다. 소요 시간은 정확히 12분이었고, 마나가 공급되는 한 얼마든지 지속시킬 수 있었습니다. 이를 기준으로 서울에 소모되는 전력의 90% 이상을 집중시킬 수 있다면 충분히 서울은 물론, 대한민국 전체를 보호할 수 있다는 계산이 나옵니다."

"이론일 뿐이지 않소!"

"맞습니다. 게다가 그 보호막이란 것이 미사일과 포격을 확실하게 막아준다는 보장도 없지 않습니까?"

"그만!"

대통령이 크게 소리치며 좌중을 침묵시켰다.

"한 박사님께서 건의한 방법 외에 다른 방법이라도 있는 사람은 지금 당장 손들어보십시오."

아무도 손을 드는 사람은 없었다. 대통령은 아무도 나서지 않고 침묵이 흐르자 다시 입을 열었다.

"그럼, 한 박사님의 의견대로 하겠습니다."

"대통령님, 하지만……."

"그만 하십시오. 다른 방법이 없는 이상 한 박사님의 의견이 최선입니다. 더 이상의 반론은 허용하지 않겠습니다."

대통령이 말을 잘라 끊으며 단호하게 말하자, 더 이상 아무도 반대하는 사람은 없었다.

"그럼, 한 박사님 의견대로 하기로 하고 세부 사항을 논의해 봅시다."

곧 한 박사의 의견을 중심으로 논의가 시작되었다. 모두 이런 쪽에는 이골이 나 있는 사람들이라 세부 계획이 착착 세워졌다.

*　　　*　　　*

회의 내용은 그대로 도청되고 있었다, 바로 텔레파시 능력자인 엠마 브로큰에 의해서.

텔레파시스트인 그녀는 대상이 애용하던 물건을 손에 쥐면 그 대상의 상황을 살필 수 있는 능력이 있었다.

"흐음. 그렇단 말이지. 나라 전체에 보호막을 친다니, 놀랍군."

"예, 본국에서 어떤 수를 써서라도 아티펙터를 확보하라는 명령을 내린 이유가 이해가 가네요."

박권훈 대통령이 애용하던 펜을 손에 쥔 엠마는 프란츠와 마찬가지로 놀랍다는 표정을 지었다.

"이제 어떻게 하실 거예요? 저쪽은 아티펙터를 내줄 맘이 전혀 없는 것 같은데."

"어떻게 하긴, 납치해야지. 한 박사가 연구하고 있었다니 최근 한 박사가 자주 드나드는 곳을 알아봐 줘."

엠마는 능숙한 솜씨로 앞에 놓인 노트북에서 한 박사에 대한 정보를 찾기 시작했다.

"여기 있네요. 최근 3개월간 서울의 외곽 지역에 새로 지어진 발전소에 출입했다고 나오네요. 그리고 이 발전소에는 한 박사가 출입하기 시작한 때부터 경비가 삼엄해졌다고 하니 이곳이 틀림없을 거예요."

"그럼 같이 연구를 했다고 하니 아티펙터도 그곳에 나타나겠군."

"그건 확실하지 않아요. 하지만 그곳에 나타날 확률이 높지 않을까요?"

"그래도 모르니 좀 더 조사해 보라구. 이번 기회에 꼭 놈을 손에 넣어야 하니까."

＊　　　＊　　　＊

위이이잉. 지직.

발전기가 가동되며 마법진에 전기가 공급되자 곳곳에서 스파크가 튀었다.

"큭, 짜릿한데."

매번 느끼는 것이지만 이 찌릿찌릿 한 느낌은 전혀 익숙해지지 않았다.

시현은 유리벽 너머에 설치되어 있는 시계를 힐끔 쳐다보았다.

8시, 아직까지 한 시간이 남아 있었다. 이 정도면 충분한 시간이 있었다.

시현은 고개를 돌렸다. 마법진의 밖에는 아체가 시현을 주시하고 있었다. 둘의 시선이 마주치자 아체가 고개를 끄덕였다. 준비가 되었다는 뜻이었다.

"조금씩 출력을 높여주세요."

그동안 시현과 보조를 맞춰온 과학자들이 고개를 끄덕이며 시현의 말대로 조금씩 출력을 높이기 시작했다.

찌릿 찌릿.

사람 하나 정도는 순식간에 구워버릴 전기가 흘렀지만, 전기로부터 보호해 주는 마법진의 영향으로 인해 시현은 찌릿함만을 느낄 뿐이었다.

'이것 없이 마법진을 가동시킬 수 있다면 얼마나 좋을까?

전기로부터 보호해 주는 프로텍터 라이트닝 마법진, 이 전기를 마나로 바꾸어주는 마법진에서 가장 필요하면서 또 가장 불필요한 마법진이기도 했다.

생성된 마나의 대부분을 잡아먹기에 마법진의 효율이 형편없었다. 하지만 그 마법진이 없다면 마법진을 가동시키다가 타 죽을 수 있었다.

'휴우~ 집중하자, 집중.'

계속 시현의 몸속에 마나가 차올랐다. 사람의 몸에는 저장할 수 있는 마나가 한정되어 있는 법, 이대로 계속 지켜보기만 했다가는 위험하다. 이제는 마나를 사용해 줘야 할 때였다.

시현은 엡솔루트 실드의 구축식을 떠올렸다. 일곱 개의 기본 수식과 그를 잇는 수많은 보조 수식을 가진 마법, 6서클을 넘보는 시현으로서 평상시라면 절대 펼치지 못할 마법이었지만 지금은 달랐다.

계속 몸에 차오르는 막대한 마나는 마법을 펼치기 위해서 일부러 외부로부터 마나를 끌어들이는 수고를 줄여주어 구축식을 구축하는 데에 전념할 수 있게 해주었다.

풍부한 마나와 집중하기 알맞은 환경, 그리고 시현의 노력이 합해져 7서클의 마법이 펼쳐졌다.

"엡솔루트 실드!"

순간 시현의 몸에서 막대한 마나가 빠져나가며 시현을 시작으로 투명한 실드가 사방으로 퍼져 나갔다.

시전자의 의지에 따라 상대를 배제할 수도 또 통과시킬 수도 있는 절대의 보호막, 바로 가이아를 지켜주었던 보호막을 시현이 마법으로 최대한 비슷하게 재현해 낸 것이다.

"크음."

시현은 온몸의 힘이 빠져나가는 느낌에 몸서리쳤다. 곧 마법진의 영향으로 마나가 차기 시작했지만, 몸 안에 마나가 통째로 빨려 나가는 느낌은 마치 생명이 빠져나가는 것 같았다.

우우우웅!

밖에서 들려오는 발전기의 소리가 더욱 커졌다. 그에 따라 시현의 몸에 차오르는 마나 또한 더욱 많아졌다.

시현은 그 마나들을 계속 엡솔루트 실드에 쏟아 부었다.

계속 생성되는 마나를 받아들인 실드는 곧 발전소 주위를 감싸고 더욱더 크게 커져 나갔다.

"이제부터 외부의 전력을 끌어옵니다."

팟! 팟! 팟!

8시가 조금 넘는 어두운 저녁 시간 환하게 서울을 비추던 건물들에서 나오는 불빛이 순차적으로 꺼져 가며 시내를 어둠으로 물들이기 시작했다.

소란은 일지 않았다. 미리 TV에서 대규모의 정전을 예고했기 때문이다.

'엄청나군.'

마법진에 공급되는 전력량이 급증하자 그에 비례하여 시현의 몸속에 차오르는 마나도 급증했다. 이 정도라면 9서클의 마법도 시전이 가능할 정도였다.

시현은 몸 안에 차오르는 마나를 계속 엡솔루트 실드에 쏟아 부었다. 그에 따라 실드의 크기가 엄청난 속도로 커지기 시작했다.

"응?"

투명했기에 실드가 자신의 몸을 지나쳐도 대부분은 눈치 채지 못했지만, 몇몇 감각이 예민한 사람들은 자신의 몸을 스쳐 지나가는 느낌에 영문 모를 표정으로 주위를 둘러보았다.

발전소에서 얼마 떨어지지 않은 지점, 동료들과 함께 때를 기다리던 프란츠는 자신의 몸을 훑고 지나가는 실드를 느끼고는 감탄했다.

"흠, 이것이 바로 그 보호막이란 것이군. 정말 대단한데!"

프란츠와 같이 앉아 있던 사람들 중 몇몇이 프란츠의 말에 동의한다는 듯 고개를 끄덕였다. 그들도 느낀 것이다, 실드 존재를.

"몇 시인가?"

"이곳의 시간으로 8시 18분입니다."

"좋아, 앞으로 12분 후 작전을 개시한다. 모두 준비하도록."

"예!"

"클레보이언스!"

아체의 청아한 음성이 실내에 퍼졌다. 클레보이언스 마법, 시전자에게 원하는 장소를 보여주는 마법으로 대상은 바로 대한민국이었다.

아체의 머릿속에 대한민국의 모습이 그려졌다. 마치 정찰기로 하늘 높은 곳에서 내려다보는 느낌이었다.

녹색 산맥이 길게 걸쳐 있는 대한민국의 모습은 아름다웠다. 하지만 아체는 그 광경을 즐길 수가 없었다.

클레보이언스 마법은 대상이나 거리에 따라 마나의 소모가 천차만별로 다르다. 대한민국 전체를 보는 행위는 갓 4서클에 올라선 아체로서는 꽤 무리가 가는 상황이었다.

"오빠, 아래쪽으로 좀 더요."

아체는 시현에게 부담이 가게 하지 않으려는 듯 될 수 있는한 힘든 모습을 감추며 시현에게 말했다.

실드 계열의 마법은 시전자의 의지에 따라 그 형태를 변화시킬 수 있다. 가장 단순한 방법은 반구형으로 대한민국 전체를 감싸는 방법이지만 그렇게 하기에는 너무나 많은 마나가 필요한데다가 적의 항모 전단까지 범위 안에 들어오기 때문에 소용이 없었다.

그래서 시현이 엡솔루트 실드를 사용할 때 대한민국의 지형에 맞게끔 형태를 변경시키기로 했지만, 너무나 거대한 규모라 형태를 보고 교정해 줄 사람이 필요했다.

그 역할에 아체가 지원을 했다. 아니, 아체가 아니면 할 사람이 없었다. 실드의 형태를 정확히 느끼고 볼 수 있어야 하는데 그런 능력을 가진 자가 시현을 제외하면 아체밖에 없었기 때문이다.

시현은 아체가 지시해 주는 대로 엡솔루트 실드의 범위를 조금씩 넓혀갔다.

'조금만 더!'

급격히 차오르는 마나로 엡솔루트 실드를 유지시키는 동시에 아체의 지시대로 크기를 키워갔다. 진행은 순조로웠다. 이 대로 간다면 얼마 지나지 않아 대한민국 전체를 덮을 수 있을 정도로 실드를 키울 수 있었다.

탕! 타다다다다당!

그때였다, 밖에서부터 총소리가 들려온 것은.

"무슨 일입니까?"

평상시라면 온 감각을 동원해 밖의 상황을 알아차릴 수 있지만, 지금은 엡솔루트 실드에 정신을 집중해야 하기 때문에 불가능했다.

"정체 불명의 적이 습격했습니다. 적은 여덟, 곧장 이곳으로 달려오고 있습니다."

모니터를 주시하던 연구원이 급박한 어조로 외쳤지만, 여덟이란 숫자를 들은 시현은 그렇게 큰 걱정을 하지 않았다.

'이곳에 배치된 군인 수만 해도 100명이 넘는데 여덟로 되겠어? 게다가 능력자들도 넷이나 있고.'

최소 104대 8, 당연히 104의 승리를 점칠 것이다. 게다가 104명 중 4명이 능력자가 아닌가? 시현은 곧 적들이 제압될 것이라 생각했다.

하지만 다시 상황을 보고하는 연구원의 말에 곧 끝날 것이라는 생각은 싸그리 사라졌다.

"적들에게 총알이 통하지 않습니다. 아무래도 8명 모두 아이기스의 목걸이를 착용하고 있는 것 같습니다."

'아이기스의 목걸이?

자신이 만든 아이기스의 목걸이, 그것도 8명 모두 착용하고 있을지도 모른다는 말에 시현의 마음속에 불길함이 감도는 동시에 예전 신정훈에게 아이기스의 목걸이를 사간 사람 중 6명이 도둑을 맞았다는 말이 떠올랐다.

"제길!"

만약 저들에게 아이기스의 목걸이가 있다면 자신이 나서지 않는 한 상대가 되질 않을 게 뻔했다.

탕! 탕! 탕!

곧 시현의 생각을 증명하기라도 하듯 바로 문밖에서 총성이 들려왔다.

바로 문밖에서 들려오는 총성에 실험실 내에 있는 연구원들은 모두 겁에 질려 있었다. 실험실 안에 있는 전투 병력이라고는 시현과 아체를 늘 따라다니는 김혜영이라는 염동력자와 김수한뿐이었다.

"어떻게 하지."

시현 자신이 나선다면 8명 모두 아이기스의 목걸이를 차고 있더라도 문제없이 처리가 가능했다. 하지만 그러려면 대한민국을 실드로 감싸려는 작업을 처음부터 다시 해야만 했다. 그러기에는 너무 시간이 촉박하다.

"받아요."

시현은 걸고 있는 아이기스의 목걸이를 잡아 끊어 김수한에게 던졌다. 엄청난 마나가 생성되고 있는 마법진 중심부에서 목걸이가 제 기능을 하지 못하기 때문이다.

김수한은 시현이 자신에게 던진 목걸이를 알아보고는 목걸이를 주머니 안에 넣었다. 굳이 목에 걸지 않고 소지하고 있는 것만으로도 효과가 있기 때문이다.

"부탁합니다."

김수한은 고개를 끄덕이며 자신의 무기를 꺼냈다.

총과 한 자루의 단검을 양손에 굳게 쥔 김수한은 실험실의 단 하나밖에 없는 출구 앞에 우뚝 섰다.

쾅!

굳게 닫혀져 있던 철문이 부서지며 문 앞에 서 있는 김수한에게 날아들었다.

갑작스런 공격에 당황한 김수한, 하지만 바로 아이기스의 목걸이가 실드를 발동시키며 철문을 막아내었다.

쿵!

실드에 막힌 철문이 떨어지며 시야가 트이자 문밖에 침입자들이 보였다.

모두 8명, 이곳까지 들어오면서 단 1명도 다치지 않았다. 다만 단 1명만이 지친 듯이 숨을 몰아쉴 뿐이었다.

"조심하세요. 저들 모두 능력자 같습니다."

시현은 저들에게서 심상치 않은 기세를 느끼고 김수한에게 경고했다.

"예, 저도 잘 알고 있습니다. 저쪽에 눈에 익은 사람이 하나 보이는군요."

탕!

김수한은 바로 8명 중 유일하게 지쳐 있는 남자에게 바로 총을 쏘았다.

하지만 총알은 그의 앞에서 멈추었다. 바로 아이기스의 목걸이가 반응한 것이다.

"오랜만이군, 프란츠."

"하, 네놈을 이곳에서 볼 줄은 몰랐군."

김수한과 프란츠, 둘은 익히 알고 있는 사이 같았다. 그것도 좋지 않은 쪽으로.

"건강해 보이는군. 내가 친히 선물했던 어깨의 구멍도 다 나은 듯하고."

"흥! 오늘은 네 차례다. 처리해."

탕! 타다다다당!

프란츠가 명령을 내리기 무섭게 나머지 7명이 김수한을 향해 총을 쏘았다. 수십 발이나 되는 총알이 날아왔다. 하지만 모조리 아이기스의 목걸이가 만들어낸 실드에 막혀 버렸다.

"이런, 너도 가지고 있었나? 이거 귀찮게 되었군."

다시 7명이 움직였다. 하지만 김수한이 문 앞을 막고 있었기에 공격할 수 있는 건 하나뿐이었다.

일곱 중 키는 크지만 마른 편인 사내가 거추장스러워진 소총을 집어 던지고는 칼을 빼들며 김수한을 향해 덤벼들었다.

챙!

칼과 칼이 부딪치며 불꽃이 튀었다. 김수한과 호리호리한 체구의 사내 둘 다 물러섬없이 칼을 주고받기 시작했다.

언뜻 보면 막상막하로 싸우는 것 같았지만, 김수한 쪽의 실력이 월등했다. 그럼에도 쉽사리 결판이 나지 않는 김수한이 결판을 낼 생각이 없어서였다. 그 이유는 바로 지원 병력이 올

때까지 시간을 끌기 위함이었다.

김수한의 의도를 눈치 챈 프란츠의 얼굴에 비웃음이 맺혔다.

"생각은 좋다만, 나를 너무 우습게보는군."

나머지 6명이 프란츠의 몸에 손을 대었다. 그 모습을 본 김수한의 얼굴이 굳어졌다. 이미 한번 상대해 본 적이 있던 터라 프란츠의 능력을 알고 있기 때문이었다.

팟!

프란츠와 그 주위에 있던 6명의 모습이 사라졌다.

'제길, 지쳐 보여서 더 이상 텔레포트할 수 없을 줄 알았는데.'

곧 프란츠와 6명의 모습이 나타난 것은 바로 김수한의 뒤였다.

"프란츠!"

김수한은 자신과 칼을 주고받던 호리호리한 체구의 사내를 발로 걷어차 버리고는 바로 몸을 뒤로 돌려 프란츠를 향해 도약했다.

짧은 거리 그리고 있는 힘을 다한 일격, 김수한은 6명을 데리고 텔레포트한 후유증으로 당장이라도 쓰러질 것같이 휘청이고 있는 프란츠의 가슴에 검을 꽂을 수 있을 것이라고 확신했다.

푹!

검이 살을 파고드는 섬뜩한 소리와 검에서부터 전해져 오는 느낌, 하지만 김수한의 뜻대로 프란츠의 가슴에 검을 꽂은 것이•아니었다.

김수한의 눈앞에 보이는 검은색의 두터운 팔, 단검은 바로 그 팔에 깊숙이 꽂혀 있었다.

"이익!"

김수한은 재차 공격에 들어가려 했다. 하지만 공격을 팔로 막은 사내가 단검이 꽂혀 있는 팔을 그대로 자신을 향해 휘둘러 온 것이다.

설마 검이 꽂힌 팔로 공격을 할 거라 생각을 못했던 김수한은 그대로 팔에 맞아 뒤로 두어 걸음 물러났다.

팔의 주인은 키가 족히 2m에 이르는 근육질의 흑인이었다. 그 흑인은 자신의 팔에 꽂힌 단검을 눈 하나 깜짝 안 하고 뽑아냈다.

"괴물이군."

단검이 꽂혔던 상처가 급격히 아물기 시작했다. 아무래도 자가 치유 능력이 흑인사내의 능력인 듯했다.

상황은 안 좋게 흘러가고 있었다. 김수한과 칼을 맞대던 호리호리한 체구의 사내도 어느새 일어나 김수한을 노리고 있었고, 앞에는 거구의 흑인사내와 다른 두 명의 능력자가 김수한을 상대하기 위해 자세를 잡고 있었다.

"김 대위님, 조심하세요!"

포위당한 김수한을 구하기 위해 김혜영이 능력을 사용했다. 목표는 김수한을 막고 있는 3명.

거구의 흑인과 그 좌우로 포진한 2명의 능력자가 몸이 둥실 허공으로 떠올랐다. 김수한은 그 틈을 놓치지 않고 행동에 움직였다.

빠른 속도로 프란츠에게 달려드는 김수한, 하지만 전과 같이 프란츠의 심장에 단검을 꽂으려는 생각은 없었다.

'인질로 잡는다.'

세계에서 단둘뿐인 텔레포트 능력자, 그 효용은 무궁무진하기 때문에 귀한 취급을 받는다. 김수한은 프란츠를 인질로 잡으면 분명 이 승산없는 싸움을 뒤집을 수 있을 것이라고 생각했다.

짧은 거리였기에 프란츠 곁에 남아 있는 세 사람은 미처 손을 쓸 새가 없었다. 각기 얼음과 바람, 그리고 텔레파시 능력자, 모두 정신계 능력자였기 때문에 미처 대처를 하지 못했다.

김수한이 프란츠를 낚아챘다.

완전히 지친 상태의 프란츠는 맥없이 프란츠에게 잡혀 2m나 끌려갔다.

적들과 거리를 둔 김수한은 손에 든 단검을 머리께로 치켜들었다. 그리고 프란츠의 다리를 향해 힘껏 내리찍었다.

자신의 손에 잡혔다지만 프란츠는 텔레포트 능력자, 언제 텔레포트로 빠져나갈지 모르기 때문에 단검으로 프란츠의 다리를 땅에 고정시켜 탈출을 방지하려는 것이다.

하지만 단검은 애꿎은 바닥만 찍었다. 그 짧은 순간 프란츠가 다시 텔레포트를 한 것이었다.

"이, 이런."

김수한의 얼굴에 당혹감이 흘렀다. 마지막 믿었던 계획이 실패한 이상, 이 상황을 타계할 방법이 보이지 않았기 때문이다.

거구의 흑인과 그의 좌우에 있던 2명의 능력자가 김수한에게 달려들었다. 그리고 3명의 정신계 능력자들 중 텔레파시 능력자를 제외한 둘이 김혜영을 상대했다.

김수한과 김혜영은 힘겹게 그들을 막고 있었지만, 승산은 보이지 않았다.

프란츠는 다른 동료들이 김수한과 김혜영을 상대하는 동안 나머지 2명의 호위을 받으며 충분히 휴식을 취하고는 자리에서 일어났다.

그리고는 시현을 쳐다보며 정중한 어조로 말했다.

"안녕하십니까. 전 쥬드 프란츠라고 합니다. 아티펙터인 유시현 씨가 맞으시죠? 그리고 이쪽은 아체 양이시고요."

긍정의 뜻으로 시현이 고개를 끄덕였다.

"다름이 아니오라 저희 사이킥 암즈에서 두 분을 영입하고 싶어서 이렇게 실례를 무릅쓰고 찾아왔습니다."

"홍, 사이킥 암즈라고? 그냥 미국에서 왔다고 하지 그래? 그 따위 걸 누가 믿는다고."

"하하, 역시 너무 뻔했나요? 나름대로 꽤 고심해서 생각한 것인데."

"그리고 장종현이 그쪽으로 간 이상 절대 들어갈 생각 없어."

"그놈 말입니까? 약간의 정보와 얼굴마담이 필요해서 데려왔을 뿐, 원하신다면 언제라도 제 손으로 처리해 드리지요. 아, 직접 처리하시는 건 어떠신가요? 만약 저희 쪽으로 넘어오신다면 원하는 것은 무엇이든 해드릴 용의가 있습니다.”

프란츠의 제안에 시현은 갈등했다. 솔직히 솔깃한 제안이었
다. 세계 최강인 미국 그곳이라면 앞으로 다가올 재앙을 막기
위한 준비도 쉬울 것이었다.

‘하지만.’

자신이 자란 이 나라를 배신한다는 게 마음에 걸렸다.

“또한 가족 분들도 코리아와 협상해서 곁에 계시도록 조치
를 취해 드리겠습니다.”

시현이 갈등한다는 것을 눈치 챈 프란츠가 시현의 환심을
사고자 제의했다. 하지만 오히려 그것이 독으로 작용했다.

부모님의 얼굴이 떠오르자 죄책감이 그의 가슴을 꽉 채워왔
기 때문이었다.

그때였다. 시현의 머릿속이 하얗게 비워지며 나타나는 영상
이 있었다.

‘아버지, 어머니?’

영상에 나타난 유현진과 김선혜의 모습은 지금보다 많이 나
이가 든 모습이었다.

“여보, 우리 시현이는 괜찮을까요?”

김선혜의 걱정스러운 모습과 유현진의 침울한 모습이 클로
즈업되며 시현의 머릿속을 채웠다.

파앗!

장면이 바뀌었다. 호화로운 2층 집 그 안에는 시현 자신과
아체가 살고 있었다. 하지만 지금의 모습이 아닌 시현의 부모

님 때와 마찬가지로 지금보다 나이가 제법 들어 보이는 모습
이었다.

둘은 서로 다정히 손을 잡고 있었다. 하지만 행동과는 다르
게 분위기가 어두웠다.

"여보, 괜찮으세요?"

"어떻게 해야 할지 모르겠어. 원하는 대로 해주면 미국은 전
세계를 상대로 전쟁을 일으킬 거야. 하지만 아버지 어머니를
인질로 잡고 있으니."

영상 속의 시현의 마음은 죄책감과 갈등으로 얼룩져 있었
다.

미국이 시현에게 원하는 것. 그것은 지구의 궤도상에 머물
러 있다가 원할 때 적을 향해 내리꽂는 마치 궁극의 운석소환
마법인 메테오를 연상시키는 무기였다.

시현의 능력으로 충분히 만들어낼 수 있는 무기였지만, 영
상 속의 시현은 무기에 관한 것은 절대 협력하지 않았다. 오로
지 방어 쪽에 관한 것만을 해왔기에 현재는 핵미사일이 미국
을 강타해도 아무런 피해 없이 막을 수 있는 시스템을 구축했
다. 핵미사일로 인해 생기는 방사능까지 온전히 정화시킬 수
있는 시스템을 말이다.

그 시스템을 구축하고 나자 이제는 무기를 만들도록 종용하
고 있었다. 하지만 거절했다. 그 결과가 지금의 모습이었다.

시현의 머릿속에 빠르게 영상이 스쳐 지나갔다. 협박에 못
이겨 결국은 그 무기를 만드는 모습, 그리고 전쟁.

마치 유성우를 연상시키듯 하늘에서 불비가 떨어지며 세상을 휩쓸었다. 그것은 또 다른 종말이었다.

"안 돼!"

"예? 무엇이 안 된다는 말씀입니까?"

시현은 어느새 현실로 돌아와 있었다.

'예지몽이었구나.'

실로 오랜만에 겪어보는 것이었지만 그 느낌만은 기억하고 있기에 시현은 좀 전의 불쾌한 영상이 무엇인지 확실히 알 수 있었다.

'훗!'

아니, 불쾌한 것만은 아니었다. 그 속에서 자신의 아내가 된 아체의 모습도 보았고, 또 그로 인해 그릇된 선택을 하지 않게 되었으니 말이다.

"어떻습니까? 저희와 손을 잡으시겠습니까?"

시현의 표정이 시시각각으로 변하자, 불안감을 느낀 프란츠가 물었다.

"싫다."

시현의 거부하자 프란츠의 얼굴이 굳어졌다.

"정말입니까?"

"그래!"

"어쩔 수 없군요. 강제로 데려가는 수밖에."

프란츠는 품에서 총을 빼 들었다. 그리고 망설이지 않고 시현의 다리를 향해 총을 겨누었다.

　마법진과 시현을 연결해 주는 것은 바로 마법진과 접촉해 있는 다리였기에 시현은 피할 엄두도 내지 못했다.

　"안 돼!"

　시현에게 총이 겨눠짐과 동시에 아체가 시현의 앞을 막았다.

　탕!

　총은 아체가 걸고 있는 아이기스의 목걸이가 만들어낸 실드에 막혔다. 하지만 아체가 달려든 곳은 엄청난 전류가 흐르고 있는 마법진 위였다.

　아무리 실드가 방어력이 뛰어나다지만 이 정도의 전류를 막아내기에는 무리였다. 곧 실드가 산산이 부서지며 전류가 아체를 덮쳤다.

　"까아아아악!"

　온몸에서 느껴지는 고통을 이기지 못하고 아체가 비명을 질렀다.

　전신에 몰려오는 통증, 몸이 불타오르는 고통.

　시현도 익히 겪어보았기에 그 고통을 잘 알고 있었다. 게다가 지금 마법진에 흐르는 전류는 그때보다 훨씬 거대했다.

　"전기를 차단해!"

　아무런 생각조차 없었다. 자신이 이 마법진에서 발을 떼는 순간 대한민국을 거의 덮은 엡솔루트 실드가 사라질 것이라는 것도, 또 그로 인해 서울이 쑥대밭이 될지도 모른다는 것도.

　그의 눈에는 오로지 극한 고통에 죽어가는 아체만 보일 뿐이었다.

시현이 아체에게 몸을 날렸다.

지지지지직!

마법진에 흐르는 엄청난 전류가 시현을 덮쳤지만 시현은 고통에도 아랑곳 않고 아체를 안고 마법진을 빠져나왔다.

뒤늦게 적의 습격에 벌벌 떨던 연구원 중 한 명이 전기를 차단시켰다. 하지만 너무도 늦은 상태였다.

아체의 온몸은 전기의 의한 화상으로 엉망이었다.

"오, 오빠."

"힐!"

시현의 아체에게 힐을 퍼부어보았지만, 상태가 호전될 기미가 보이지 않았다.

"나, 나 죽기 싫어."

고통에 허덕이는 와중에도 시현의 소매를 힘겹게 꽉 붙잡은 아체의 모습에 시현은 눈물이 핑 돌았다.

"그만 말해. 넌 절대 죽지 않을 거야. 힐! 힐! 힐!!!"

재차 아체에게 퍼부어지는 힐. 하지만 여전히 호전될 기미가 보이지 않았다.

힐은 상대의 치유 능력을 극도로 증폭시켜 상처를 순식간에 치유하는 마법, 하지만 아체는 이미 대부분의 생명을 소진했기에 힐로써도 아체의 상태를 호전시킬 수 없었다.

"이상해. 갑자기 아프지가 않아. 그런데 왜 졸리지?"

"안 돼! 아체야, 자면 안 돼!"

급기야 아체가 정신을 놓기 시작했다. 이대로 아체가 정신을 놓아버리면 결과는 죽음. 시현은 도저히 그 상황을 받아들일 수가 없었다.

'내 힘으로는 불가능해, 기적이라도 잃어나지 않으면. 그래, 기적!'

시현이 마법진을 쳐다보며 예전에 기적에 가까운 일을 일으켰던 것을 떠올렸다. 바로 세계수로 인해 모인 엄청난 마나를 이용해 의지만으로 아체를 자신에게 텔레포트시켰던 일.

시현의 머릿속에 한 가지 생각이 스쳐 지나갔다.

시현은 그 생각을 실천에 옮기고자, 마법진을 향해 몸을 움직였다.

탕!

팔에 통증이 느껴졌다. 시현은 총성이 나는 쪽으로 고개를 돌렸다. 그곳에는 프란츠가 서 있었다.

"어서 결정하시지요. 저희와 손을 잡으신다면 저 아가씨도 살⋯⋯."

기적의 손이라 불리는 능력자가 있기 때문에 프란츠는 마침 잘되었다고 생각하며 다시 한 번 시현을 회유하려 했었다. 하지만 프란츠는 미처 말을 다 끝내지도 못했다.

"컥!"

프란츠는 총을 들고 있던 손을 다른 손으로 부여잡았다. 원래 총을 잡고 있어야 할 오른손은 손목이 잘린 채 피를 내뿜고 있었다.

"어, 어떻게……."

프란츠는 겁에 질린 표정으로 시현을 쳐다보았다. 아무런 낌새도 없었다. 그냥 자신의 손이 잘린 것이다.

믿고 있던 아이기스의 목걸이도 소용없었다. 분명 시현의 공격에 반응해 실드를 치고 있지만 어찌 된 일인지 아무런 소용이 없었다.

"아악!"

비명과 함께 프란츠의 몸이 기우뚱거렸다. 이번에는 왼쪽 다리가 잘렸기 때문이다.

"으아아악!"

전혀 알아차릴 수 없는 매서운 공격에 겁에 질린 프란츠가 건물 밖으로 도망치기 위해 텔레포트했다.

하지만 곧 알 수 없는 벽에 부딪쳐 그대로 땅에 쓰러졌다.

그 벽의 정체는 바로 실드, 프란츠가 도망치려던 것을 눈치 챈 시현이 실드를 사용해 그를 가둔 것이다.

좁은 실드 안에서 프란츠는 조금이라도 시현에게 멀어지기 위해 뒤로 움직였다.

그런 프란츠를 무심히 내려보며 손을 올린 시현의 손에는 푸르스름한 오러가 맺혀 있었다. 시현은 망설이지 않고 프란츠를 향해 손을 휘둘렀다. 초승달 모양의 푸른 칼날이 프란츠를 향해 날아갔다.

푸른 칼날은 아무런 저항 없이 프란츠를 가두고 있는 실드를 잘라 버렸다.

‘아!’

마지막 순간 실드를 마치 두부 베듯 잘라 버리는 푸른 칼날을 본 프란츠는 자신을 공격한 것의 정체를 아는 것을 끝으로 이승을 하직했다.

10초도 되지 않는 짧은 순간, 프란츠를 처치해 버린 시현은 남은 방해자들에게 눈을 돌렸다.

“매직 에로우.”

화살의 모양을 뜬 흰빛의 매직 에로우가 시현의 머리 위에 떠올랐다. 일곱 개의 매직 에로우는 그와 동시에 푸르게 물들어갔다. 바로 매직 에로우에 시현의 오러를 담은 것이었다.

시현은 바로 망설이지 않고 일곱 개의 오러 에로우를 날렸다, 한 사람당 한 개씩. 오러 에로우는 시현의 의지에 따라 정확히 7명의 심장을 노리고 날아갔다.

“안 돼!”

“아악!”

자신을 향해 날아오는 푸른빛의 화살을 본 7명이 비명을 질렀다. 살고자 하는 욕망이 간절히 담긴 비명. 그것이 시현의 마음이 흔들었다.

“컥!”

일곱 개의 입에서 동시에 일곱 가지의 고통 어린 비명이 흘러나왔다. 오러 에로우는 실드를 뚫고 각기 심장을 조금씩 비껴 나간 곳에 꽂혔다.

7명이 동시에 쓰러졌다. 심장을 비껴 나갔다고 해도 오러 에로우에 담긴 힘은 그들이 견디기에는 무리가 있었다. 그들은 간신히 목숨만을 건진 상태로 그대로 기절했다.

시현은 몸을 돌려 마법진으로 달려갔다.

그리고 마법진의 한쪽 부분을 오러로 내뿜어 지우기 시작했다.

"잠깐, 안 됩니다. 그것은……."

연구원은 시현이 하고 있는 행동을 보고 기겁하며 소리쳤다. 시현의 지우고 있는 부분은 바로 시전자를 전기로부터 보호해 주는 프로텍터 라이트닝 마법진이었기 때문이다.

"어쩔 수 없어."

시현은 나직이 중얼거리며 프로텍터 라이트닝의 마법진을 지워 나갔다. 생성되는 마나의 95%를 잡아먹는 마법진. 이것만 없다면 엄청난 마나를 손에 넣을 수가 있었다.

프로텍터 라이트닝 마법진을 다 지운 시현이 마법진의 중앙에 섰다. 그리고 외쳤다.

"전원을 켜세요!"

시현의 외침에도 연구원들은 아무도 전원을 넣지 않았다. 그로써 일어나는 사태가 두려웠기 때문이다. 연구원이 우물쭈물하며 아무런 행동도 하지 않자 마음이 급한 시현은 화를 내며 소리쳤다.

"전원을 켜!!!"

화를 내자 자연히 마나가 호통 소리에 담겼다. 그대로 그 호통 소리에 아무런 방비 없이 노출된 연구원들은 겁에 질려 덜

덜 떨었다. 모두 겁에 질려 제정신이 아닌 상태, 이렇게 된 이상 직접 전원을 켜야만 했다.

"이건가?"

막 발을 떼려 했을 때 김수한이 움직이며 레버를 당겼다.

지지직!

전기가 마법진에 흐르며 스파크가 튀었다. 마법진이 가동되자 시현은 김수한에게 감사의 눈빛을 보냈다. 하지만 그것도 잠시, 곧 시현에게 고통이 엄습했다.

프로텍터 라이트닝 마법진이 삭제된 상태였기에 시현은 그 전기들을 고스란히 몸으로 받아내야만 했다.

"크으윽!"

얼마나 이를 악물었는지 잇몸에서 피가 흘러나왔다.

엄청난 전기가 몸을 타고 흐르자 시현의 몸은 불덩어리같이 뜨거워져 갔다. 만약 시현이 단순한 마법사였다면 바로 재로 화해 버렸을 정도의 뜨거움이었다.

하지만 시현의 육체는 그 뜨거움을 견뎌내고 있었다. 다 소드 마스터에 준하는 육체 덕분이었다.

화르륵!

시현이 걸치고 있던 옷이 불타오르기 시작했다. 시현의 몸에서 발산되는 열기를 이기지 못하고 불타오른 것이었다. 시현은 그 불길이 오히려 시원하다고 느꼈다.

온몸의 세포 하나하나에 느껴지는 고통과 뜨거움, 그 와중에 시현은 기이한 현상을 접했다.

고통과 뜨거움에 정신이 없음에도 불구하고 오히려 감각이 극히 예민해지고 있었다.

눈을 감고 있음에도 실험실 안의 광경이 마치 눈으로 보는 것보다 더 선명하게 머릿속에 그려지고 있었다.

간신히 목숨을 유지한 채 쓰러져 있는 7명의 모습, 아직도 충격에 빠져나오지 못해 덜덜 떨고 있는 연구원들, 그리고 자신의 옷이 불타오르는 것을 보고 급히 전원을 끄려 하는 김수한의 모습도 말이다.

"멈춰!"

시현이 소리쳤다. 고통 속에서 무엇인가가 변화의 조짐이 보이려는 이때에 김수한의 행동이 모든 걸 수포로 되돌릴 수는 없었다.

김수한이 놀란 표정으로 움직임을 멈춘 채 시현을 쳐다보았다.

시현은 그에게서 더 이상 멈추려는 의도가 없다는 것을 느끼고 집중하기 시작했다.

화악!

한순간 시현의 몸에서 엄청난 마나가 샘솟 듯 솟아오르기 시작했다. 지금까지 마법진을 사용하며 생성된 마나와는 그 규모 자체가 달랐다.

폭발하듯 속에서부터 솟아오르는 마나에 시현은 한순간 정신을 잃을 뻔했다.

어느새 고통이 사라지고 없었다. 아니, 정확히 말하자면 고통 자체를 느끼지 못하는 것이었다. 몸의 세포 하나하나가 고통으로 비명을 지르고 있음에도 불구하고 시현은 그것을 인지하지 못했다.

바로 엄청난 마나의 흐름, 그것에 휩쓸리지 않게끔 시현이 온 정신을 쏟고 있기 때문이었다.

'제어가 불가능해!'

세계수와 합해져 있을 때는 마나의 제어를 세계수가 도와주었지만, 지금은 그를 도와줄 것은 아무것도 없었다.

금세 시현의 몸은 거대한 마나로 가득 찼다. 계속 마나가 생성되자 점차점차 시현의 몸속에 마나의 밀도가 커져 갔다.

완전히 포화가 된 상태, 그 상태에서도 마나가 생성되는 것은 멈추지 않았다.

급기야 마나는 새로운 길을 찾아 나서기 시작했다.

퍼퍼퍼펑!

시현은 몸 전체에서 작은 폭발이 일어난다고 생각했다. 마나가 새로운 길을 찾아내며 지금까지 전혀 쓰인 적이 없었던 통로를 뚫으면서 나타나는 현상이었다.

그것은 바로 온몸에 퍼져 있는 세맥.

마나가 세맥을 뚫어가며 한순간 몸 전체로 흩어져 갔다.

'아아!'

새로 뚫리는 길에 흐르는 마나가 가져다주는 느낌은 황홀경에 가까웠다. 전신에서 일어나는 황홀한 느낌. 시현으로서는 처음 느껴보는 감각이었다.

고통에는 익숙해졌기 때문에 얼마든지 견딜 수 있었다. 하지만 이런 황홀한 느낌에는 전혀 익숙지 못한 시현은 몸 구석구석 퍼져 가는 이 느낌에 점차 정신을 놓기 시작했다.

'아아!'

모든 걸 그 황홀한 느낌에 맡기려는 그때, 시현의 귀에 작은 신음 소리가 들려왔다.

"으음……."

귀를 기울이지 않으면 들을 수조차 없는 아주 작은 신음 소리, 그 신음 소리는 시현의 귀에 하늘에서 내려치는 천둥소리만큼이나 똑똑히 들려왔다. 바로 고통에 찬 아체의 신음 소리.

'안 돼! 이대로 정신을 놓을 수는 없어!'

그것이 시현의 정신을 일깨웠다.

정신을 차린 시현은 자신의 몸 안에 모여 있는 마나를 느끼고는 경악했다.

'어떻게 인간의 몸에 이토록 많은 마나를 담을 수 있는 거지?'

시현의 생각 그대로 자신의 몸에는 엄청난 마나를 담고 있었다. 그 양은 예전 세계수와 동화되어 아체를 텔레포트시키는 기적을 일으키던 때보다 오히려 많았다.

'좋아. 할 수 있어!'

시현은 간절히 염원했다.

그의 머릿속에 스승인 에듀람의 말이 떠올랐다.

"원해라! 염원해라! 그리고 의심하지 마라! 마나를 다루는 것은 정신력, 원할수록 더욱더 마나는 너를 따를 것이고, 네가 할 수 있다는 것을 의심하면 마나는 너에게 더욱 멀어져 갈 것이다."

시현은 염원했다. 그리고 간절히 기도했다.
아체의 건강하고 활달했던 모습을 떠올리며 원했다. 아체를 살려달라고, 건강한 아체의 모습을 다시 볼 수 있게 해달라고.
'제발!'
'제발!'
"제발!!!"
푸확!
그의 간절한 염원이 통했음인가, 시현의 전신에서 빛이 뿜어져 나왔다.
그 빛은 치유의 빛이었다. 그 빛에 닿은 아체의 피부가 제 모습을 찾기 시작했고 숨소리마저 정상적으로 변해갔다.
새근새근.
현재 상황을 잘 모르는 사람이 봤다면 단지 편하게 잠을 자고 있을 거라고 생각할 만한 모습이었다.
그 빛이 영향을 준 것은 단순히 아체뿐만이 아니었다. 시현에게 당해 간신히 목숨을 유지하고 있는 그 7명의 상처도 치유가 되고 있었다.
김수한 또한 셋을 상대하며 입었던 자잘한 상처가 치료되고 있었다.

"기적이다."

김수한의 말대로 이 작은 실험실에서는 기적이 일어나고 있었다.

빛이 사라졌음에도 김수한은 좀 전에 일어난 기적으로 인해 정신을 차리지 못하고 멍한 상태로 서 있었다. 그런 그를 일깨우는 것이 있었으니, 그것은 바로 시현의 비명이었다.

"크아아악!"

처절한 비명 소리, 기적을 일으켜 대부분의 마나를 소모하자 고통이 다시 찾아온 것이다.

김수한은 급히 전원을 끄려 했다. 하지만 시현이 그것을 말렸다.

"하지 마!"

이대로 만족할 수는 없었다. 아직 해결해야 할 일이 남았다.

그것은 바로 서울에 가해질지도 모르는 포격을 막아내는 일이었다.

만약 이대로 서울에 포격이 가해져 대규모의 사상자가 생긴다면, 설사 어쩔 수 없는 일이었다고 해도 시현 자신은 물론, 아체 또한 그 죄책감을 평생 안고 살아갈 것이었다.

시현은 그것을 용납할 수가 없었다.

시현은 고통을 이를 악물고 참으며 마나를 모았다.

엡솔루트 실드를 펼친 상태에서 계속 크기를 키워가기에는 너무 늦었다.

대량의 마나를 모아 단숨에 대한민국 전체를 뒤덮는 거대한 앱솔루트 실드를 사용하는 게 유일한 방법이었다.

가장 처음 생각했던 방법. 하지만 그것을 행하기에는 시현이 모을 수 있는 마나가 적었고 또 필요한 마나의 양도 다른 방법에 비해 배는 많이 들어갔다.

하지만 지금이라면 그 정도의 마나를 모을 수 있다.

시현의 몸 전체에 마나가 급격히 차오르기 시작했다.

프로텍터 라이트닝 마법진을 제거해 당장이라도 정신을 놓아버릴 만큼 고통이 뒤따랐지만, 그 효과는 절대적이었다.

부시식!

고통을 참기 위해 굳게 다문 입과 굳게 쥔 손에서 피가 흘렀다. 하지만 그 피는 이내 뜨겁게 달궈진 시현의 몸에서 나오는 열기를 이기지 못하고 그대로 기화됐다.

실험실 안은 시현의 비릿한 피 냄새로 가득했다.

'조금 더, 조금 더.'

시현의 몸을 꽉 채운 마나가 예의 세맥에 차곡차곡 쌓이기 시작했다. 이미 세맥이 뚫어진 상태라 그 속도는 예전에 비해 배나 빨랐다.

이미 한 번 겪은 일이라서 그런지 고통을 잊게 해주는 황홀경 같은 느낌은 없었다. 시현은 오히려 잘되었다고 생각했다. 그런 황홀경보다야 이런 고통에서 마법을 사용하는 게 훨씬 쉬웠기 때문이다.

'좋아, 이 정도면 할 수 있어.'

충분한 마나를 모은 시현은 마법을 사용하기 위해 마나를 움직였다. 아니, 움직이려 했다.

하지만 마나는 뜻대로 움직여 주지 않았다.

너무나도 거대해진 마나는 이미 시현의 통제력을 넘어선 후였다.

'왜?! 아까는 되었는데!'

사랑하는 사람을 위한 혼신의 힘을 다한 기적을 일으킨 시현에게는 다시 그런 기적을 일으킬 힘이 없었다.

'머, 멈춰야 해.'

차라리 이 거대한 마나를 통제하기보다 그대로 내뿜어 일일이 날아오는 미사일과 포탄을 막는 게 더 서울을 지킬 확률이 높았다.

'멈춰!'

김수한을 향해 멈추라고 말하려고 했지만 그것은 생각일 뿐 입 밖으로 내뱉지 못했다.

이미 거대한 마나가 시현의 온몸을 장악했기 때문이었다.

시현은 아무것도 느낄 수가 없었다. 고통도, 비릿한 자신의 피 냄새와 맛도, 또 시끄럽게 울리는 발전기의 소리도, 심지어는 단 한줌의 빛도 느끼지 못했다.

완전히 오감이 차단된 상태. 느껴지는 것은 아무것도 없는 무의 세계가 시현에게 펼쳐졌다.

아무것도 없고 단지 시현의 생각만이 존재했다.

그곳에서 처음 시현이 느낀 감정은 바로 공포였다. 암흑보다 더 어두운 세계. 그것은 인간으로서 견딜 수 없는 공포를 안겨주었다.

얼마나 시간이 흘렀을까? 천 년? 만 년? 수백만 년?

시현은 억겁의 시간이 흘렀다고 생각했다. 그 수많은 시간 동안 공포에 떨던 시현은 어느 순간부터 공포를 벗어나며 자신을 인지하기 시작했다.

그때부터였다, 시현의 머릿속에 고민했던 문제들이 하나하나 풀려가기 시작한 것은. 마치 우주의 비밀을 엿보는 것 같았다.

그리고 그 무의 공간에 따스한 느낌이 느껴지기 시작했다. 멀지 않은 곳에, 손만 뻗으면 닿는 곳에 따스한 빛이 자리하고 있었다.

시현은 그것이 바로 이 무의 공간에 출구임을 알아차렸다. 그곳에 손을 뻗는다면 당장이라도 이 무의 공간을 탈출할 수 있었다.

시현은 손을 뻗었다. 하지만 그 빛을 잡지는 않았다.

지금 머릿속에서 하나하나 풀어가는 지식들이 그를 유혹하고 있기 때문이었다.

좀 더, 좀 더 이곳에 있고 싶었다.

그것은 치명적인 유혹이었다.

시현의 손이 빛과 멀어져 갔다.

멈칫.

빛과 멀어져 가는 시현의 손이 멈추었다.

네 번째 손가락 약지에서 그 빛과 비슷한 따스한 빛이 흘러
나오고 있었다.

시현의 그 빛의 정체를 알고 있었다. 그것은 바로 아체와 나
누어 가진 반지였다.

'사, 사랑해.'

시현의 눈앞에 사랑한다는 말과 함께 아체에게 반지를 껴주
며 부끄러움을 감추지 못하던 자신의 모습이 선명이 나타났
다. 감격해하는 아체의 모습까지.

'네가 원하는 것은 무엇인가?'

기이한 울림이 자신에게 물어왔다. 그것은 자신 마음속 깊
은 곳에서부터 울려 나오고 있었다.

'내가 원하는 것?'

'그래, 네가 원하는 것.'

자신이 원하는 것은 부모님을 모시고 아체와 알콩달콩 행복
하게 사는 것이다. 그것이 시현 자신이 원하는 것이자 꿈이었
다.

'그래, 이곳에 계속 있을 수는 없어.'

자신이 원하는 것은 이런 지식이 아니었다. 그것은 단지 수
단에 불과할 뿐이었다. 그것을 깨달은 시현이 망설임없이 빛
을 손에 쥐었다.

화악!

시현이 빛을 손에 쥐자, 그 빛이 거세지며 세상을 뒤덮었다.
너무나도 밝은 빛, 눈이 멀까 두려울 정도로 밝은 빛에 시현은

눈을 감았다.

'윽. 비린내.'

입에서 비린 피맛과 함께 사방에서 비린내가 풍겼다. 그리고 전신에서 느껴지는 고통, 무의 세계에서 억겁의 시간을 보낸 시현은 오히려 이 고통이 반가웠다.

시현은 천천히 눈을 떴다.

변한 것은 하나도 없었다.

억겁의 시간을 보냈다고 느꼈지만, 실제로는 단지 눈 한 번 깜빡할 시간이었다.

'착각이었던가?'

시현은 고개를 흔들었다. 착각이 아니었다. 만약 그것이 착각이었다면 지금 머릿속에서 떠오르는 갖가지 지식들은 무엇으로 설명할 것인가?

알 수 없는 기이한 현상. 시현은 그 현상에 가장 가까운 단어를 하나 떠올렸다.

'깨달음.'

바로 깨달음. 그 외에는 설명할 길이 없었다.

그것을 자각한 순간 통제를 잃고 시현의 몸에서 날뛰던 마나들이 규칙적인 움직임을 보이며 한곳으로 움직였다. 바로 시현의 중단전이 위치한 그곳으로.

금세 중단전은 포화 상태를 이루었다. 하지만 마나는 끊임없이 그곳으로 몰려들었다. 차츰차츰 중단에 모인 마나는 형태를 이루어갔다.

티없이 깨끗한 주먹만 한 구슬.

시현은 똑똑히 자신의 중단전에 형성된 마나의 구를 느낄 수가 있었다.

'마나 스피어!'

오래전 마도사의 조건이라고 에듀람이 알려주었던 마나가 집약된 결정체, 바로 그것이었다.

"하하."

시현의 입에서 웃음이 터져 나왔다.

드디어 마법사의 벽을 넘어서고 마도사의 경지를 이룬 것이었다.

더 이상 전기로 인한 고통도 느껴지지 않았다. 고통을 인식하지 못하는 것이 아닌 아예 고통 자체가 없었다.

마도사의 경지는 놀라웠다. 지금까지 자신을 괴롭히던 전기조차도 그의 의지에 따라 고통을 주지 않고 차곡차곡 마나로 변해갔다.

시현은 마나를 주변에 쌓았다. 마도사의 경지에 이른 후부터 주변에 있는 마나의 통제력이 엄청나게 증가했기 때문에 가능한 일이었다.

"그만 멈추세요."

시현이 고통도 또 긴장감도 느껴지지 않는 지극히 평범한 목소리로 말하자, 김수한은 자신도 모르게 레버를 내렸다.

전기의 공급이 중단되자, 시현은 천천히 마법진에서 걸어나왔다.

“괜찮습니까?”

“하하. 괜찮습니다.”

김수한이 걱정스런 표정으로 앞으로 나섰다가 곧 시현이 웃으며 대답해 오자 안도의 한숨을 내쉬었다.

“그런데 이제 어떻게 합니까? 기껏 펼쳐 놓았던 보호막이 사라졌으니.”

예고된 9시가 얼마 남지 않았기에 김수한의 표정은 어두웠다.

“걱정 마십시오. 제게 다 방법이 있으니까요.”

시현의 호언장담에 어두웠던 김수한의 얼굴이 활짝 펴졌다. 좀 전에 보여준 장면이 김수한에게 믿음을 준 것이다.

“정말입니까?”

“예. 김 대위님께서는 못 느끼겠지만, 전 이번 일을 계기로 엄청난 힘을 손에 넣었습니다. 이 힘이라면 동해에 있는 항모 전단쯤이야 간단히 처리할 수 있습니다.”

시현은 벽을 깨고 마도사의 경지를 이룬 이 기쁜 상황을 자랑하고 싶었다. 그의 성격에 어울리지 않는 행동이었지만 그만큼 기쁘기 때문이다.

머릿속에 떠오르는 새로운 지식, 그리고 중단전에 위치한 마나의 구슬 마나 스피어, 또 마법진에 의해 생성된 마나를 주변에 가득 쌓아놓기까지 했다.

이대로라면 한 국가와 싸워도 지지 않을 자신까지 생겼다.

"하하하하!"

시현은 양손을 허리에 대고 큰 소리로 웃었다.

"저, 저기요."

시현이 웃고 덩달아 김수한까지 기분이 좋아져 미소를 짓자, 한쪽 구석에 앉아 있던 김혜영이 수줍게 떨리는 목소리로 말했다.

"먼저 옷 좀 입으시는 게……."

김혜영의 말을 들은 시현은 웃음을 뚝 그쳤다. 그리고 곧 자신의 몸을 내려다보았다.

'그러고 보니 아까 옷이 전부 홀라당…….'

시현의 눈에 덜렁거리고 있는 남자의 상징이 보였다.

그렇다. 시현은 알몸임을 이제야 자각한 것이다.

한 차례 부끄러운 해프닝이 끝나고 여분의 옷을 찾아 입은 시현은 건물에서 빠져나와 하늘로 날아올랐다.

"만약 진짜로 서울을 공격하면 확실히 박살 내주마."

서울을 공격하겠다는 게 단순한 공갈이면 간단히 넘기겠지만, 진짜라면 가만두지 않겠다는 마음을 먹은 시현은 항모 전단이 위치한 동해 쪽을 향해 빠른 속도로 날아갔다.

항모 전단에 포함된 두 척의 이지스 구축함 중 몬테스 호의 임시 함장으로 임명된 장종현은 9시가 되어감에도 프란츠에게 아무런 소식이 없자 불안감에 이리저리 사방을 두리번거리고 있었다.

"도대체 왜 아무런 소식이 없는 거야!"

"아무래도 작전이 실패한 모양인데요?"

부관이 현 상황에 가장 합당한 추측을 말하자, 장종현이 고개를 끄덕이며 동의했다.

"그럴지도."

"그럼, 다음 단계로 넘어갈까요?"

실제로 서울에 포격을 가하는 작전 같은 것은 없었다. 대한민국의 수뇌부를 혼란스럽게 할 것을 목적으로 한 단순한 공갈로 그 혼란 와중에 프란츠가 능력자들을 이끌고 시현을 납치해 오는 게 목적이었다.

하지만 실패를 했는지 시간이 다 되어가는 데에도 연락이 없었다.

"잡힌 건가?"

실패해서 잡힐 경우 서울을 인질로 프란츠와 나머지 능력자들을 교환하는 게 다음 작전이었다.

"이 투시 능력자는 도대체 언제 보고하러 오는 거야?"

쾅!

장종현의 말이 끝나기가 무섭게 함장실의 문이 거칠게 열리며 기다리던 투지 능력자가 뛰어들어 왔다.

"프란츠가 죽었어요."

"뭐!"

설마 프란츠같이 뛰어난 능력자가 죽을 거라고 생각지 못한 장종현과 부관은 자신의 귀가 잘못된 것이 아닌가 하는 생각에 되물었다.

하지만 들려오는 대답은 프란츠가 죽었다는 것뿐이었다.

"제길, 그놈이 죽다니."

이번 일을 잘 성공시켜 미국에서 막대한 돈을 받고 한자리 잡고 살 생각이던 장종현은 프란츠가 죽었단 소식에 위기감을 느꼈다.

성공했다면 모르겠지만 실패, 그것도 텔레포트 능력자인 프란츠가 죽었으니 자신의 목이 온전할 리가 없었다.

'제길, 이렇게 된 이상 이판사판이다. 흐흐. 유시현, 네놈이 가장 사랑하는 사람들을 내가 죽음의 길동무로 데려가 주마.'

"어쩔 수 없군. 다음 작전으로 넘어간다. 미사일을 준비해."

"예? 하지만 그건……!"

부관이 꺼려하자 장종현은 거짓말로 부관을 구슬리기 시작했다.

"단순히 위협용이니까 걱정하지 마. 이쪽에서 미사일을 준비하고 있다는 것을 알면 협상에 유리할 것 아냐."

부관은 장종현의 거짓말에 넘어가 미사일을 준비하고 서울을 향해 조준시켰다.

"제독님, 몬테스에서 미사일이 발사 준비되고 있습니다."

항모 전단의 최고 책임자인 넬슨 제독은 몬테스에서 미사일이 발사 준비되고 있다는 소식에 깜짝 놀랐다.

"뭣이! 어서 몬테스에 연락을 넣어주게!"

삐! 삐! 삐! 삐! 삐!

시끄러운 소리와 함께 무전기에 설치되어 있는 램프가 점등했다.

그것을 본 부관이 무전기를 받으려 하자, 장종현이 말렸다.

"받지 말게."

"하지만……."

"받지 말래도!"

장종현이 역정을 내자 부관은 어쩔 수 없다는 듯이 무전기에 가져가려던 손을 내렸다.

삐! 삐! 삐! 삐!

"미사일 발사 준비가 다 되었습니다."

무전기 소리가 시끄럽게 울리는 와중에 발사 준비가 완료되었다는 소식이 들려왔다.

그 소식을 들은 장종현은 미소를 지으며 말했다.

"발사해."

"예?"

"발사하라고."

"당신, 미쳤습니까? 만약 발사하게 된다면 전쟁입니다."

"그래, 순순히 발사할 리가 없지."

장종현은 품속에서 권총을 꺼내 장전하며 총구를 부관의 머리에 대었다.

"발사해!"

머리에 느껴지는 차가운 총의 감촉에 부관은 더 이상 견디지 못하고 덜덜 떨리는 손을 발사 버튼으로 가져갔다.

한편 시현은 항모 전단이 자리를 잡고 있는 곳에 도착해 있었다.

'일단 그놈을 찾아봐야겠지.'

시현은 항모 전단 전체를 대상으로 자신이 원하는 대상이나 물건을 찾을 수 있게 해주는 서치 마법을 펼쳤다.

예전이라면 이 정도의 범위에 마법을 펼치고 나면 부족한 마나에 헐떡이겠지만, 마도사의 경지에 도달한 시현은 아무런 무리 없이 마법을 펼치고 있었다.

"저기군."

항공모함에 있을 것이라고 생각한 장종현이 이지스 구축함에 타고 있어 의아했지만 장종현이 타고 있는 몬테스호에서 미사일이 서울 쪽을 향해 조준되자, 얼굴을 굳혔다.

"이 악마 같은 놈, 정말 서울을 쑥대밭으로 만들려고 하는구나!"

부수수숭!

결국 화려한 불꽃을 내뿜으며 미사일이 발사되었다.

시현의 손에는 어느새 푸른색의 오러가 맺혀져 있었다.

"이런 미친놈!"

넬슨 제독은 미사일이 발사되는 것을 보고 몬테스호의 임시 함장을 맞고 있는 장종현을 욕했다.

이미 미사일이 발사된 이상 돌이킬 수가 없었다. 곧 쏟아 부어질 적의 공격에 대비하며 후퇴해야만 했다.

"어쩔 수 없다. 우리 쪽에서도 같이 공격에 나선다. 전 F18호넷 전투기는 언제라도 출격할 수 있게 대기하고, 각 구축함과 순항함은 적의 주요 군사 시설을 향해 미사일을 발사해라."

곧 넬슨제독의 명령대로 다른 구축함과 순항함에서도 미사일이 발사되었다.

"미친 새끼들!"

첫 번째 장종현이 날린 미사일을 오러로 두 동강 내어버린 시현은 연이어 쏘아대는 미사일들을 보며 이를 갈며 욕했다.

"좋아, 미사일에는 미사일이다. 매직 미사일!"

시현의 주위로 매직 미사일이 끊임없이 생겨났다. 전에는 기껏해야 20개가 전부였지만 지금은 그때보다 열 배나 되는 수를 만들어낼 수 있었다.

"가라!"

시현의 외침과 함께 족히 2백에 가까운 매직 미사일이 연이어 발사되는 미사일들을 노리며 날아갔다.

매직 미사일이 미사일에 부딪칠 때마다 금속으로 된 미사일의 표면이 퍽퍽 패어나가며 결국에는 견디지 못하고 폭발했다.

하지만 쏘아지는 미사일이 너무 많았다. 일일이 매직 미사일로 격추하기에는 무리였다.

"블링크!"

시전자의 시야 안의 장소로 순간이동을 하는 마법 블링크, 3서클의 마법이지만 그 난해함과 마나의 소모가 5서클에 맞먹기 때문에 사용하는 마법사가 극히 드문 마법이었다.

시현은 그 난해한 마법을 무리없이 사용해 서울을 향해 날아오르는 미사일들의 앞에 섰다.

"엡솔루트 실드!"

순식간에 시현의 앞에 거대한 벽이 펼쳐지며 날아오는 미사일을 받아내었다.

콰앙! 쾅! 쾅!

허공에서 쏘아낸 미사일이 모조리 터졌다.

"무슨 일인가?!"

허공에서 일어나는 화려한 폭발의 향연에 넬슨 제독이 크게 외쳤다.

"이유를 모르겠습니다. 쏘아보낸 미사일이 허공에서 모조리 폭발했습니다."

"새로운 무기인가? 당장 전투기들을 출격시켜라."

넬슨 제독의 명령에 따라 대기 중인 F18호넷 전투기들이 항공모함의 긴 활주로를 타고 이륙하기 위해 속도를 올렸다.

위이이이잉!

제트엔진의 요란한 소리와 함께 F18호넷 전투기가 점차 가속을 더해가며 점차 부력을 얻어갔다.

쾅!

그때 하늘에서부터 푸른색의 빛줄기가 제일 선두에 선 전투기를 덮쳤다. 항공모함 위에 폭발이 일었다.

폭발은 그것으로 끝나지 않았다. 뒤따르던 두 대의 전투기가 마치 보이지 않는 벽에 부딪치는 것처럼 순식간에 앞부터 찌그러지더니 그대로 터져 버렸다.

"이게 도대체 무슨 일이야!"

"어서 불을 꺼! 소화기라도 가져오란 말이야!"

항공모함 위의 활주로 위에서 소란이 일었다. 모두 활주로에 폭발로 인해 생긴 불길을 잡으려 소란을 피던 중 1명이 불길 사이에 어렴풋이 보이는 인영을 보며 외쳤다.

"어? 사람이다! 살아 있는 사람이 있어!"

"정말이다! 어서 구해라! 의무병! 의무병!"

그 인영이 불길을 헤치고 완전히 모습을 드러냈다. 푸른색의 빛을 전신에 둘러싼 채로 천천히 걸어나온 인영은 다름 아닌 오러 아머를 몸에 두른 시현이었다.

"누구지?"

"어떻게 저 불길에서?"

활활 타오르는 불길을 헤치고 나오는 시현은 미군들이 자신을 보고 놀라든 말든 상관없이 손을 뻗었다.

"매직 미사일."

시현의 주위로 수십여 발의 매직 미사일이 생겨났다. 예전에는 오러 아머를 전신에 두른 채로 마법을 사용하지 못하는 제약이 있었지만, 마도사의 경지에 이르자 그런 제약마저도 없어졌다.

"받아랏!"

갑자기 들이닥치는 매직 미사일에 미군들은 하나둘 속수무책으로 쓰러져 갔다. 뒤늦게 총을 들고 시현을 향해 사격을 가해보지만 모두 오러 아머에 튕겨 나갔다.

수우우웅!

공기를 가르는 소리와 함께 소형 미사일이 시현을 향해 날아왔다. 미국의 휴대용 미사일인 스팅거, 본래 대공 미사일이지만 총이 통하지 않자, 편법을 사용해 시현에게 쏜 것이다.

시현은 살짝 옆으로 한 걸음 비켜 미사일을 피하면서 동시에 미사일을 향해 손을 뻗었다.

스걱!

미사일의 뇌관이 포함된 부분이 떨어져 나가며 미사일은 터지지 못하고 활주로 위에 통통 튀었다.

재차 매직 미사일이 쏟아지며 항공모함의 갑판 위에 있는 모든 사람들을 공격해 갔다.

순식간에 갑판 위가 정리되자, 시현은 하늘을 향해 손을 뻗었다.

그러자 시현을 감싸고 있는 오러 아머가 점차 손에 모이기 시작하더니 그의 의지에 따라 하나의 검으로 변해갔다.

푸른색의 반투명한 검을 움켜쥔 시현은 주변에 저장해 놓은 마나를 단숨에 끌어들이며 외쳤다.

"오러 슬레이어!"

예전 시버브가 시현을 상대하며 최후에 보여준 기술. 그리고 작명 센스라고는 하나도 없는 시현이 오러 슬레이어라고 이름 지은 그 기술이 지금 이곳에서 펼쳐졌다.

그 위력은 예전에 시버브가 사용한 것에 비할 바가 아니었다.

마치 불타오르는 것처럼 넘실거리는 거대한 오러의 검.

"하아압!"

기합과 함께 하늘로 뛰어오른 시현은 항공모함의 측면을 향해 힘껏 내려쳤다.

파파팟!

'바다가 갈라졌다.'

다른 배에 타고 있던 미군들은 짧은 순간이지만 똑똑히 보았다. 물결치던 바다가 저적! 갈라지는 장면을.

우우우웅! 그그그!

항공모함에서 기이한 소리가 들려왔다. 항공모함의 승무원들은 그 기이한 소리가 마치 항공모함의 울음소리 같다고 느꼈다.

그그그궁! 쿠우우우!

그 울음소리는 점점 커져 갔다. 승무원들은 웬지 모를 불안감에 몸서리쳤다.

그리고 급기야 선체가 급격히 기울기 시작했다.

"어, 어떻게 이럴 수가!"

"항공모함이… 항공모함이……!"

"둘로 갈라졌어."

바다 위의 성이라고도 불리는 거대한 항공모함이 두 동강 났다.

도저히 상상도 하지 못한 그 모습을 본 다른 배의 선장이며 선원은 정신을 차릴 수가 없었다.

"으악! 온다!"

그 충격이 채 가시기도 전에 시현이 움직였다.

거대한 항공모함도 두 동강 내는 위력의 오러 슬레이어가 배를 통채로 두 동강 내기 시작했다. 차라리 최신 비행기나 선박이라면 미사일을 쏘고 포격이라도 가해보겠지만, 상대는 레이더에도 잡히지 않는 작은 사람이다 보니 공격이 가능한 것은 기껏해야 개인화기뿐. 하지만 그것조차도 시현의 오러 아머에 막혀 아무런 효과를 발휘하지 못했다.

급기야 멀쩡한 배를 버리고 구명정을 띄우는 미군들이 생겨나기 시작했다.

시현은 그런 구명정은 건드리지 않고 천천히, 그리고 확실히 배 하나하나를 침몰시켰다.

장종현이 타고 있는 몬테스호만을 남긴 채.

지직!

쌍안경이 바닥에 떨어지며 렌즈에 금이 갔다.

"어떻게 사람이 저럴 수가……!"

주위의 배 하나하나가 침몰할 때마다 장종현의 얼굴에서 생기가 사라졌다. 장종현은 배와 배 사이를 오가며 한 번의 칼질으로 배를 두 동강 내는 괴물을 쌍안경으로 똑똑히 볼 수 있었다.

그것은 바로 유시현.

장종현의 머릿속에 시현에게 당했던 기억들이 떠올랐다.

"아, 안 돼!"

장종현은 겁에 질려 온몸을 떨고 있었다.

"그래, 구명정으로."

다른 선원들처럼 구명정으로 도망치려고 마음먹었던 장종현은 막 달리려던 것을 멈추었다. 구명정에 신경을 쓰지 않는 것처럼 보이지만 만약 자신의 모습을 본다면? 생각해 보지 않아도 알 수 있었다, 자신을 가만두지 않으리라는 것을.

"안 돼! 어떻게든 숨어야 해. 그래!"

그때 장종현의 머릿속에 한가지 영상이 스쳐 지나갔다, 시현이 깔끔하게 배를 두 동강 내자 배가 그대로 아무런 폭발 없이 천천히 가라앉는 모습이.

"산소통! 산소통!"

장종현은 잠수 장비가 모여 있는 선실로 허겁지겁 달렸다.

"그래, 이것만 있으면 살 수 있어. 아무리 저놈이 괴물이라고 해도 배 안에 있는 날 찾아내지는 못할 거야."

장종현의 계획은 간단했다. 잠수 장비를 착용하고 침몰하는 배에 숨어 있다가 시간이 지나면 몰래 탈출하는 것.

장종현은 살 수 있다는 희망에 미소를 지으며 잠수 장비를 몸에 걸치기 시작했다.

항공모함을 포함해 십여 척의 배가 서서히 침몰하고 있었다. 바다 위에 남아 있는 건 몬테스호와 현장을 벗어나고 있는 구명정뿐이었다.

그것을 확인한 시현은 검을 거두었다. 항모 전단을 완전히 박살 낸 거대한 검이 순식간에 허공으로 사라졌다.

"스캔."

몬테스호의 내부를 살핀 시현은 여전히 장종현이 몬테스호에 남아 있는 것을 알 수 있었다.

"잘되었군. 구명정에 탔으면 찾느라 고생깨나 했을 텐데."

마침 몬테스호에는 장종현 혼자뿐이었다. 모두 구명정을 타고 피한 것이었다.

"네놈만큼은 살려두지 않겠다."

시현은 허공에서 장종현이 타고 있는 몬테스호를 내려다보며 마치 의식을 치르듯 천천히 마법을 준비하기 시작했다.

불의 구축식이 시현의 눈앞에 그려졌다.

압축의 구축식이 그 옆에 자리 잡았다. 또 이어지는 안정화, 증폭, 폭발의 구축식들.

총 다섯 개의 구축식이 5각형의 형태를 이루고 완성되자, 시현은 그 다섯 개의 구축식을 잇는 보조 구축식들이 채워 넣었다.

"익스플로젼!"

나직이 시동어를 외치자, 곧 손바닥 위에 붉은색의 광구가 떠올랐다. 단 한 점의 티도 없는 완벽한 구 형태의 익스플로젼.

그 익스플로젼이 천천히 붉은색에서 푸른색으로 변하기 시작했다. 그 변화는 예전과는 달리 무척이나 자연스럽게 이루어졌다.

'받아라!'

무표정한 표정으로 시현은 푸른빛의 광구를 몬테호스 호를 향해 날렸다.

"저놈이 뭐 하는 거지?"

그 무시무시한 검을 거두고 가만히 내려다보는 시현의 모습을 선실에 나 있는 작은 창을 통해 본 장종현은 알 수 없는 불안감에 몸을 떨었다.

"이 새끼야, 어서 배를 침몰시키란 말이야!"

배가 어서 침몰되기를 바라며 창을 통해 시현을 엿보던 장종현은 시현의 손에 푸른색을 띠는 무언가가 생겨나자, 몸을 흠칫 떨었다.

'위험해! 이대로 있다가는 죽는다.'

장종현은 그 푸른빛이 무엇인지 모르지만 자신의 생명을 빼앗을 정도로 위험한 것이란 걸 눈치 챘다.

그때 시현이 그 푸른 광구를 몬테스호를 향해 던졌다.

"안 돼! 도망쳐야 해!"

장종현은 배에서 도망치기 위해 선실을 박차고 나왔다.

그런 그를 반겨주는 것은 사방의 모든 것을 말 그대로 소멸시키는 푸른빛이었다.

"안 돼에에에!"

마지막 한마디의 비명만을 남긴 채 장종현은 그 푸른빛에 의해 소멸되어 버렸다.

한차례 위기를 넘긴 대한민국의 수뇌부들은 곧 다른 위기에 봉착하게 되었다.

그것은 바로 미국의 배상 요구였다.

12개의 항모 전단 중 한 개를 동해에서 잃어버린 미국은 대한민국에 3,000억 달러라는 엄청난 금액을 배상금으로 요청해 왔다.

당연히 박 대통령은 요청을 기각하며 우리 쪽에서 배상을 받아야 한다며 항의했다.

하지만 씨도 먹히지 않았다. 오히려 미국 측에서는 일방적으로 무역 봉쇄에 나섰다.

다른 나라들은 그게 억지라는 것을 알면서도 미국의 무역 봉쇄에 동참해야만 했다.

무역 봉쇄를 당한 대한민국의 경제는 엉망이 되어갔다. 이대로 한 달만 지나도 대한민국이라는 나라 자체가 붕괴될 위기였다.

그때 미국 측에서 은밀히 협상의 손길을 내밀었다. 바로 아티펙터인 시현을 내놓으면 모든 일을 없는 것으로 해주겠다는 것이었다.

그 소식은 바로 시현에게도 전해졌다.

"역시 절 노리고 한 짓이군요."

박권훈 대통령에게 설명을 들은 시현은 화가 났다. 뉴스에서는 온통 안 좋은 소식뿐이었다. 매일 생계형 범죄들이 늘었다는 보도가 흘러나왔고, 굶어 죽은 어린아이의 기사 또한 볼 수 있었다.

그것들이 바로 자신을 노리고 한 짓 때문에 일어난 일이라 생각하니 더욱 화가 났다.

"미안하네."

박권훈 대통령은 시현에게 고개를 숙이며 사과했다. 뜬금없는 사과에 시현은 갸우뚱한 표정으로 박 대통령을 쳐다보며 물었다.

"왜 사과하시는 겁니까?"

"더 이상 우리나라는 견딜 여력이 없다네. 미국으로 가주지 않겠는가?"

시현은 왜 대통령이 자신에게 사과하는지 알 수 있었다. 나라를 위해 자신의 희생을 요구하는 것이다. 아니, 솔직히 말하

면 희생이라고도 할 수 없었다. 미국에 가더라도 귀한 대접을
받을 테니 말이다.

그 의도를 알았음에도 불구하고 시현은 화가 나지 않았다.
만약 자신이 대통령 자리에 앉아 있으면 자신도 그런 선택을
했을 게 분명했기 때문이었다.

하지만 시현은 미국에 갈 생각이 없었다. 이런 행태가 마음
에 들지 않기 때문이기도 하고 또 미국으로 가게 되면 어떤 일
이 벌어질지 잘 알고 있기 때문이다.

"전 미국으로 갈 수 없습니다."

"이보게! 전 국민이 고통받고 있지 않은가. 자네가, 자네만
미국으로 가준다면……."

"그렇다고 이 사태를 두고 볼 생각도 없습니다."

"그럼?"

"준비해 둔 게 있습니다. 그것으로 해결을 보겠습니다."

시현의 자신감에 찬 이야기에도 대통령의 안색은 좋아지지
않았다. 그의 생각에는 시현이 미국으로 투신하는 것 외에는
다른 방도가 존재하지 않았다.

"제가 실패하게 된다면, 뭐 미국으로 가드리죠."

그제야 얼굴이 확 펴지는 대통령을 보며 시현은 씁쓸함을
느꼈다.

대통령의 행동이 이성적으로는 이해가 갔지만, 일말의 배신
감이 느껴졌기 때문이다.

"그럼 당장 시작하겠습니다."

쓸쓸한 마음을 이끌고 시현은 청와대를 빠져나오며 주먹을
꽉 쥐었다. 그동안 준비해 온 그 계획을 실천할 때였다.

예지몽에서 미국이 자신에게 만들기를 강요한 무기, 바로
궁극의 마법이라 불리는 운석소환 마법 메테오를 재현시킨 그
무기를 시현은 만들어냈다.

지름이 2m에 이르는 커다란 원형의 납 구슬, 그 안에는 마
나를 듬뿍 머금은 수은이 가득 차 있었고 그 위에 보호 마법과
위치추적 마법, 그 외 여러 가지 보조 마법들이 새겨져 있었
다.

가장 큰 문제는 이 납 구슬을 우주공간에 올려놓는 것이었
다.

시현은 그 문제를 중력을 거스르는 반중력 마법인 리버스
그라비티를 이용해 해결했다. 물론 그 구슬들을 대기권 밖까
지 올려놓는 데 20시간이라는 긴 시간 동안 리버스 그라비티
를 유지해야 하는 불가능에 가까운 작업이 있었지만, 마나 생
성 마법진의 도움으로 고생 끝에 올려놓을 수 있었다.

총 세 개, 시현인 대기권 밖 지구의 궤도에 올려놓은 구슬의
수였다.

적다고도 생각할 수 있지만, 예지몽에서 본 이 무기의 위력
이 어떤지 잘 알고 있기에 시현은 충분하다고 생각했다. 미국
을 겁주기에 말이다.

대통령과의 면담을 끝낸 시현은 한국을 떠나 미국으로 향했
다. 미국에서는 시현의 예의 주시하고 있지만, 가짜 여권과 일

루전 마법을 이용한 시현은 그 감시를 간단히 뿌리치고 유유히 미국에 입국했다.

가장 먼저 시현이 찾은 곳은 미국의 대통령이 살고 있는 백악관이었다. 미국의 최고 통수권자가 있는 백악관인 만큼 그 경비가 삼엄했지만 시현은 투명화 마법을 이용해 무리없이 침입할 수 있었다. 바로 청와대에서 그랬던 것처럼.

"일단 휘저어볼까?"

백악관 깊숙이 침입한 시현은 투명화 마법을 풀고는 마치 제집 거닐 듯 여유롭게 백악관을 돌아다니기 시작했다.

당연히 경비원들에게 발각되게 마련, 세 명의 경비원은 시현의 태연한 모습에 혹시 백악관을 찾아온 외국의 손님 중 1명이 아닌가라는 생각에 신원을 확인하기 위해 다가왔다.

퍽!

시현이 친절하게 웃으며 다가오는 경비원의 복부에 주먹을 선사해 쓰러뜨리자, 다른 경비원이 총을 꺼내 들며 망설임없이 시현을 향해 쏘았다.

하지만 곧 시현이 목에 걸고 있는 아이기스의 목걸이에 의해 총알은 허공에서 막혔다.

아무리 마도사의 힘과 또 소드 마스터에 준하는 육체를 가지고 있지만 머리에 총을 맞으면 죽는 건 일반인과 마찬가지였기에 시현은 꼭 아이기스의 목걸이를 가지고 다녔다.

"아이기스의 목걸이!"

경비원은 단숨에 총알을 막은 실드의 정체를 알아보았다.

1명이 바로 뒤도 돌아보지 않고 도망가기 시작했고 다른 1명은 시현을 향해 계속 총을 쏘았다. 바로 다른 1명이 도망갈 시간을 벌어주기 위해서였다.

시현은 느긋하게 다가가 뒷목을 한 대 치는 것으로 시간을 끌기 위해 남은 경비원을 제압했다.

삐이! 삐이! 삐이!

시끄러운 경고음이 백악관을 채웠다. 도망간 경비원이 시현의 존재를 알린 것이다.

곧 처음 보는 형태의 신식 소총과 방탄복으로 무장한 10명의 군인이 들이닥치며 시현을 향해 총을 쏘아댔다. 모조리 실드에 의해 막혔지만 군인들은 신경 쓰지 않고 계속 총을 쏘아대었다.

'시간을 벌려는 모양이군.'

아무래도 백악관에 있는 주요 인사들을 피신시킬 시간을 벌려는 모양이었다.

"스캔."

시현의 이 백악관 전체를 스캔 마법으로 살피자, 곧 저 뒤쪽으로 피신하는 무리가 있음을 알 수 있었다.

"흥. 도망가 봐야 독 안에 든 쥐지."

시현은 그대로 실드를 유지한 채 군인들을 향해 달려들었다.

10명의 군인은 끝까지 자리를 고수하며 총을 쏘아댔지만, 곧 실드를 유지한 채 달려드는 시현에게 부딪쳐 나동그라졌다.

“스트라이크!”

마치 볼링공에 맞은 볼링핀처럼.

시현이 앞으로 갈수록 더 많은 군인들과 심지어 능력자들이 시현의 앞을 막아섰지만, 시현은 간단히 그들을 제압하며 앞으로 나아갔다.

다다다다다!

거침없이 앞으로 나아가던 중 시현은 시끄럽게 건물 안에 울리는 헬리콥터의 프로펠러 소리를 들을 수 있었다.

“놓칠 수야 없지.”

시현의 움직임이 빨라졌다. 앞을 막는 것은 사람이든 벽이든 모조리 단숨에 뚫고 프로펠러 소리가 나는 곳으로 달려갔다.

쾅!

마지막 벽을 뚫고 백악관 건물 밖으로 나왔을 때에는 이미 헬리콥터가 하늘로 날아오른 상태였다.

시현의 고개를 높이 쳐들어 헬리콥터를 쳐다보았다. 헬리콥터의 창 안에 한 사람이 아래를 내려다보고 있었다.

TV로 몇 번이나 봐왔기에 익숙한 얼굴, 바로 현 미국 대통령 존 마쉬였다.

그의 얼굴에는 안도의 표정과 함께 비웃음이 맺혀 있었다. 바로 자신을 놓친 채 하늘을 쳐다보고 있는 시현에 대한 비웃음이었다.

시현은 그런 마쉬를 보며 같이 웃었다.

그 웃음을 본 마쉬는 일말의 불안감을 느꼈다.

곧 그 불안감이 현실이 되었다.

시현이 그 자리에서 떠오르며 순식간에 헬리콥터와 거리를 좁혀온 것이다.

"허억!"

바로 눈앞에 시현이 나타나자 마쉬가 놀라 뒤로 물러나며 숨을 들이켰다.

시현은 헬리콥터의 문을 잡았다.

문은 잠겨 있었지만 시현의 우악스러운 힘 앞에는 소용이 없었다.

문이 열리자 경비원으로 보이는 둘이 시현을 향해 총을 겨누었다. 그것을 본 시현이 재빠르게 손가락을 튕겼다.

팍! 팍!

작게 축소된 마나탄에 의해 총이 산산이 부서지는 걸 확인한 시현이 헬리콥터 안으로 들어갔다.

헬리콥터 안에는 두 명의 경비원과 조종사, 그리고 4명의 남자가 더 있었다.

경비원 둘이 동시에 달려들었지만, 곧 시현의 손에 제압되어 정신을 잃고 바닥에 몸을 뉘었다.

"아아, 익스큐즈미? 아, 이게 아닌가?"

짧은 영어 실력이라 막상 대화를 하려 하니 난감했다.

"흠, 여기서 한국어 할 줄 아는 사람?"

시현이 물었지만, 아무도 나서는 사람은 없었다.

시현은 얼굴을 험하게 찡그리며 다시 말했다.

"한국어 아는 사람은 살려준다."

곧 한 사람이 손을 들며 입을 열었다.

"내가 압니다."

좀 어설퍼 보였지만 이 정도면 충분했다.

"이름은?"

"그리브 헨리라고 합니다."

"좋아, 헨리 씨. 지금부터 내가 하는 말을 통역하도록."

"예."

통역할 사람을 구하자 시현은 그동안 생각해 왔던 대사를 천천히 읊기 시작했다.

"흠흠, 나는 세계의 정의를 지키는 사이킥 암즈의 일원이다."

헨리가 시현의 말을 통역하자 마쉬와 다른 사람들이 어이없다는 표정으로 시현을 쳐다보았다. 그도 그런 게 사이킥 암즈라는 단체는 자신들이 만들어낸 가상의 단체였기 때문이다.

"우리 사이킥 암즈는 현 미국의 어이없는 대한민국의 무역 봉쇄 조치를 풀어줄 것과 또 그동안 대한민국이 당한 피해를 보상해 줄 것을 원한다."

헨리의 통역을 전해들은 마쉬가 입을 열었다.

"대한민국에서 온 건가?"

헨리로부터 통역을 전해들은 시현은 그동안 자신의 모습을 숨기고 있던 일루전 마법을 풀어버렸다.

곧 시현의 본 모습이 나타나자, 마쉬는 시현의 정체를 바로 알아차렸다.

"유시현!"

하지만 시현은 자신의 정체가 들어났음에도 불구하고 여전히 시치미를 떼며 말했다.

"난 유시현이 아니야. 사이킥 암즈에 속해 있는 미스터X일 뿐이지."

뻔히 정체가 드러났음에도 자신을 놀리듯이 말하는 시현의 모습에 마쉬가 화를 내었다.

"지금 뻔히 보이는 짓거리로 나를 놀리는 건가?!"

"너희들도 그랬잖아. 뻔히 보이는 짓거리로 우리나라를 침략해 놓고 겨우 이것 가지고 화를 내?"

시현이 화를 내며 주먹을 움켜쥐었다. 당장이라도 마쉬를 때려잡을 기세. 헬리콥터 안에 긴장감이 감돌았다.

"휴우~ 참자, 참어."

목적한 바가 있기 때문에 시현은 화를 가라앉히며 주먹을 내렸다.

"이봐, 헨리 씨. 조종사에게 네바다 사막의 51구역 핵 실험장으로 가라고 전해줘. 안 그러면 당장 이 헬리콥터는 추락시켜 버린다는 말과 함께."

곧 헨리의 통역에 조종사가 네바다 사막 쪽으로 기수를 돌

렸다. 그것을 확인한 시현은 다시 마쉬를 쳐다보며 입을 열었
다.

"무역 봉쇄를 풀고 보상해 줄 거야, 말 거야?"

시현이 다그치듯 묻자, 마쉬는 잠시 생각에 빠졌다.

대한민국에서 습득한 정보로 마쉬는 마법이라는 것이 존
재하고 또 그것을 사용하기 위해서는 시현이라는 존재가 필
요하다는 것을 알고 있었다. 본래 마쉬는 시현의 존재를 그
렇게 크게 중요한 존재로 생각지 않았다. 대한민국의 무역
봉쇄 조치도 그가 원한 것이 아닌 정보부 쪽의 강력한 건의
로 인해 결정된 것이었다. 하지만 지금 단신으로 백악관에
쳐들어와 이렇게 눈앞에 있는 시현의 모습을 보니 그의 존재
가 다른 나라에 속해 있다면 얼마나 위협이 될지 깨달았다.
마쉬는 절대로 눈앞의 시현을 놓칠 수 없다는 표정으로 말했
다.

"자네가 우리나라로 온다면 그렇게 해주지. 무역 봉쇄는 푸
는 건 물론, 대한민국에 지원을 아끼지 않겠다. 그리고 자네가
원하는 것은 무엇이든 이루어줄 용의 또한 있다."

"흥, 웃기는 소리. 만약 봉쇄 조치를 풀지 않고 보상 또한 안
한다면 이 세상에서 미국을 지워 버리겠다."

시현의 협박에 마쉬는 코웃음을 치며 의자에 몸을 깊숙이
뉘었다. 이런 밀고 당기는 협상은 급한 사람이 진다는 것을 경
험으로 터득하여 알고 있기 때문이다.

시현 또한 골치 아픈 대화를 더 이상 계속할 생각은 없었기

에 헬리콥터 한쪽에 자리를 잡고 휴식을 취했다.

워싱턴에서 네바다까지는 한 개의 주만 넘으면 되었기에도 착하는 데 오랜 시간이 걸리지 않았다.

그동안 각종 공격 헬리콥터와 전투기들이 따라붙었지만 시현은 신경 쓰지 않았다. 이 헬리콥터에 미국 대통령이 타고 있는 이상 저들이 공격해 올 염려가 없기 때문이다.

네바다의 핵 실험장에 도착한 시현은 곧 그 지역 전체를 스캔하여 사람이 살고 있는지 살폈다. 방사능의 위협 때문인지 살고 있는 사람은 없었다.

그것을 확인한 시현은 마지막으로 마쉬에게 물었다.

"마지막으로 묻겠다. 아직도 생각을 바꿀 의향이 없는가?"

시현의 말을 헨리가 통역하자 마쉬는 바로 고개를 저었다. 긍정의 대답을 원한 것은 아니었지만 저렇게 마쉬가 생각도 해볼 것 없다는 듯이 바로 거절하자, 시현의 얼굴에 착잡한 표정이 어렸다.

솔직히 핵을 능가하는 이 무기를 사용하고 싶지 않았다. 예지로 이 무기의 무서움을 보았기 때문이다. 단순히 2m짜리 쇳덩이지만 그것이 지구로 낙하한다면 엄청난 무기가 된다.

그 무서움을 알기에 더 크게, 그리고 더 많이 만들 수 있음에도 불구하고 단 세 개만 만든 것이었다.

"좋아."

시현은 결심을 다졌다. 그리고 눈앞에 보이는 네바다 사막의 핵 실험장을 목표로 설정하고 시동어를 외쳤다.

"메테오!"

지구의 궤도를 돌고 있던 세 개의 쇠구슬 중 하나가 빛을 뿜어내며 방향을 틀어 엄청난 속도로 움직이기 시작했다. 바로 네바다 주 상공의 우주로 빠르게 움직이던 그 구슬은 어느덧 움직임을 멈추고 지구의 자전 속도와 같은 속도를 유지하기 시작했다.

움직임은 거기서 끝나지 않았다. 정확히 시현이 표적으로 삼은 위치로 이동하자 곧 구슬에서 엄청난 냉기가 뿜어지며 구슬 전체가 하얗게 변하며 낙하하기 시작했다.

처음의 속도는 미미했다. 그저 사람이 달리는 속도. 하지만 점차점차 지구와 가까워져 감에 따라 가속도가 붙기 시작했다.

화아악!

대기와의 마찰로 엄청난 열이 구슬에 전해졌다. 보통이라면 그대로 타버릴 상황 하지만 구슬에서 뿜어져 나오는 냉기가 그것을 상쇄시켰다.

"훗!"

시현이 한껏 폼을 잡고 메테오를 사용한 지 5분이 지났지만 아무런 일도 일어나지 않자, 헬리콥터에 타고 있는 모두가 비웃기 시작했다.

그 비웃음이 심히 거슬렸지만, 시현은 곧 일어날 엄청난 광경에 놀라 자빠질 모습을 생각하며 참았다.

'아, 왔다!'

멀리 저 하늘 위에서 빠른 속도로 낙하하는 구슬이 느껴졌
다.

그그그!

대기와의 마찰로 인한 소리가 사방으로 넓게 퍼지기 시작했
다.

시현을 비웃던 사람들의 얼굴에서 그것을 느꼈다. 아니, 그
들뿐만이 아니었다. 대통령을 구하기 위해 출격한 헬리콥터와
전투기에 탑승한 자들 모두가 그것을 느꼈다.

구구구궁!

시간이 지날수록 대기의 울림이 커졌다. 마치 곧 일어날 참
상에 지구가 두려움에 떠는 것 같았다.

곧 그 모습이 시야에 들어왔다.

시현이 쏘아 올린 검은색의 구슬은 보이지 않았다. 그것은
거대한 불덩이였다.

대기의 마찰열로 인해 새빨갛게 달궈진 구슬 주위로 불이
활활 타오르고 있었다.

시현은 그 모습을 보며 가이아에서 보았던 책 중 메테오에
대해 묘사해 놓았던 부분을 머릿속에 떠올렸다.

하늘이 두려움에 떨며 거대한 불덩이가 세상을 집어삼켰다.

당시 운석소환 마법인데도 불구하고 왜 불덩이가 세상을 집
어삼킨다는 묘사를 해놓았는지 지금은 이해가 갔다.

거대한 불덩이. 지금 그것이 세상을 집어삼킬 기세로 떨어져 내리고 있었다.

…….

세상에서 소리가 사라졌다. 거대한 불덩이가 대지와 출동하는 순간 그곳에 있는 모두가 그렇게 느꼈다. 너무나도 엄청난 충돌음에 모두 귀가 일시적으로 멀어버린 것이다.

가이아에서 전설로 회자되던 궁극의 마법이 이곳 지구에 재현되었다.

대지가 비명을 질렀다.

메테오가 작렬한 곳을 중심으로 족히 직경이 1km에 달하는 거대한 크리에이터가 사막 한가운데 생겨났다.

거대한 불길이 사방으로 퍼져 나가며 지상 위의 것들을 모조리 태워 버렸다.

콰과과과과!

충돌의 여파로 땅이 물결치며 사방으로 퍼져 나갔다.

그 뒤에 남은 것은 아무것도 없었다. 실험을 위해 세워놓았던 콘크리트 건물도, 물론 그 잔해까지도 이어지는 충격파에 모조리 산산이 부서져 나갔다.

"이럴 수가!"

지켜보던 사람들의 입에서 공통적인 단어가 튀어나왔다.

눈앞에 일어난 현실에 모두 충격을 받았는지 다들 눈이 풀려 있었다.

충격을 받기는 시현 또한 마찬가지였다. 예지에서 언뜻 봤지만 이렇게 직접 보는 것과는 그 느낌 자체가 달랐다.

가까스로 정신을 차린 마쉬는 시현을 쳐다보았다. 이런 무기가 존재하다니, 마쉬는 시현이 말한 미국을 지워 버리겠다는 말이 허언이 아님을 깨닫고 긴장했다.

'좋아, 이 정도면 됐다.'

시현은 마쉬 대통령을 잡아서 직접 이 장면을 보여준 게 정말 잘했다는 생각이 들었다. 아마 직접 보지 않고 영상으로 보게 되었다면 이 정도의 효과는 내지 못했을 것이다.

시현은 더 이상 마쉬와 대화를 나눌 필요성을 느끼지 못했다. 이 정도의 힘을 보여주었으니 허튼 생각은 하지 못할 것이었다.

시현은 그대로 헬리콥터의 문을 열어젖혔다. 그리고 그대로 하늘로 날아올라 그 자리를 떠났다. 시현을 막는 사람은 아무도 없었다.

Chapter 10
행복

그날 저녁 미국 측에서는 자국의 잘못을 인정하는 성명을 발표하며 대한민국에 대한 무역 봉쇄를 풀었다.

물론 대한민국에 대한 보상 또한 그 성명에 포함되어 있었다.

성명의 내용은 스스로 미국이 반성하고 사과한다고 했지만, 국제 사회는 이번 미국의 사과가 네바다 주에서 일어난 사건과 관련이 있다는 것을 알고 있었다.

곧 전 세계의 시선이 다시 대한민국에 모여졌다.

갑작스런 미국의 사과를 시작으로 그동안 대한민국에 별 관심을 두지 않던 나라들의 수상과 대통령들이 친선을 목적으로 찾아왔다.

박권훈 대통령은 이 갑작스런 사태에 어리둥절해하면서도

한편으로는 저자세로 나오는 다른 나라의 수장들의 모습을 보며 입이 귀까지 쭈욱 찢어졌다.

오늘도 박 대통령은 영국의 수상을 맞아 점심 식사를 하며 담소를 나누고 있었다.

"역시 한국의 불고기는 언제 먹어도 맛있군요."

"하하."

"요즘 대한민국에 마술이 아닌 마법을 사용할 수 있는 사람이 있다는 소문이 돌던데, 정말 마법이라는 게 있습니까?"

은근슬쩍 운을 띄우는 수상의 말에 박 대통령은 올 게 왔구나 하는 심정이었다.

매번 찾아오는 수상마다 마법에 대한 이야기였다. 아니, 정확히는 예전 아티펙터라는 호칭을 버리고 마법사라는 호칭으로 불리는 시현에 대한 이야기였다.

"예, 저도 처음에는 믿지 못했는데 보고 나니 믿지 않을 수가 없더군요. 그 신비함이란……!"

"오, 그렇습니까? 저도 한번 보고 싶군요."

수상이 은근슬쩍 시현을 만나고 싶다는 운을 띄웠다.

'역시.'

박 대통령의 얼굴에 난처한 웃음이 맺혔다. 벌써 이런 요청도 여덟 번이 넘었다.

아티펙터라는 호칭으로 불리다가 이제 마법사라는 호칭으로 불리는 유시현, 그 호칭의 변화가 국제사회에서 시현을 어떻게 생각하는지를 나타내고 있었다.

예전 아티펙터라 불릴 때는 그가 가진 기술들에 가치를 두
었지만, 이제는 시현이란 존재 자체에 그 가치를 두고 있었다.

세계 최강국인 미국조차도 양보하게 만드는 힘, 게다가 그
것은 단순히 시현의 대에서 끝나지 않는다. 바로 제자들.

각 나라에서는 이미 시현에 대한 정보를 충분히 가지고 있
었다. 어디서 사는지 좋아하는 것은 무엇인지. 또 그가 300이
넘는 제자 후보를 키우고 있다는 것까지 말이다.

시현 혼자에 국한되지 않고 대대로 이어져 갈 힘. 그것이 바
로 시현의 진정한 가치였다.

이렇게 각 나라의 수장들이 직접 찾아와 시현과의 만남을
요구하는 것도 그 가치에 편승하기 위해서였다.

자신들이 준비하고 있는 인재 중, 단 한 명이라도 그의 제자
로 들어갈 수 있다면 멀지 않은 미래에 그 마법이란 힘을 자신
들도 가질 수 있는 것이다.

"보고 싶으시다니 한번 자리를 마련하도록 노력해 보겠습
니다."

박 대통령의 긍정적인 대답에 수상의 얼굴이 밝아졌다.

"하하, 정말 감사합니다."

"그런데 요즘 저희 나라에서 새로운 모델의 자동차가 출시
되었는데 한번 보시겠습니까?"

박 대통령의 얼굴에는 막 물고기를 낚은 낚시꾼의 표정이
어려 있었다.

수상은 새로운 모델의 자동차를 낮은 관세를 물려 수입하겠

다는 계약을 대가로 지불하고 나서야 시현을 만나볼 수가 있었다.

수상이 느낀 시현에 대한 첫인상은 평범했다. 달리 위압감이나 위엄이 느껴지는 것도 아니고 오히려 가볍다는 느낌을 받을 정도였다.

"하하, 안녕하세요? 저를 만나고 싶다 하셨다고요."

"예, 뵙게 되어 영광입니다."

"그런데 무슨 일로 저를 보자고 하셨는지?"

시현은 바로 본론으로 넘어갔다. 괜히 예의를 차리며 잡담을 해봐야 결국에는 망명 제의를 받기 때문이다.

"요즘 제자를 모집한다고 들었습니다."

"예? 제자라뇨?"

시현이 시치미를 뚝 떼자, 수상이 좀 더 자세히 말했다.

"각국에서 10명씩 160명의 제자를 들이시기로 한 것으로 아는데 아니었습니까?"

"아, 그거 말입니까."

수상의 말대로 시현은 여덟 개의 나라에서 20명씩 총 160명의 아이를 내년에 제자로 받아들이기로 했다.

처음 시작은 미국이었다. 시현의 힘을 똑똑히 느낀 미국은 박 대통령에게 영국 수상처럼 시현과의 자리를 주선해 주는 대가로 대한민국에 유리한 계약을 체결한 후, 시현을 만나 20명의 제자를 받아주겠다는 약속을 받아내었다.

그 뒤, 다른 나라들 역시 경쟁하듯 박 대통령에게 상납을 하고는 시현을 만나 20명의 제자를 들이겠다는 약속을 받아내었다.

이번에는 영국 수상의 차례였다.

"예, 다른 나라와 같이 저희 나라에서도 20명의 인재를 제자로 받아들여 주셨으면 합니다."

"이 계약서에 사인하신다면 요청을 받아들이겠습니다."

수상은 시현이 내어놓은 계약서를 손에 들었다. 계약서는 영어와 한글로 쓰여 있어 통역없이 직접 읽을 수 있게 되어 있었다.

계약서의 첫줄을 읽은 수상의 안색이 굳어졌다.

'영국에서 보낸 인재 20명을 마법사로 육성시켜 주는 대가로 영국은 단 한 번 유시현의 요청에 무조건적으로 응한다.'

첫줄의 내용이었다.

"다른 나라에게도 똑같은 계약서에 사인했습니다."

"하, 하지만."

수상은 망설였다. 만약 영국의 국토를 달라고 요청한다면? 또 수상 자리를 내놓으라고 한다면? 그 외에도 자신의 능력으로 어쩔 수 없는 요청들이 그의 머릿속에서 맴돌았다.

"일단 계약서를 모두 읽어보세요."

시현의 말대로 수상은 계약서를 읽기 시작했다.

계약서를 읽어감에 따라 수상의 굳었던 얼굴이 펴지며 마지막까지 읽었을 때는 환하게 변했다. 계약서의 첫줄을 제외한 나머지는 시현이 할 요청에 대한 제한들이었다.

그 제한들에는 수상이 걱정하는 것들이 모조리 포함되어 있었다.

"좋습니다. 계약하겠습니다."

수상은 기분 좋게 계약서에 서명했다.

"될 수 있는 한 100명이 넘는 9세 이하의 아이들로 준비해 주세요."

"예? 100명이요? 20명 아닙니까?"

"100명 중 마법에 어울리는 인재들을 제가 골라낼 겁니다. 이 마법이란 게 재능을 많이 타서 말이지요."

사실 재능이라고 하기보다는 세상의 때가 덜 탄 아이들을 골라내기 위함이었지만 시현은 굳이 그것을 밝히지 않았다.

수상은 시현의 말을 반겼다. 마법에 대한 지식의 거의 전무하다시피 한 지금 실수로 마법에 전혀 재능이 없는 인재를 보내게 되는 불상사를 예방할 수 있기 때문이다.

영국의 수상과 계약을 맺고 집으로 돌아온 시현은 총 아홉 장의 계약서를 보며 미소를 지었다.

이렇게 계약을 핑계로 세계 각국의 아이들을 제자로 받아들인 것은 바로 미래에 다가올 재앙에 대비하기 위함이었다.

그 대가로 한 가지 요청을 하겠다는 것도 바로 그런 맥락에서였다.

*　　　*　　　*

그로부터 1년이 흘렀다.

지금 매스컴은 한 가지 일로 떠들썩했다. 바로 매직 스쿨이라는 이상한 이름의 거대한 학교가 개교했기 때문이다.

부지가 2.5㎢에 달하는 거대한 학교, 매직 스쿨 안에는 학교는 물론이고, 유원지를 연상케 하는 각종 놀이시설, 또 여러 가지 상점들, 게다가 입학할 학생들과 학생의 부모들을 수용할 수 있는 규모의 아파트들이 늘어서 있었다.

더욱이 학생들이 106개국에서 모인 아홉 살 이하의 영재들로 이루어져 있어서 더욱더 주목을 받았다.

그중 가장 떠들썩했던 일은 바로 개교 행사에 참석한 사람들의 신분이었다. 세계 각국의 대통령과 수상들, 또 여건이 안 되는 나라에서는 외교부 장관이 참석했던 것이다.

자연히 매직 스쿨을 설립한 사람에게 관심이 쏠리기 시작했다. 단순한 개교 행사에 세계 각국의 권력자들이 친히 방문해 축하해 줄 정도로 대단한 인물. 그 인물을 찾기 위해 언론은 매직 스쿨 관계자들을 마치 스토킹이라도 하듯이 뒤따라 다녔다.

그리하여 건진 것은 단 하나의 이름, 바로 유시현이었다.

매직 스쿨의 중심부에 솟은 30층 높이의 웅장한 건물, 그 최상층에서 학교 전경을 내려다보는 시현의 얼굴에 흐뭇한 미소가 맺혔다. 완성된 매직 스쿨의 모습에 강한 성취감이 가슴에 가득 차올랐다.

마법사를 본격적으로 양성하기 위한 시설, 처음에는 이렇게 큰 규모의 학교를 지을 생각은 없었다.

매일 쏟아지는 마법사 양성 의뢰에 좀 더 크고 좋은 시설을 가진 학교를 지으려 했을 뿐이었다.

그 소식이 전해지자, 각 나라에서 자신들이 도와주겠다고 발벗고 나섰다. 그 결과가 바로 이 매직 스쿨이었다.

"교장 선생님, 시간이 다 되었습니다."

학교의 전경을 쳐다보며 감회에 빠져 있던 시현은 교장 선생님이라는 전혀 익숙지 못한 호칭에 정신을 차리며 뒤를 돌아보았다.

몸을 돌린 시현의 입에서 행복한 미소가 감돌았다. 언제나 자신의 뒤를 돌봐주며 자신에게 힘이 되어준 여인, 5일 전 지인들과 부모님들만이 참석한 작지만 한편으로는 화려했던 결혼식으로 이제 자신의 아내가 된 아체가 바로 뒤에 서 있었다.

"교장 선생님이라고 부르지 말랬잖아."

시현이 아체에게 다가가 볼을 양손으로 잡아당기며 말했다.

"우우, 하지만 여긴 학교니까."

"학교라도 상관없어."

"그럼, 오빠."

"아직도 오빠야? 내가 뭐라고 부르라고 했지."

시현이 짐짓 화가 난 척하며 다시 묻자, 아체는 수줍은 표정을 한 채 모기만 한 목소리로 말했다.

"여……."

"응?"

"여보."

부끄러움을 참으며 간신히 말했지만, 시현은 성이 차지 않는지 귀를 아체 쪽으로 갈다대며 말했다.

"응, 안 들리는데."

"여보!!!"

계속되는 시현의 재촉에 아체가 크게 소리를 지르듯 외쳤다.

우당탕!

"괜찮으십니까!"

크게 지른 아체의 목소리에 놀란 김수한과 김혜영이 문을 박차고 안으로 들어왔다. 그로 인해 아체의 얼굴이 더욱더 붉어졌음은 말을 안 해도 뻔한 일이었다.

"하하하하."

처음 만났을 때와 변함없는 아체의 모습에 시현이 크게 웃었다.

시현과 아체 둘만의 보금자리인 30평이 조금 넘는 2층 집, 얼마든지 넓은 집을 살 수 있지만 넓은 집은 둘이서 살기에는 허전해 일부러 30평이 조금 넘는 집을 택했다.

이곳에서 시현과 아체는 한 달째 신혼의 달콤함에 푹 빠져 있었다.

더운 여름이라 방 안에는 에어컨이 펑펑 돌아가고 있었다.

"으응, 추워."

잠결에 춥다며 시현의 품으로 포옥 아체가 안겨오자, 시현의 눈이 서서히 떠지며 품 안에 안겨든 아체를 부드러운 눈빛으로 쳐다보았다.

시현은 아체가 깨지 않도록 조심스럽게 손을 내려 아체의 배를 쓰다듬었다.

아직 아체는 모르지만 시현은 알고 있었다, 아체의 뱃속에 새로운 생명이 자라고 있다는 것을.

'아들일까? 딸일까?'

'이름은 뭘로 할까?'

너무나 행복했다. 아마 세상에 자신보다 더 행복한 사람은 없을 거라고 시현은 생각했다.

하지만 행복하다는 걸 느낄수록 마음속 깊은 곳에 숨어 있는 불안감도 커져갔다.

그것은 아직 태어나지도 않은 자식에 대한 걱정이었다.

'이 아이대에 재앙이 닥쳐 오지는 않을까?'

'과연 이 아이가 그 압박감을 견뎌낼 수 있을까?'

행복과 불안, 그 두 가지 상반된 감정에 기뻐하고 고민하던 시현은 서서히 잠들어갔다.

대한민국의 한 거대한 광장에 수많은 마법사들이 둥글게 원을 짜고 있었다. 족히 지름이 50m에 달하는 거대한 원이었다.

마법사를 상징하는 로브, 그 로브의 왼쪽 가슴 부분에는 방패 모양의 마크가 새겨져 있었다.

그리고 마법사들로 이루어진 원 안에는 시현으로서도 처음 보는 마법 수식들이 새겨져 있었다. 시현은 그 수식들이 무엇

인지 또 무슨 작용을 하는지 몰랐지만, 자신이 알고 있는 것보
다 더 진보된 것이라는 것은 알 수 있었다.

그리고 마법진의 안, 그 안에 9명의 마법사가 다시 작은 원
을 이루고 있었다.

마법사들이 풍기를 기세를 보니 모두 5서클을 마스터하고
마도사에 도전하는 자들이었다.

그 9명의 시선은 원의 안쪽에 머물러 있었다. 그 시선이 모이
는 곳 그곳에는 3명의 마법사가 정삼각형의 형태로 서 있었다.

시현 자신보다 약간 더 나이가 들어 보이는 남자와 적어도
70 이상은 되어 보이는 두 노인, 그 3명 모두가 마도사의 경지
에 접어든 사람들이었다.

'어디서 많이 본 얼굴인데.'

시현은 그 셋의 얼굴이 매우 낯이 익다는 것을 알 수 있었다.

"드디어 오는군요."

"그래, 오고 있구나. 정말 오래 기다렸어."

남자가 말하자 두 노인이 고개를 끄덕이며 대답했다.

"할아버지, 과연 우리가 막을 수 있을까요?"

"녀석아, 이미 몇 번이나 실험해 보지 않았느냐. 쓸데없이
걱정만 많아서는. 쯔쯔, 누굴 닮았는지."

"누군 닮긴요. 할아버지 닮았죠. 할아버지께서 그러셨잖아
요. 넌 내 어릴 때랑 어쩜 그리 닮았냐고 매일 칭찬하셨으면서."

"험험."

남자의 대답에 노인이 할 말이 없는지 헛기침을 해댔다.

"하하하. 자네, 또 당하는구만. 어찌 손자에게 매번 당하누?"

"형님!"

담소로 긴장을 풀며 시간을 보내고 있는 도중. 곧 광장에 설치된 스피커에서 목소리가 흘러나왔다.

"재앙이 곧 태양을 지나칠 예정입니다. 모든 마법사들은 준비하시기… 지직 지지지지직―"

갑자기 스피커의 목소리가 끊기며 지지직거리자, 남자가 당혹감을 감추지 못하고 입을 열었다.

"이런, 생각보다 태양에 주는 영향이 큰 모양인데요. 어쩌지요?"

"어쩌긴, 직접 육성으로 지시를 내리면 되지 않느냐. 자, 이렇게 시……."

미처 노인이 시작하라는 말을 꺼내기 전에 재빨리 다른 노인이 음성에 마나를 담아 크게 외쳤다.

"시작하라!!!"

이때를 위해 준비한 네 개의 핵융합 발전기가 풀 가동되며 전기를 뿜어내기 시작했다. 그에 발 맞춰 외곽에 모인 729명의 마법사가 마나를 끌어올렸다.

"준혁이 형님!"

역사에 길이 남을 기회를 뺏긴 노인이 화를 내며 다른 노인을 쳐다보았다.

"내가 가장 연장자 아니냐. 이런 건 내가 해야지."

나이가 들었음에도 어린애같이 다투는 둘의 모습을 본, 시현은 그 둘이 귀엽다고 생각되었다.

'그런데 준혁이라니.'

준혁이라는 이름을 들은 시현은 노인을 유심히 쳐다보았다. 그리고 그에게서 자신의 첫 번째 제자인 순둥이 준혁이의 모습을 발견할 수 있었다.

'아!

그것을 깨닫자, 나머지 한 노인과 남자의 정체도 깨달을 수 있었다.

'저 노인이 내 자식이란 말인가? 그리고 저 남자는 내 증손주?

낯이 익을 만도 했다. 바로 자신의 아들과 증손주였으니.

'허허!

시현은 아직 태어나지도 않은 아들의 늙은 모습에 허탈한 웃음을 지으며 상황을 계속 지켜보았다.

마법진이 외곽으로부터 빛나기 시작했다. 그 빛은 서서히 안쪽으로 물들어갔다.

그 빛이 자신들이 선 곳으로 다가오자 9명의 마법사가 마나를 끌어올리기 시작했다.

"우리 차례군."

준혁 옹이 입을 열며 양손을 좌우로 뻗자 나머지 둘 역시 양손을 좌우로 뻗으며 손을 잡아갔다.

"간다!"

누구의 입에서 나왔는지 모를 외침과 함께 3명의 몸에서 동시에 하늘을 향해 마나가 쏟아져 나갔다.

그 얇고 긴 마나의 선의 끊임없이 하늘로 올라가 대기권을 뚫고 우주에까지 미쳤다.

그리고 그 끝에는 여러 가지 마법진이 새겨져 있는 인공위성이 대기하고 있었다.

마나의 선이 그 기둥에 닿자 마법진이 서서히 활성화되며 빛이 나기 시작했다.

'설마, 실패한 건 아니겠지?'

3명이 쏟아내는 마나의 양은 엄청났지만, 그것 가지고는 저 인공위성에 새겨져 있는 마법진을 가동시키기에는 너무나 모자랐다.

그렇게 시현이 걱정스러운 얼굴을 하고 있는 그때, 변화가 일어났다.

총 741명이 동원된 마법진, 그 안의 빛이 마침내 중앙의 3명에게까지 도달했을 때 시현은 그 변화를 느낄 수가 있었다.

네 개의 핵융합 발전소, 그리고 마법진과 700명이 넘는 마법사의 의해 만들어진 마나가 우주에까지 닿아 있는 얇은 마나의 선을 타고 하늘로 치솟기 시작했다.

'엄청나다.'

거대한 마나의 기둥, 예전 가이아에서 한번 경험한 적이 있던 그 힘과 동일한 힘이 우주의 인공위성을 향해 쏟아지고 있었다.

그것으로 끝난 것이 아니었다.

그것을 시작으로 지구 곳곳에서 마나의 기둥이 우주를 향해 치솟았다. 그 하나하나가 대한민국에서 쏘아낸 마나의 기둥 못지않았다.

그 마나의 기둥들은 각기 우주에 떠 있는 인공위성에 새겨져 있는 마법진을 활성화시켰다.

우우우웅!

인공위성의 마법진이 100% 활성화되며 좌우로 지금까지 시현이 보지 못했던 장막을 펼쳐 내기 시작했다.

그 장막은 시현이 세계수의 도움을 받아 가이아에서 펼쳤던 보호막을 능가하는 힘을 지니고 있었다.

'아, 포스 필드.'

바로 역장이라 불리는 궁극의 방어막이 우주에 펼쳐지기 시작했다.

'아아, 성공했구나.'

그 모습을 본 시현은 자신이 뿌린 씨가 마침내 성과를 거두었음을 깨달을 수 있었다.

씨익.

잠을 자고 있던 시현의 얼굴에 한줄기 미소가 스쳐 지나갔다.

입가에 가느다란 미소를 지은 채 잠에 빠져 있는 시현의 모습은 그 어느 때보다 편안해 보였다.

『드림 임팩트』 4권 END

작가후기

　드디어 첫 번째 작품이 끝났습니다.

　책 4권을 쓰는데 너무 오랜 시간이 걸리다 보니 담당자 분과 이 글을 보아주시는 여러분께 감사하고 또 죄송한 마음이 듭니다.

　글을 완결 지으면서 드디어 한 이야기를 끝냈다는 기쁨도 있지만, 한편으로는 '이랬으며 어땠을까?' 또 '이런 식으로 했으면 어땠을까?' 하는 아쉬움이 많이 남습니다.

　또 머릿속의 생각을 부족한 필력으로 인해 그대로 글로 옮기지 못해 더욱더 아쉬움이 남습니다.

　다른 작가 분이 이야기하시더군요. 평생 글을 써도 그 아쉬움은 늘 있을 거라고, 다만 아쉬움이 적냐 많으냐의 차이일 뿐이라고.

　저 역시 계속 글을 써나가면서 많은 아쉬움을 느낄 것 같습니다.

　그동안 제 글을 읽어주시고, 또 출판해 주신 분들께 감사드리며.

　다음에는 좀 더 아쉬움이 적은 글로 찾아뵙겠습니다.

장천 배상.

Dream Impact

Golden Key

박이수 소설

황금열쇠

「달의 아이」, 「붉은 소금성」의 작가 박이수.
그가 또 하나의 기대작 「황금열쇠」로 나타났다.

우연한 만남이란 단어는 그들에겐 존재하지 않았다.
얽혀 있는 사람들… 그리고 피할 수 없는 운명의 굴레!

뒤틀려 버린 운명의 주인공 셰이엔 가이스카 리베 폰 라시에…
한순간 인생이 뒤바뀐 불운의 주인공 듀이 델쿄.
그리고…유일하게 그녀를 기억하는 단 한사람 이샤무딘!

이제 운명의 주사위는 던져졌다.
엇갈린 운명 속에 모든 사건은 하나로 연결된다!
황금열쇠를 차지하기 위한 그들의 위험한 모험이 지금 시작된다.

武士 廓優　참마도 新무협 판타지 소설

무사 곽우

『무정지로』,『십삼월무』,『화산진도』의
작가 참마도, 그가 돌아왔다!!

새롭게 시작되는 그의 네 번째 강호 이야기!!

"힘이 있는 자가 없는 자를 돕는 것입니다.
또한 힘이 없다면 돕기 위해 노력이라도 하는 것입니다.
그것이 진정한 협 아니겠습니까?"
"호오……."
송완은 다시 봤다는 듯 곽우를 바라보았고 담고위는
무슨 케케묵은 보물단지 보는 듯한 얼굴을 만들었다.
송완은 살짝 킥킥거리며 웃다가 이내 곽우에게 말했다.
"틀렸다. 협이란 무공이 높은 자의 중얼거림일 뿐이야.
무공이 낮은 자는 그저 그 협을 바라만 보고 있어야 하는 것이지.
그래서 세상은 협사가 널렸고 그 협사의 주변엔 구더기들이 들끓고 있는 거야."

강호라는 세상 속에서 지금 한 사람이 그 눈을 뜨려 한다.
한 자루의 부러진 검과 함께 곽우라는 이름을 가지고……

운룡쟁천

조돈형 新무협 판타지 소설

팔룡전설을 아는가?

북녘 하늘을 밝히는 별의 정기를 받고 태어난 여덟 명의 기재가
한 시대에 나타나리니, 그들의 눈은 삼라만상(森羅萬象)을 살피고
지혜는 하늘에 닿고 웅심은 천하를 덮을 것이다.
그들이 화합을 한다면 더없이 평온한 세상을 이룰 것이나,
만약 그렇지 않다면 피의 광풍이 온 천하를 휩쓸 것이다.

혼란의 시대!! 모략과 음모가 극에 다다른 혼돈의 강호무림!!

이때 하늘이 안배해 놓은 이가 있었으니, 그의 이름 도극성이라……!!
도극성!! 그가 무림에 다시 모습을 드러내는 날,
팔룡전설은 그로 인해 깨질 것이고 새로운 전설이 탄생할 것이다!!

유행이 아닌 자유추구 -
WWW.chungeoram.com
Book Publishing CHUNGEORAM

임희정 소설

감미하울르

그러던 어느 날, 그에게 그 '능력' 이 찾아왔다.
조금은, 아름답지 않은 모습으로.

신의 뜻, 그것 외엔 없었다.
신의 영역, 시대의 금기를 깨는 그들의 불꽃같은 삶!

막연히 의사가 되기 위한 삶을 살아왔던 세요 폰 어뷔니트.
인간을 살리기 위해 의사가 되어야만 했던 웨인 파예트.

잔혹한 과거, 어긋난 현재.
그리고 우연히 찾아온 신비로운 능력!
보통 사람들과 다른 존재가 아니라는 것에 대한 증명.